Jenny Pearson

VOM HIMMEL HOCH UND REIN INS CHAOS

Wie Oscar und Molly
das Weihnachtsfest retteten …

Mit Illustrationen von Katie Kear
Aus dem Englischen von Ulrike Köbele

Für meinen Agenten Sam Copeland:
Diese Geschichte wäre ohne dich nicht das, was sie ist.

Ein Verlag in der Westermann Gruppe

Die Originalausgabe erschien 2022 unter dem Titel
»Operation Nativity« bei Usborne Publishing Ltd,
Usborne House, 83–85 Saffron Hill, London EC1N 8RT,
England. www.usborne.com.

1. Auflage 2024

Aus dem Englischen von Ulrike Köbele
Text: Jenny Pearson
Cover- und Innenillustrationen: Katie Kear
Umschlaggestaltung: Juliane Lindemann

Gesamtherstellung: Westermann Druck Zwickau GmbH
Gedruckt in Deutschland

ISBN 978-3-401-60745-0

Besuche uns auf:
www.arena-verlag.de

@arena_verlag
@arena_verlag_kids

Stern über Bethlehem, äh, Barlington Hall

Ich erzähle euch jetzt die Geschichte, wie das Jesuskind auf die Welt gekommen ist. Die habt ihr vermutlich schon mal von eurer Lehrerin oder eurem Lehrer in der Schule gehört. Vielleicht habt ihr sogar selbst in einem Krippenspiel mitgemacht, entweder mit Rauschgold auf dem Kopf oder einem falschen Bart im Gesicht. Ihr wisst also ungefähr, worum es geht – Maria, Josef, der Esel, die Reise von Nazareth nach Bethlehem. Der Teil ist auch voll auf den Punkt.

Was aber wohl niemand erwähnt haben dürfte, ist der versehentliche Umweg über Chipping Bottom, einem malerischen Dorf in Hampshire, den Maria und Josef dabei gemacht haben. Und das hatten sie alles nur einem ziemlich abgedrehten Engelunfall zu verdanken. Ja, Engelunfall, nicht Angelunfall – in der Weihnachtsgeschichte kommen keine Fische vor. Dafür aber eine geringe Abweichung vom Reiseplan, denn dem Engel Gabriel ist bei alldem ein *klitzekleiner* Fehler unterlaufen.

Und mit *klitzeklein* meine ich: *riesengroß*. Aber ihr dürft nicht vergessen: Damals hatte er den Job noch nicht lange. Er stand ziemlich unter Druck – man verkündet schließlich nicht jeden Tag die Ankunft des Heilands – und die Dinge sind ein bisschen, sagen wir, aus dem Ruder gelaufen. Er konnte nicht wissen, dass die Lichtexplosion, in der er auf die Erde kam, so heftig ausfallen würde, dass sie Maria, Josef, König Balthasar, einen Hirten namens Steve *und* ihn selbst nicht nur an einen anderen Ort (Chipping Bottom), sondern auch in eine andere Zeit (letzten Dezember) katapultieren würde.

Woher ich das alles weiß?

Gute Frage.

Und die Antwort lautet: **WEIL. ICH. DABEI. WAR!**

Gewagte Behauptung, ich weiß. Ich kann total verstehen, wenn ihr sagt: *Oscar, bist du eventuell ein klitzegroßes bisschen verwirrt? Du warst garantiert nicht bei der Geburt unseres Herrn Jesus Christus anwesend und der Engel Gabriel hat definitiv keinen Mist gebaut.* Aber seht es mal so: Die Leute stellen ständig gewagte Behauptungen auf. Ob ihr sie glauben wollt oder nicht, liegt ganz bei euch.

Ich zum Beispiel glaube nicht, dass mein Dad von Aliens auf Kepler-425b gebeamt wurde, wie er Mum verklickern wollte, als er abends viel zu spät vom Rugby heimkam. Außerdem vermute ich, dass Tyronne aus meiner Klasse gelogen hat, als er meinte, dass ihn mit acht der Weihnachtsmann geweckt und auf seine Geschenkelieferungstour rund um die Welt mitgenommen hat, weil er der bravste Junge auf dem Planeten war. Und der Schokoweihnachtsmann, den ich im Kühlschrank für später aufbewahrt habe, hat sich nie im Leben plötzlich mitten in der Nacht in Luft aufgelöst, wie Mum mir weismachen wollte. Für keine dieser Behauptungen gibt es auch nur den geringsten Beweis.

Allerdings habe ich auch keinen Beweis dafür, dass ich dabei war, kurz bevor Jesus geboren wurde. Abgesehen von einem zweitausend Jahre alten Esel, der auf Lady Assters Eselgnadenhof steht. Aber um ehrlich zu sein, sieht Marias Esel ziemlich genau aus wie alle anderen Esel auch. Selbst ich habe Mühe, ihn von seinem Stallnachbarn Sausewind zu unterscheiden – und auf dessen Rücken bin ich immerhin stundenlang durch die Gegend gezockelt.

Letzten Endes kann ich euch also bloß meine Geschichte erzählen und ihr könnt zuhören, wenn ihr wollt, und dann entscheiden, ob ihr sie für wahr haltet. Hoffentlich komme ich wenigstens überzeugender rüber als Tyronne. Ich meine, niemand kann *so* brav sein und Tyronne schon mal gar nicht. Aber eigentlich ist es auch egal, ob ich euch überzeugen kann oder nicht. Verschiedene Leute glauben verschiedene Dinge und ich finde, das ist total okay.

Ich habe zum Beispiel geglaubt, Weihnachten sei aus zwei Gründen wichtig. Erstens: Geschenke. Und zweitens:

weil sich an dem Tag meine Eltern begegnet sind. Ohne Weihnachten wären sie sich vielleicht nie begegnet und dann hätten sie mich niemals bekommen. Und das wäre nun *wirklich* eine Katastrophe.

Aber jetzt, nachdem das alles passiert ist, bin ich fest davon überzeugt, dass es wichtigere Dinge gibt als Geschenke. Und als mich.

Selbst in meiner Familie glauben nicht alle gleich daran. Großmutter ist eher eine Traditionalistin, wenn es um Weihnachten geht. Sie liebt die Krippengeschichte und glaubt im Leben nicht daran, dass die Jungfrau Maria und Josef in Chipping Bottom aufgetaucht sind. Obwohl sie ihnen sogar auf dem Postamt begegnet ist und sie bloß nicht erkannt hat.

Meine kleine Schwester Molly hingegen … sagen wir einfach, sie ist mehr so der offene Typ. Sie glaubt echt *alles,* was man ihr erzählt, ganz ohne Frage. Wie in ihrem Zeugnis aus der Vorschule stand: *Ihre Fantasie kennt keine Grenzen.* Sie ist überzeugt, dass sie mit Tieren reden kann, und geht fest davon aus, dass ihr eines Tages Flügel wachsen. Aber sie ist auch erst etwas über fünf.

Ich schätze, wenn Molly nicht so drauf wäre, wäre das alles nie passiert. Als wir letzte Weihnachten nämlich gesehen haben, wie etwas hinter dem Haus unserer Großeltern ins Feld gestürzt ist, war sie diejenige, die *mich* überzeugt hat, nachgucken zu gehen. Es hätte ja etwas ganz Tolles gewesen sein können.

Wir waren sowieso nur dort, weil wir mit der Post so

eine superschicke Einladung bekommen hatten, die uns für Weihnachten nach Barlington Hall bestellte – in das Haus von Dads Familie. Was, wenn man so drüber nachdenkt, ein bisschen wie bei Maria und Josef ist, die von Kaiser Augustus aufgefordert wurden, nach Bethlehem zu reisen. Ich behaupte nicht, dass Großmutter *genau* wie ein römischer Kaiser ist – aber gewisse Ähnlichkeiten gibt es schon.

Na, jedenfalls ist es wohl keine Übertreibung, wenn ich sage, dass es ziemlich sicher kein Weihnachten mehr gäbe, wenn wir an jenem Abend nicht in Barlington gewesen und tapfer hinaus aufs Feld gestiefelt wären. Oder eher: Es hätte Weihnachten überhaupt nie gegeben. Aber soweit ich weiß, gibt es kein Wort dafür, dass etwas futsch ist, was überhaupt nie existiert hat, oder? Falls ihr also glaubt, was ich euch gleich erzähle, könnt ihr mir später danken, dass ich Weihnachten gerettet habe.

1

Friede auf Erden

(Nicht mit all dem
Pa-ram-pam-pam-pam
bei uns zu Hause!)

Keine Ahnung, warum, aber als die Einladung kam, hatte ich gleich so ein Gefühl, dass Weihnachten ein bisschen anders werden würde als sonst. Normalerweise feiert Mums Mum, Granny Roberts, mit uns, doch diesmal hatte sie eine Kanaren-Kreuzfahrt mit ihrer Freundin Irene gebucht, die sie im 67er-Bus kennengelernt hat. Sie würden in Santa Cruz auf Teneriffa losfahren und in Las Palmas auf Gran Canaria ankommen. Molly wollte *unbedingt* mit, bis wir ihr erklärten, dass die Kanaren keine Inseln voller kleiner gelber Piepmätze waren und Santa Cruz nichts mit dem Weihnachtsmann zu tun hatte.

Ich freute mich ehrlich gesagt darauf, zur Abwechslung mal was anderes zu machen. Obwohl ich Granny Roberts wirklich lieb habe, war ich nicht gerade traurig darüber, dass wir Weihnachten ohne sie feiern würden.

Sie ist steinalt und macht deshalb immer total früh schlapp. Mum sagt ihr jedes Jahr, sie soll sich mit dem Sekt zum Frühstück ein bisschen zurückhalten, doch Granny Roberts hört nicht auf sie. Den Rest des Vormittags verbringt sie damit, meiner Schwester Molly und mir das Gesicht zu zerknautschen und uns zu sagen, dass wir ihre Lieblingsenkel sind. Was ja echt nett ist, aber selbst Molly weiß, dass wir ihre *einzigen* Enkel sind und die Konkurrenz daher überschaubar ist.

Manchmal stimmt sie dann eine sehr wacklige Version von »Morgen, Kinder, wird's was geben« an, woraufhin Dad sagt: »Cathy, deine Mutter ist ja wieder ordentlich dabei«, und Mum antwortet: »Lass sie, Christopher, es geht ihr gut!«. Aber sie schläft immer schon so gegen drei Uhr ein.

Einmal ist sie genau in dem Moment auf dem Monopoly-Brett eingeschlafen, als Dad auf der Parkstraße landete, wo ich zwei Hotels hatte! War nicht leicht, ihr das zu verzeihen, das sage ich euch. Ein andermal hing sie den ganzen Nachmittag schnarchend und pupsend vor dem Fernseher. Anfangs war es echt lustig – ich meine, wer findet es denn bitte nicht zum Schießen, wenn eine alte Lady im Tiefschlaf die Festtagsansprache der Queen mit ihren eigenen Trompetenklängen begleitet? Aber als das immer so weiterging und ich mir *Kevin allein zu Haus* nur noch mit dem T-Shirt vor der Nase angucken konnte, begann ich doch daran zu zweifeln, ob es so klug von Mum und Dad gewesen war, ihr noch eine dritte Portion Rosenkohl zu erlauben. Und vorletztes Jahr wäre sie sogar fast schon beim Essen eingenickt und in ihren halb aufgegessenen Teller gekippt. Ich finde ja, wenn man bei jemandem zu Gast ist, sollte man wenigstens ein bisschen Weihnachtsstimmung mitbringen.

Gut, es gibt Weihnachtsstimmung und es gibt Engel-mit-gleißend-hellem-Heiligenschein-im-Badezimmer-Stimmung.

Aber damals war mir nicht klar, dass es auch zu viel Weihnachtsstimmung geben kann. Deshalb freute ich mich auch so, als die Einladung kam, die Feiertage bei Dads Familie, den Cuthbert-Andersons, in Barlington Hall zu feiern.

Der Brief sah schon total schick aus: schnörkelige Handschrift und hintendrauf ein roter Wachsklecks mit dem Familienwappen. Ach ja, Dads Familie ist superreich. Altes Geld, sagt Granny Roberts – was auch immer das sein soll.

Meine reichen Großeltern leben auf einem riesigen Landsitz in Hampshire. Molly nennt Barlington Hall magistätisch, was zwar kein echtes Wort ist, es aber trotzdem perfekt trifft. Denn Barlington Hall ist majestätisch und fast ein bisschen magisch.

Das Haus selbst steht mitten auf einem gigantischen Anwesen und wenn man hinwill, muss man erst mal durch ein großes Eisentor mit Löwen obendrauf und dann einer ewig langen Auffahrt folgen, bevor man überhaupt zur Haustür kommt! Es gibt haufenweise Zimmer, darunter eine Bibliothek, zwei Küchen, jede Menge Badezimmer, Salons und sogar einen Ballsaal! Die Hälfte davon wird nicht mal benutzt, weil es so teuer ist, sie alle instand zu halten. Stellt euch das mal vor! Ein Haus, das so groß ist, dass ihr einen Teil gar nicht betretet.

Der abgesperrte Flügel sollte sich noch als echt praktisch erweisen – dort konnte man nämlich sehr gut verirrte Engel und Heilige Könige unterbringen. Aber dazu später mehr.

Normalerweise fahren wir immer im Sommer nach Barlington Hall für eine Woche in den Ferien. Mum freut sich nie darauf. Sie sagt, Großmutter und sie seien sehr verschieden, womit sie nicht ganz unrecht hat. Ich für meinen Teil liebe es. Dort gibt es nämlich die besten Bäume zum Klettern, was wir auch die ganze Zeit machen, wenn wir nicht gerade im Bach nach kleinen Fischen angeln. Einmal haben wir mit unserem Großvater sogar einen Hühnerauslauf gebaut. Dad hat mir Fahrradfahren beigebracht und eines unserer Versteckspiele ist so ausgeufert, dass Molly fast eine halbe Stunde verschollen war. Nur an Weihnachten waren wir noch nie da. Ich dachte immer, das läge daran, dass wir uns um Granny Roberts kümmern mussten, doch ich lernte bald, dass noch mehr dahintersteckte.

Als dann die Einladung eines Morgens im Briefkasten lag, malte ich mir sofort ein winterliches Barlington Hall aus – mit flackernden Kaminen und festlicher Dekoration. Ich wusste, dass Weihnachten dort einfach **magistätisch** sein musste, und hatte so ein Gefühl, dass es sehr viel aufregender sein würde als unser normales Weihnachten.

Offensichtlich hatte ich keine Ahnung, *wie* viel aufregender es sein würde. Geschweige denn, dass ich ein paar außerordentlich bedeutsamen Personen begegnen und dabei helfen würde, Weihnachten mit allem Drum und Dran zu retten. Ich glaube, so viel Fantasie hat niemand, nicht einmal Molly.

Aber vorher musste ich erst mal Mum dazu kriegen, sich auf die Fahrt nach Barlington einzulassen. Und das sollte knifflig genug werden, wie ihre Reaktion auf die Einladung zeigte. Sie klaubte sie von der Fußmatte auf, warf einen Blick darauf und sagte: »O nein. Nein, nein, nein! Nicht das Familienkrippenspiel!«

Natürlich hatte ich bereits Geschichten über das Familienkrippenspiel gehört – das ist so eine aufwendige Inszenierung, die Großmutter bei sich in der Kirche veranstaltet. Die allererste fand neunzehnhundert-paar-und-zwanzig statt und wurde von meiner Ur-Urgroßmutter Lady Cordelia Cuthbert-Anderson auf die Beine gestellt, die wohl recht eigenwillig gewesen sein soll. Ihre Aufführungen waren jedenfalls ein ziemliches Spektakel. Angeblich kann man immer noch die Brandspuren am Altar sehen, wo Cordelia 1929 das Indoorfeuerwerk gezündet hat, um die Ankunft des Engels Gabriel zu verkündigen.

Die Cuthbert-Andersons sind stolz auf die grandiose Show, die sie seit Generationen bei sich im Dorf abziehen, und versuchen, sich jedes Mal aufs Neue zu übertrumpfen.

Für mich klang das eigentlich nach viel Spaß, aber Molly und ich hatten noch nie daran teilgenommen, weil Mum und Dad *an Weihnachten lieber unser eigenes Ding machen* wollten. Mir kam allerdings der Verdacht, dass das nicht die ganze Wahrheit war, als Mum die Einladung in ihrer Hand mit finsterem Blick anstarrte und vor sich hin murmelte: »Nein, nein, nein, ich hab gesagt, nie wieder, nicht nach dem, was beim letzten Mal …« Dann brüllte sie die Treppe hinauf: »CHRISTOPHER! WIR HABEN EIN PROBLEM!«

2

Ihr Kinderlein kommet

(Weil Großmutter es so will)

An dem Morgen, als die Einladung kam, schrie Molly »POOOOOOST!« und rannte zur Tür. Ich ließ meinen Controller fallen und sprintete los, um vor ihr da zu sein. Das ist immer so ein kleiner Wettkampf zwischen uns, auch wenn Mum deswegen regelmäßig mit uns schimpft.

Molly richtete ihren Schaumstoffsäbel auf mich. »Finger weg, Osky! Das ist **MEINER!**«

Sie trug eines von ihren »Freizeitoutfits«, wie wir es in der Familie nennen. Molly weigert sich nämlich steif und fest, normale Klamotten anzuziehen. Diesmal bestand ihr Outfit aus dem Unterteil ihres Blechmannkostüms, einem Piratenoberteil und einem weihnachtlichen Haarreifen mit Rentiergeweih.

Ich versuchte, ihr auszuweichen, doch sie fuchtelte mir

mit ihrer Waffe im Gesicht rum und stieß ein piratenmäßiges »HARRRR!« aus.

In dem Moment kam Mum dazu, schnappte entsetzt nach Luft, als sie erkannte, was in dem Umschlag steckte, und ließ mit ihrem »CHRISTOPHER! WIR HABEN EIN PROBLEM!« beinahe unsere Trommelfelle platzen.

Es handelte sich offensichtlich nicht um gewöhnliche Post.

Molly fing an, an Mums Oberteil zu zupfen. »Ist das ein Brief für mich?«

»Nein, Mäuschen ... CHRISTOPHER, würdest du bitte mal runterkommen?«

Molly schob schmollend die Unterlippe vor. »Ich krieg nie Post.«

»Du bist ja auch erst fünf«, sagte ich.

»Du Glückspilz. Auf diese Post würde ich nämlich lieber verzichten, mein kleiner Mollypop.« Mum drehte den Brief um, schloss die Augen und flüsterte etwas, das ein bisschen wie ein Stoßgebet klang.

Dad kam die Treppe runter. »Was gibt es, Schatz?«

»Ist es Fiese-Rechnung-Post?«, fragte Molly.

»Ich fürchte, es ist sogar noch schlimmer, Liebes. Der Brief kommt aus Barlington Hall.« Mum zog den Gürtel ihres Morgenmantels fester und sah Dad an. »Es ist die Weihnachtseinladung deiner Mutter. Gehe ich recht in der Annahme, dass du Bescheid wusstest? Du hast ihnen verraten, dass meine Mutter dieses Jahr an Weihnachten nicht bei uns ist, oder?«

»Ach ja, das wollte ich noch mit dir besprechen.«

»Ach, wolltest du? Ich dachte, wir hätten uns klar und deutlich ausgedrückt. Du hast versprochen, dass ich nie wieder am Familienkrippenspiel teilnehmen muss!«

»Komm schon, Schatz, *so* schlimm ist es nun auch nicht«, erwiderte Dad kein bisschen überzeugend.

»Christopher«, schäumte Mum, »deine Mutter hat mich in einen goldenen Gymnastikanzug gesteckt und an einem Seil von der Balustrade baumeln lassen, wo ich so tun sollte, als sei ich ein Stern!«

»Und was für ein süßer Stern du warst.«

»Bis sich das Seil gelöst hat! Und weißt du noch, als ich mich um Morris kümmern sollte?«

»Wer ist Morris?«, fragte ich.

»Ein Schaf«, antwortete Dad.

»Wohl eher ein ausgewachsener Widder! Nach seinem Tobsuchtsanfall hatte ich noch wochenlang blaue Flecken! Und falls das nicht reicht, um dir ins Gedächtnis zu rufen, wie fürchterlich das Ganze ist, denk doch bitte mal daran, wie deine Mutter mit ›ihren Darstellern‹ umspringt!«

Dad sah mich an und sagte: »Eure Großmutter kann ein wenig leidenschaftlich sein.«

»Leidenschaftlich!«, brüllte Mum. »Christopher, sie ist ein Monster! Nein – auf gar keinen Fall.« Sie stapfte durch den Flur davon, wobei sie vor sich hin brummte, dass sie in einem früheren Leben wohl irgendetwas Schlimmes verbrochen haben musste, um jetzt mit Briefen von Lady Luzifer gestraft zu werden.

Wir folgten ihr in die Küche und ich setzte mich an den Tisch, auf dem sich ihre Kuchenformen stapelten. Sie hat im Büro auf Teilzeit gewechselt, um professionell backen zu lernen. In jener Woche stand gerade Stollen auf dem Programm und so ungefähr beim sechsten Versuch war tatsächlich etwas dabei rausgekommen, das mehr der marzipanig-fruchtigen Spezialität aus Deutschland ähnelte als einem knusprigen französischen Baguette.

Mum schaltete den Wasserkocher an und Dad setzte sich zu mir an den Tisch.

Ich erkannte, dass es eins von *diesen* Erwachsenengesprächen werden würde, denn Mum hatte Molly mit dem Auftrag aus dem Raum geschickt, das nächste Fenster am Adventskalender zu finden. Mich würden sie nicht so leicht hinters Licht führen.

»Darf ich mal sehen?«, fragte ich und schnappte mir die Einladung. »Wer ist Lady Luzifer? Großmutter?«

»Niemand. Das hast du nie gehört, verstanden?«, erwiderte Mum und pfefferte Teebeutel in zwei Tassen. »Kakao, Oscar?«

»Ja, bitte«, antwortete ich, während ich mir die Einladung von allen Seiten ansah. Das Papier war dick und cremefarben mit Goldrand. Es war mit Großmutters eleganter Schnörkelschrift bedeckt, die uns mitteilte, dass wir herzlich zum *einhundertsten Krippenspiel der Familie Cuthbert-Anderson* nach Barlington Hall eingeladen waren. Ich war sofort dabei. Wer will denn nicht herzlich irgendwohin eingeladen werden?

»Ist es wirklich schon so weit? Das können doch keine drei Jahre gewesen sein.« Mum seufzte.

»Ich fürchte, ja«, sagte Dad.

Mum goss heißes Wasser in die Tassen und sprühte einen Klecks Sahne auf meinen Kakao.

»Ich finde, das Krippenspiel klingt lustig. Lasst uns mitmachen!«, verkündete ich. Denn wenn es eine Chance gab, Mum in einem glänzenden Outfit in der Gegend rumbaumeln zu sehen, wollte ich sie mir auf keinen Fall entgehen lassen.

Mum stellte ihre Tasse ab, schloss die Augen und schüttelte den Kopf, als versuchte sie, eine schreckliche Erinnerung loszuwerden – vielleicht das Balustradengebaumel, vielleicht aber auch den tobsüchtigen Widder, wer weiß?

»Das«, sagte Mum mit einem unheilvollen Unterton, »liegt daran, dass du noch nie eins miterlebt hast.«

Ich hielt dagegen: »Aber es ist eine Familientradition und ich bin Teil der Cuthbert-Anderson-Familie, also möchte ich dabei sein. Ich bin froh, dass wir die Einladung bekommen haben.«

»Wohl eher *Einberufung«,* grummelte Mum.

»Eure Großmutter neigt dazu, sich ein bisschen sehr mitreißen zu lassen«, sagte Dad und schluckte schwer.

»So kann man es natürlich auch ausdrücken«, entgegnete Mum. »Wie dir vielleicht klar geworden sein dürfte, ist eure Großmutter eine brutale Diktatorin.«

»Sie meint: geniale Dramaturgin«, erklärte Dad mir.

»Ach ja? Bei meiner ersten Teilnahme, kurz nachdem

ich euren Vater kennengelernt hatte, wurde ich zu einer Statistenrolle ohne Text degradiert – ich musste eine Palme spielen! Kannst du dir das vorstellen? Und das nur, weil ich als Engel angeblich nicht ›authentisch‹ rüberkam. Oh, Christopher, und jetzt ist es die hundertste Aufführung, da wird alles nur noch schlimmer! Du weißt doch, wie sie ist!«

Ich dachte an Großmutter Cuthbert-Anderson. Klar, bei ihr gibt es jede Menge Regeln – wo wir beim Abendessen sitzen und welche Reihenfolge beim Besteck eingehalten werden muss, zum Beispiel. Und ja, sie legt extrem viel Wert auf Manieren. Aber ich konnte mir nicht vorstellen, dass sie so furchtbar sein konnte, wie Mum sie beschrieb. Außerdem gehörte sie nun mal zur Familie. Dad sagt, man muss seine Familie akzeptieren und jeden Menschen so lieben, wie er ist, und ich finde, damit hat er auch recht. Selbst wenn dieser Mensch in Bezug auf Krippenspiele etwas eigenwillig sein kann.

Mum gab Dad und mir unsere Tassen und seufzte. »Das ist alles eine ganz schöne …«

»Erfahrung?«, schlug ich vor.

»Zumutung«, vollendete sie und schluckte schwer.

Wenn ich ehrlich bin, fand ich, sie klang langsam ein bisschen melodramatisch. Für mich ist eine Zumutung eher so was, wie versehentlich auf einem Pogostick ins All geschossen oder von einer Horde Seelöwen angegriffen zu werden. Oder zu vergessen, Unterhosen anzuziehen, wenn Sport auf dem Stundenplan steht.

Ein Familienkrippenspiel war definitiv *keine* Zumutung.

Das dachte ich jedenfalls … aber ich konnte natürlich nicht wissen, was der Engel Gabriel bald darauf vor zweitausend Jahren anstellen würde und was ich alles würde tun müssen, um das wieder in Ordnung zu bringen.

Ich leckte die Schlagsahne von meinem Kakao. »Klingt doch ganz okay, finde ich«, sagte ich und nahm einen großen Schluck. »Ich kapiere nicht, warum ihr nicht hinwollt.«

Mum setzte sich auf die Arbeitsfläche. »Wir feiern Weihnachten eben lieber auf *unsere Art*.«

»Es ist schön, so unter uns zu bleiben. Eure Mutter und ich haben uns am ersten Weihnachtsfeiertag kennengelernt, was den Tag gleich doppelt besonders macht«, ergänzte Dad und lächelte Mum an.

Ich stöhnte innerlich – jetzt kam gleich wieder die Geschichte, wie sie einander begegnet waren.

»Ja, du standest als Rentier verkleidet vor meiner Tür und hast Weihnachtslieder gesungen – sofern man das singen nennen kann.«

»Und als eure Mutter aufgemacht hat, war ich hin und weg und habe sie sofort gefragt, ob sie mit mir ausgehen will. Wenn sich das mal nicht **rentiert** hat …«

»Dad, der Witz war schon beim ersten Mal nicht lustig.«

»Außerdem«, fuhr Mum fort, »ist da auch noch Granny Roberts, auf die wir normalerweise Rücksicht nehmen müssen.«

»Ja, aber die ist auf dem Weg zu den Kanaren, also können wir dieses Jahr doch mal ein bisschen Abwechslung reinbringen!«, beharrte ich.

»Gibt es keinen anderen Grund, weshalb wir nicht kommen können?«, fragte Mum. »Bis jetzt haben wir immer eine Ausrede gefunden.«

»Was denn für Ausreden?«, wollte ich wissen.

»Wir können Granny Roberts nicht jedes Mal vorschieben, darum finden wir eben andere Gründe, uns das ganze Familien…*drama* nicht anzutun. Letztes Mal konnten wir nicht, weil du die Mandeln rausbekommen hast. Davor waren es deine Paukenröhrchen«, antwortete Dad.

»Ach, Christopher, ich hatte wirklich gehofft, sie hätten verstanden, dass wir keine Lust haben«, sagte Mum. Dann wandte sie sich an mich. »Du hast nicht zufällig noch irgendwelche Körperteile, die wir entfernen lassen können, damit wir nicht hinmüssen?«

»Was macht der Blinddarm?«, fragte Dad und zwinkerte mir zu.

»Dem geht's gut«, versicherte ich. Ich war mir zwar nicht ganz sicher, was ein Blinddarm ist, aber mir gefiel nicht, was er damit andeuten wollte.

Mum seufzte. »Schade.« Es klang, als wäre sie tatsächlich enttäuscht, dass mein Blinddarm machte, was er sollte.

»Moment mal! Ihr habt mir nicht bloß die Mandeln rausnehmen lassen, damit wir nicht zu diesem Krippenspieldings müssen, oder?«

»Nein!«, protestierte Mum – für meinen Geschmack ein bisschen zu heftig.

»Hmmm.« Ich musterte beide misstrauisch.

»Zur Not muss eben Molly ran. Sie hat ihre Mandeln ja noch.« Dad grinste mich an. »Vorausgesetzt, du bist dir wirklich einhundert Prozent sicher, dass mit deinem Blinddarm alles in Ordnung ist. Du fühlst nicht zufällig ein kleines Zwicken?«

Ich keuchte entsetzt auf. Mum lachte und warf ein Geschirrtuch nach Dad.

»Nein«, sagte ich, »und selbst wenn, würde ich es euch nicht sagen, weil ich nämlich finde, wir sollten hinfahren. Ich hab echt Lust auf feierliches Familiengeträllere unter dem Weihnachtsbaum! Ich wette, der Baum in Barlington Hall ist riesig! Und Großvater und Großmutter dekorieren bestimmt alles total schick und festlich – da fühlt es sich gleich noch mal so weihnachtlich an!«

Mum runzelte die Stirn und sah Dad an. »Christopher, ich fürchte, wir können unseren Kindern nicht noch mehr Körperteile entnehmen, um uns davor zu drücken. Du wirst ihnen höflich, aber bestimmt absagen müssen. Und zwar so, dass sie es diesmal auch verstehen.«

Dads Lächeln wich einem Gesichtsausdruck, den ich nicht kannte. Er wirkte plötzlich ganz klein – wie ein Kind. Ein stoppeliges, leicht faltiges Kind, aber ihr wisst, was ich meine. »Das würde ich normalerweise auch – du weißt, wie ich zu Weihnachten in Barlington Hall stehe. Aber ich finde wirklich, dieses Jahr sollten wir hinfahren. Mein Dad …« Er nahm einen großen Schluck von seinem Tee und Mum und ich sahen einander an, während wir darauf warteten, dass er weitersprach. »Es geht ihm nicht gut. James hat gestern angerufen – die ganze Familie nimmt extra die Fähre. Camilla und Patryk kommen auch.«

James ist Dads Bruder. Er ist mit meiner Tante Marigold verheiratet. Sie machen beide irgendwas mit Finanzen und haben Zwillinge namens Hugo und Fenella. Besonders gut kannte ich meinen Cousin und meine Cousine nicht. Sie wohnen nämlich auf einer Insel, die Jersey heißt und näher an Frankreich als an unserem Zuhause liegt. Früher waren wir immer alle zusammen in den Sommerferien in Barlington Hall, aber die letzten Jahre hatte es zeitlich nicht gepasst, weshalb ich sie zum letzten Mal gesehen hatte, als ich ungefähr acht war.

Camilla ist Dads jüngere Schwester und Patryk ist ihr Ehemann. Früher hat sie eine Zeitschriftenkolumne darüber geschrieben, wie es war, als weiblicher Single in London zu leben, aber dann hat sie Onkel Patryk kennengelernt, also ging das nicht mehr. Seitdem hat sie sich laut Mum den Themen Schwangerschaft und Heimtextilien zugewandt. Ich habe keine Ahnung, was Heimtextilien sind und was man alles darüber schreiben kann, aber sie wird schon wissen, was sie tut.

»Der arme Reginald. Plagt ihn wieder die Gicht?«, erkundigte sich Mum.

Was Gicht ist, weiß ich aus dem Fernsehen. Heinrich der Achte hatte das auch ganz schlimm. Dabei schwellen die Gelenke an und tun tierisch weh, weil man zu viele Wildschweinköpfe isst und zu viel Wein trinkt.

»Es ist ein bisschen schlimmer als Gicht«, sagte Dad sehr leise und schaute zu Boden. »Viel schlimmer, Cathy.« Dann sah er mich an. »Vielleicht gehst du jetzt lieber raus, Oscar. Ich glaube, das ist noch nichts für deine Ohren.«

Ich setzte meinen Kakao ab. »Ist Großvater krank? Wenn ja, möchte ich es wissen. Ich bin fast zwölf, also fast schon ein Teenager. Ich komm damit klar.«

Dad warf Mum einen Blick zu und sie nickte.

»Ja, er ist ziemlich krank«, sagte Dad.

»Ist es schlimm?«, fragte ich leise.

»Ich fürchte, ja, Kumpel. Und ich weiß, wie schwierig das mit dem Krippenspiel für dich ist, Cathy, und ich würde dich normalerweise auch nicht darum bitten, aber ich glaube, es könnte das letzte Mal sein …«

»Aber ja, natürlich.« Mum stellte ihre Tasse auf das Abtropfbrett. Dann rutschte sie von der Arbeitsfläche, drehte den Wasserhahn auf und ließ das Spülbecken volllaufen. Mum hat die Angewohnheit, *etwas tun* zu müssen, wenn sie nicht weiß, was sie tun soll.

»Natürlich, aber ja, natürlich, klar, klar, natürlich«, wiederholte sie, während sie energisch ein paar unschuldige Teller blitzblank schrubbte.

Ich saß da und dachte an meinen Großvater. Ich sehe ihn nicht annähernd so oft, wie ich es mir wünschen würde, weil wir vierhundertfünfzig Kilometer entfernt in Middlesbrough leben. Das liegt an Dads Job bei der Biotech- und Pharmafirma, wegen dem wir kurz nach meiner Geburt hierhergezogen sind. Anfangs waren unsere

Großeltern wohl enttäuscht, dass er nicht die Verantwortung für das Anwesen in Barlington übernehmen wollte, aber inzwischen haben sie sich damit abgefunden. Ich habe mal gehört, wie Dad mit Mum darüber geredet hat. Er sagte, er wolle »die Bürde nicht, die es bedeutet, ein Cuthbert-Anderson zu sein«. Ehrlich gesagt wusste ich nicht so recht, was er damit meinte. Wieso sollte es eine Bürde sein, in so einem riesigen Haus zu wohnen? So viele Zimmer, in denen man toben kann, und ein gigantischer Garten zum Spielen – das ist doch genial! Aber irgendeinen Haken musste es geben, denn Onkel James und Tante Camilla wollten auch nicht in Barlington leben.

Na, jedenfalls ist die Strecke zwischen Middlesbrough, wo wir sind, und Hampshire, wo unsere Großeltern sind, ein bisschen zu weit, um mal kurz vorbeizuschauen. Wir sprechen jedes zweite Wochenende über Zoom miteinander, aber Großvater und Großmutter haben es nicht so mit Technik. Oft sehen wir die ganze Zeit nur ihre Bäuche und sie fragen andauernd: »Könnt ihr uns hören? Wir hören euch nicht!« Ich mag es trotzdem. Großvater scheint einer dieser Menschen zu sein, die nur aus Geschichten bestehen. Kennt ihr diese Leute, denen ständig die abgedrehtesten Dinge passieren? Tja, er ist einer davon.

Wobei, wenn ich so darüber nachdenke: Ich vermutlich auch.

Aber zurück zu Großvater. Einmal ist er von einem tief fliegenden Fasan vom Pferd gestoßen worden. An einem winterlichen Februarabend hat er es geschafft, seinen Pyjama in Brand zu setzen, als er seinen Hintern über dem Kaminfeuer wärmen wollte, und musste nach draußen in den Schnee rennen, um ihn zu löschen. Und einmal, als wir in den Sommerferien dort waren, hat er mich den Jeep fahren lassen. Mum ist komplett ausgeflippt und hat ihn einen verantwortungslosen, alten Fisch genannt, weil ich erst sechs war und Sechsjährige wirklich noch nicht Jeep fahren sollten. Wo der Teil mit dem Fisch herkam, weiß ich nicht. Wahrscheinlich war es das Erste, was ihr im Überschwang der Gefühle einfiel, nachdem sie mit angesehen hatte, wie ihr Sohn gegen die Außenwand des Hauses gekracht war.

Mit meinem Großvater – oder **Lord Cuthbert-Anderson,** wie er mit vollem Titel heißt – kann man also echt viel Spaß haben. Ich weiß, das mit dem Lord klingt ziemlich spießig, aber das ist er echt nicht. Mir ist nicht mal ganz klar, was so ein Lord eigentlich macht, außer sich schick anzuziehen und gelegentlich zu exklusiven Dinnerpartys zu gehen. Für mich ist er einfach nur mein Großvater, und zwar ein total cooler.

Plötzlich war ich sehr, sehr traurig und sehr, sehr entschlossen, dass Weihnachten in Barlington Hall unbedingt sein musste. Aus allen möglichen Gründen.

Ich wandte mich an Mum. »Komm schon, ich finde, wir sollten dieses Krippenspieldings machen und Weihnachten in Barlington feiern. Granny Roberts kommt dieses Jahr nicht, was sollen wir also sonst machen? Und Großvater Cuthbert-Anderson ist der einzige Großvater, den ich habe. Ich würde ihn gern noch mal sehen, bevor das, was schlimmer ist als Gicht, ihn erwischt. Es ist Weihnachten, Leute. Zeit für feierliche Familienfestivitäten! Was kann schon passieren?«

Jede Menge, wie sich rausstellen sollte, aber woher hätte ich wissen sollen, dass der Engel Gabriel kurz davor war, einen mächtigen Fehler zu begehen?

»Natürlich fahren wir hin«, sagte Mum. »Auf jeden Fall.«

Dad ging zu ihr und umarmte sie. »Man kann nie wissen, Schatz. Vielleicht gefällt es uns ja sogar.«

In dem Moment kam Molly mit schokoladenverschmiertem Gesicht in die Küche getaumelt. Unter ihrem Arm klemmte ein bis auf das letzte Fenster geplünderter Adventskalender. Sie stieß einen kräftigen Rülpser aus, verkündete: »Mir ist ein bisschen kotzelig«, und erbrach sich auf den Linoleumfußboden.

Damals dachte ich mir nicht viel dabei, doch Mum betrachtete es offensichtlich als eine Art Zeichen, wie die Weihnachtszeit verlaufen würde. Mütter haben einen merkwürdigen sechsten Sinn für so was. Sie schloss nämlich die Augen und sagte ganz leise: »Und schon geht es los.« Als wäre Mollys Erbrochenes ein Beweis dafür, dass wir auf eine **Weihnachtskatastrophe** zusteuerten.

Was der Wahrheit erstaunlich nahe kam.

3

Es kommt ein Schiff, geladen

(Beziehungsweise ein Wohnmobil namens Colin)

Großmutter Cuthbert-Anderson hatte darauf bestanden, dass wir *allerspätestens* am zwanzigsten Dezember kamen, weil sie einen strikten Probenplan erstellt hatte, den wir unbedingt einhalten mussten. Mum war ganz blass geworden, als sie die E-Mail gelesen hatte.

Also stiegen wir an jenem Freitag, dem zwanzigsten Dezember, nach dem Abendessen in Colin, unser Wohnmobil, und brachen auf. Es ist nämlich besser, nachts zu fahren, wenn Molly schläft. Erstens brauchen wir uns dann nicht stundenlang anzuhören, wie sie »Ein Loch ist im Eimer« singt, und zweitens müssen wir nicht alle fünf Minuten anhalten, weil sie Pipi muss.

Mum stellte mir einen Weihnachtskuchen auf den Schoß, der so schwer war, dass mir prompt die Beine einschliefen. Meinen kribbelnden Zehen half es auch nicht gerade, dass die Fahrt etwas länger dauerte als geplant. Dad hatte das falsche Hampshire ins Navi eingegeben und so fuhren wir erst mal in Richtung Hampshire County in Massachusetts, bis Mum auffiel, dass 5.357 Kilometer doch ein bisschen weit erschienen. Dads Orientierungssinn ist echt unterirdisch.

Danach beschloss er, das Navi komplett zu ignorieren, was dazu führte, dass wir eine Strecke nahmen, die er als »malerische Route« beschrieb. Für Mum waren es eher »eine Tour durch die hinterletzten Kuhkäffer« und anderthalb Stunden vergeudete Lebenszeit.

Etwa auf der Hälfte unserer Tour durch die hinterletzten Kuhkäffer stellte ich fest, dass ich mein Handy zu Hause auf dem Nachttisch vergessen hatte. Ich versuchte, sie zu überreden, dass wir umkehren und es holen sollten, doch vergeblich. Sie meinten, es könne nicht schaden, wenn ich mal lernte, eine Weile ohne auszukommen. Um ihnen zu zeigen, wie falsch sie damit lagen, schmollte ich den Rest der Fahrt, was sie jedoch nur zu belustigen schien.

Als wir in Barlington Hall ankamen, spürte ich meine Beine nicht mehr und meine Zunge brannte von all den supersauren Zuckerstangen, die ich unterwegs gelutscht hatte. Doch mein Unbehagen war schnell vergessen, als wir durch das große Tor fuhren und die lange, gewundene Auffahrt zum Haus entlangrollten. Der Weg ist auf beiden Seiten von beeindruckend hohen Bäumen gesäumt, bei denen es sich laut Dad um Zedern handelt. Wir hielten vor dem Haus und das Erste, was wir sahen, war Großvater, der in einem Gewirr aus Lichterketten auf einer Trittleiter stand.

»Ist das mein Vater? Um diese Uhrzeit? Was macht der alte Holzkopf denn jetzt schon wieder?«, grummelte Dad, während er den Motor abstellte und aus Colin sprang.

Ich stieg hinter ihm aus, stellte den Weihnachtskuchen neben dem Wohnmobil auf dem Boden ab und befreite mich von den Chips- und anderen Krümeln, die sich unterwegs zwischen meinen Beinen angesammelt hatten.

»Hurra!«, rief mein Großvater. »Die müden Reisenden sind endlich da.«

Als er das sagte, fiel mir auf, dass ich tatsächlich ganz schön müde war. Zugegeben, ich war keine hundert Kilometer auf dem Rücken eines Esels über staubige Straßen geritten, aber meinen Eltern bei ihren Zankereien zuzuhören, ohne mich mit meinem Handy ablenken zu können, war schon auch anstrengend.

»Dad, was machst du denn um diese Uhrzeit da oben? Noch dazu in deinem Zustand?«, fragte Dad, während er mit großen Schritten auf die Treppe vor dem Eingang zulief.

»Deine Mutter wollte, dass die Lichter bis zu eurer Ankunft aufgehängt sind. Aber wie es scheint, ist uns da ein kleiner Fauxpas unterlaufen. Normalerweise macht das Geoffrey, der Gärtner, doch der hat den ganzen Tag Feuerholz verladen und mir sind die Lichter erst wieder eingefallen, als die Zehn-Uhr-Nachrichten kamen. Oscar, mein Junge, würdest du mal nachsehen, ob du das Ende finden kannst? Ich fürchte, ich habe mich in eine schreckliche Zwickmühle manövriert.«

»Dad, würdest du bitte runterkommen, bevor du dir einen Stromschlag oder Schlimmeres holst? Ich hänge die Lichter morgen auf.«

»Aber deine Mutter …«

»… wird sich eben ein bisschen gedulden müssen. Komm her.« Dad streckte die Hand aus. Großvater ergriff sie und stieg mit wackligen Knien von der Leiter.

»Hier ist das Ende«, sagte ich.

»Oh, bravo, Oscar!«, antwortete Großvater. »Wenn du mir nun vielleicht helfen könntest, mich zu entwirren?«

Ich zog am Ende des Kabels und er drehte sich wie eine Primaballerina mit Tweed-Schiebermütze, bis er wieder frei war. Als ich ihn so sah, fragte ich mich, ob Dad möglicherweise irgendwas falsch verstanden hatte. Auf mich wirkte er nämlich gar nicht krank. Vielmehr strahlte er regelrecht, auch ganz ohne Lichterkette.

Mum kam mit der schlafenden Molly auf dem Arm zur Vortreppe.

»Gute Güte«, sagte Großvater, »was in Gottes Namen hat das Kind da an?«

»Das ist ein Grüffelo-Kostüm«, erklärte ich.

»Na, da schau her! Ein Grüffelo, sagst du? Das ist ja ein Ding!« Er ließ ein herzhaftes Lachen hören, auf das selbst der Weihnachtsmann stolz gewesen wäre. Dann legte er Mum eine Hand auf die Schulter und sagte total ernst: »Cathy, was für eine Freude, dich zu sehen. Es ist schon wieder viel zu lange her!«

»Ich freue mich auch, dich zu sehen, Reginald«, erwiderte Mum. Obwohl sie dabei lächelte, konnte ich die Traurigkeit in ihrer Stimme hören.

»Kommt, immer rein in die gute Stube.« Großvater stieg über die Lichterkette, die wie ein Nest um seine Füße lag, und ging zur Eingangstür. »Die Kinder gehören ins Bett, Christopher. Deine Mutter hat den morgigen Tag schon komplett durchgeplant. Ich glaube, Marigold und James haben sich für den späten Vormittag angekündigt und Camilla und Patryk sollten pünktlich zum Abendessen hier sein.«

Nur zur Erinnerung: James ist Dads älterer Bruder und der Mann von Tante Marigold. Das sind die mit den Zwillingen, Hugo und Fenella. Camilla ist Dads jüngere Schwester. Sie ist mit Patryk verheiratet. Patryks Familie lebt in Polen, aber er hat sich entschieden, dauerhaft in England zu bleiben, als seine Karriere so richtig durchstartete. Er ist Architekt und leitet eine Firma, die in London riesige Wolkenkratzer baut. Die beiden erwarteten gerade ihr erstes Kind.

Großvater öffnete die beiden Flügel der großen Eingangstür und sagte mit schön viel Theatralik in der Stimme: »Willkommen im weihnachtlichen Barlington.«

Ich antwortete: »Vielen herzlichen Dank.« Dann trat ich ein und das Einzige, was mir einfiel, war: »Wow!«

Man kann gar nicht anders, als beeindruckt zu sein, wenn man die Eingangshalle von Barlington sieht. Sie ist gigantisch. Es gibt einen großen funkelnden Kronleuchter, der von der sehr, sehr hohen Decke hängt, und einen Tisch mit einer riesigen Vase, in der das üppigste Blumenarrangement steckt, das ihr je gesehen habt. Diesmal bestand es aus roten und weißen Blumen und grünen Blättern, so als hätte jemand Weihnachten angepflanzt und gepflückt, um es in einem schicken Behältnis zur Schau zu stellen.

»Krass, ich glaube, wir haben im ganzen Garten nicht genug Blumen, um diese Vase vollzukriegen«, sagte ich.

»Ja, okay, wir haben sowieso nicht viele Blumen im Garten, weil das laut Dad ein Ort ist, ›wohin Pflanzen gehen, um zu sterben‹.«

»Ich kann mich nicht erinnern, das jemals gesagt zu haben«, meinte Dad mit einem nervösen Seitenblick auf Mum.

Die Vase war aber nicht das Einzige, was an der Eingangshalle beeindruckend war. Neben dem Tisch stand ein riesengroßer Weihnachtsbaum, der ganz in Rot und Gold geschmückt war. Mum findet so was geschmackvoll, aber für mich fehlt da irgendwas. Mir gefallen Weihnachtsbäume in allen Farben besser – Pink, Orange, Rot, Gold, Blau, Knallgelb und so weiter. Außerdem mag ich Lametta. Der Weihnachtsbaum in Barlington Hall war zwar groß, aber es hing nicht ein Fitzelchen Lametta dran.

Hinter dem Baum führten zwei Treppen aus dem Obergeschoss zu uns herab. Eine dekorative Girlande aus grünen Blättern und roten Schleifen war um das Geländer gewickelt. Die würde ich früher oder später loswerden müssen. Diese Geländer sind dazu da, um dran runterzurutschen, und piksige Stechpalmenblätter im Po sorgen nicht gerade für festliche Stimmung. Während ich darüber nachdachte, wie ich das am besten anstellen konnte, kam plötzlich eine Erinnerung aus früheren Sommerferien in mir hoch: Großvater, der das Geländer hinabsauste und dabei lauthals »Auf, auf in den Kampf, Sir Oscar!« brüllte. Das brachte mich zum Lächeln. Einmal mehr war ich fest überzeugt, dass Weihnachten in Barlington einfach fantastisch werden würde.

Großvater klatschte in die Hände. »Nun gut, stehen wir nicht den ganzen Abend hier rum. Christopher, deine Mutter ist im Salon. Sie wünscht, die Kinder zu sehen, bevor sie sich für die Nacht zurückziehen.« Großvater warf einen Blick auf die schlafende Molly, die wie ein Koala an Mum hing. »Allerdings sollten wir sie vielleicht vorwarnen, dass ihre Enkelin als Grüffelo verkleidet ist. Sie verbittet sich Überraschungen nach zwanzig Uhr.«

»Ach was, ich bin mir sicher, das geht in Ordnung«, meinte Dad.

Mum zog eine Augenbraue hoch, was vermutlich bedeutete, dass sie sich da nicht ganz so sicher war.

Wir folgten Großvater durch die weitläufigen Flure, vorbei an all den alten Gemälden nobel aussehender Leute in Rüschenklamotten, bis in den Salon. Großmutter saß in einem Sessel vor dem brennenden Kamin und las ein Buch, während im Hintergrund leise klassische Musik lief. Sie trug eine hochgeschlossene Bluse unter einer dunkelblauen Strickjacke und über ihre Beine war eine Decke mit Schottenkaromuster gebreitet.

Als wir eintraten, legte sie das Buch beiseite und nahm die Lesebrille ab, die an einer Kette um ihren Hals hing.

»Sie sind da«, verkündete Großvater.

»Ja, das sehe ich«, erwiderte Großmutter. »Später als vereinbart, aber ich schätze, wir müssen dankbar sein, dass sie überhaupt gekommen sind.«

»Hallo, Mutter«, sagte Dad. »Der zwanzigste war abgemacht und hier sind wir!«

»Gerade eben so.« Sie hielt ihm die Wange hin und Dad ging zu ihr und gab ihr einen Kuss.

Dann blickte sie mich an. »Oscar Charles, ich habe dich seit letztem Sommer nicht mehr gesehen. Komm näher, damit ich dich anschauen kann.«

Keine Ahnung, warum sie meinen Zweitnamen benutzte. Aber vielleicht tat es ihm auch mal gut, sonst hängt er nämlich immer nur untätig rum.

»Du siehst ein bisschen dünn aus«, meinte sie und wandte sich an meine Mum. »Sag, Catherine, ist das Kind unterernährt?«

Ich zog den Pulli hoch und betrachtete meinen Bauch. Auf mich wirkte er völlig okay. Ich streckte ihn ein paarmal raus und zog ihn wieder ein. Beim ersten Mal nur, um zu sehen, wie groß er war, und die restlichen Male dann eigentlich nur zum Spaß. Ich würde vielleicht keine Bodybuildingwettbewerbe gewinnen, aber *so* dünn war ich nun auch nicht.

»Er ist rundum gesund«, antwortete Mum und wuchtete Molly auf ihrer Hüfte ein Stück höher.

»Jepp«, pflichtete ich ihr bei. »Nicht mal ein Zwicken im Blinddarm.« Ich klopfte mir auf die Stelle, wo ich meinen Blinddarm vermutete, ungefähr auf Höhe meiner rechten Brustwarze.

Großmutter runzelte die Stirn, musterte mich von Kopf bis Fuß und sagte: »Was für eine außergewöhnliche Bemerkung.«

Dann fügte sie hinzu: »Nun sag deiner Großmutter mal ordentlich Hallo«, und hielt mir die Wange hin.

Mir war nicht ganz klar, was sie unter einem *ordentlichen Hallo* verstand, aber ich nahm an, dass sie sich ein bisschen mehr Begeisterung wünschte. Also breitete ich die Arme aus und schmetterte aus vollem Hals: **»HALLO, GROSSMUTTER!«**

Sie wandte sich an meinen Dad und fragte: »Christopher, ist mit dem Kind geistig alles in Ordnung? Oder kann es sein, dass seine Manieren seit eurem letzten Besuch hier gelitten haben? Ich könnte mir vorstellen, dass ein gewisser Hang zu Videospielen dahintersteckt.«

»Mit ihm ist alles in bester Ordnung«, warf Mum ein. »Und wir achten darauf, dass er seine Bildschirmzeit nicht überschreitet.«

»Wovon redet ihr?«, fragte ich, denn ich kam nicht mehr mit.

»Deine Großmutter hätte gern einen Begrüßungskuss«, erklärte Dad.

Das wollte ich lieber vermeiden. Ich spielte mit dem Gedanken zu erwidern: *Und ich hätte gern eine Xbox und einen Rundflug um den Mond, aber wir kriegen nun mal nicht alles, was wir uns wünschen, Lady – diese Lippen küssen gar nichts.* Aber irgendwas sagte mir, dass das nicht besonders gut ankommen würde.

Großmutter hielt mir wieder die Wange hin.

Ich stand da und betrachtete sie eine Weile. Sie sah aus wie eine getrocknete Aprikose, die mit weißem Puder bestäubt worden war. Dem wollte ich mit meinen Lippen wirklich nicht zu nahe kommen, aber als ich mich Hilfe suchend zu Dad umdrehte, nickte er bloß. Also drückte ich ihr ganz schnell ein Küsschen auf die Wange und trat zurück, erleichtert, dass ich es hinter mir hatte.

»Ich fürchte, Molly schläft bereits tief und fest. Ich sollte sie wohl lieber mal ins Bett bringen«, sagte Mum.

»Du lieber Gott, das ist ein Kind, was du da trägst?«, fragte Großmutter entgeistert. »Ich hatte es für ein großes Stofftier gehalten. Warum um alles in der Welt ist sie so angezogen?«

»Das ist ein Grüffelo-Kostüm«, erklärte ich. »Das zieht sie gern zum Schlafen an, weil sie glaubt, dass es die Monster fernhält. Was für Monster genau, weiß ich auch nicht. Gremlins vielleicht? Sie war ein bisschen vage, als ich sie danach gefragt habe.«

»Ein Grüffelo? Monster? Gremlins?«, wiederholte Großmutter, als wären es die sonderbarsten Worte, die ihr je über die Lippen gekommen waren. »Christopher, ich muss mich schon wundern, wie du deine Kinder großziehst. Alberne Kostüme sind nun wirklich keine angemessene Kleidung für eine Cuthbert-Anderson.«

»Wir sind Andersons«, stellte Mum klar.

»Und er zieht uns echt gut groß«, ergänzte ich, wobei ich meinen Bauch so weit vorstreckte, wie ich nur konnte, um ihr zu zeigen, dass ich ausreichend zu essen bekam.

Großmutter verzog das Gesicht, schnalzte mit der Zunge und sagte noch einmal: »Wirklich außergewöhnlich.«

Mag sein, dass ich wirklich außergewöhnlich bin, aber neben dem, was später in jener ersten Nacht in Barlington und an den folgenden Tagen passieren sollte, stinkt meine Außergewöhnlichkeit gehörig ab.

4

Vom Himmel hoch ...

... da kommt ein »AHHHH!«

Ich wurde schnurstracks ins Bett geschickt. Mum folgte mir mit Molly auf dem Arm in die Kinderstube oben unter dem Dach. Ehrlich gesagt, mag ich die Bezeichnung *Kinderstube* nicht besonders. Das klingt irgendwie so babyhaft. Tatsächlich ist es aber einfach bloß ein großes Zimmer mit vielen Betten, wo wir Kinder immer schlafen. Zwei weitere Betten waren bereits für Hugo und Fenella hergerichtet, die am folgenden Tag dazukommen würden.

Ich würde nicht unbedingt sagen, dass ich mich freute, meinen Cousin und meine Cousine wiederzusehen. Ich war eher neugierig und gespannt, weil es schon so lange her war und ich keine Ahnung hatte, wie sie inzwischen drauf waren. Wahrscheinlich hätte ich sie nicht mal erkannt, wenn sie zu mir gekommen wären und mich in den Hintern gebissen hätten. Ich wusste nur noch, dass sie wippende blonde Locken hatten und aussahen, als sollten sie Harfe spielen und Liebespfeile verschießen.

Molly war aufgewacht, als Mum sie ins Bett gesteckt hatte, und konnte nun nicht mehr einschlafen, weil sie die ganze Fahrt über gepennt hatte. Was bedeutete, dass ich auch nicht einschlafen konnte, weil sie wieder und wieder »O Tannenbaum« sang. Sie war schon total aufgeregt wegen des Krippenspiels. Ich glaube, sie wollte die Sache mit der Schulaufführung wiedergutmachen, wo sie einen der Heiligen Drei Könige gespielt hatte. Sie war der mit dem Gold und Mum hatte ihr dafür extra Ferrero Rocher mitgegeben, damit es von Weitem so aussah, als hätte sie echtes Gold dabei. Allerdings hatte sie alle dreißig Stück aufgefuttert und sich dann auf den Huf des Kamels übergeben. Wenn es um Schokolade geht, kennt sie keine Zurückhaltung.

Sie hatte gerade die elfhundertste Wiederholung von »O Tannenbaum« angestimmt, als wir plötzlich ein lautes **WUUUUUUSCH** hörten. Es klang fast so, als wäre ein Flugzeug gefährlich dicht über das Haus geflogen. Wir fuhren aus unseren Betten hoch.

Molly fragte: »Was war das, Osky?«

Doch bevor ich antworten konnte, ertönte ein gewaltiges **WUUUUUUUUUUUUUMP**. Ich war mir ziemlich sicher, dass irgendwas auf dem Dach gelandet war. Wir sahen nach oben und lauschten dem **RUMMS, RUMMS, RUMMS** über unseren Köpfen.

Darauf folgte das Geräusch von herabfallenden Dachziegeln, die auf dem Boden zerbrachen, und dann ein heulendes OOOHHHAAAAHHHOOHOOOONEE-EEEEEEEEEEEEE!.

Ein gleißendes Licht flammte auf, das durch den Spalt zwischen den Vorhängen fiel und den Raum für einige Sekunden taghell erleuchtete. Molly und ich schnappten erschrocken nach Luft und hielten uns die Augen zu.

Sobald wir die Hände wieder wegnehmen konnten, rannten wir zum Fenster. Ich riss die Vorhänge beiseite und wir sahen gerade noch, wie *etwas* vom Dach sauste. Es flog in hohem Bogen durch die Luft wie ein wackliger Meteor und gab dabei wieder dieses OOOCHHHOOHOO-OOCHNEEEEEEEEEEEE! von sich. Schließlich landete es mit einem weiteren ohrenbetäubenden WUU-UUUU-UUUUUUUUUUMP! in der Schafwiese hinter Barlington Hall.

Das Licht, das von ihm ausging, flackerte und wurde ein bisschen schwächer, erlosch aber nicht völlig.

Molly drehte sich zu mir um. Ihre Augen waren groß wie Untertassen. »War das der Weihnachtsmann?«

»Der Weihnachtsmann? Nein, ich glaube nicht«, antwortete ich. Meine Annahme beruhte jedoch einzig auf der Tatsache, dass noch nicht Heiligabend war und er normalerweise Geschenke und Rentiere dabeihatte.

Molly packte meinen Arm. »Sind das die Aliens von Kepler-452b, die Dad holen wollen?«

»Keine Ahnung, was das ist«, sagte ich. »Vielleicht ein Scheinwerfer, der von einem Flugzeug abgefallen ist?«

Molly runzelte die Stirn. »Scheinwerfer machen nicht OOOOH OOOH AHHHH, Osky.«

Damit hatte sie nicht ganz unrecht, aber ich hatte trotzdem keinen blassen Schimmer, was es sonst gewesen sein könnte. Langsam kam mir der Verdacht, dass es sich *tatsächlich* um die Kepler-452b-ianer handeln könnte, doch das sagte ich nicht, weil ich ihr keine Angst vor einer Alieninvasion machen wollte. Wobei Aliens rückblickend vielleicht das geringere Problem gewesen wären, wenn ich ehrlich bin.

Ich öffnete die Zimmertür und lauschte auf Anzeichen, dass irgendwer sonst im Haus das seltsame Geräusch gehört hatte, aber bis auf entferntes Schnarchen war alles still.

Als ich mich wieder umdrehte, drückte sich Molly die Nase am Fenster platt. »Wir sollten nachgucken gehen. Es könnte was ganz Tolles sein! Oder *jemand* ganz Tolles!«

Sie hoffte eindeutig auf den Weihnachtsmann. Was auch immer es war, es leuchtete immer noch schwach und würde dadurch leicht zu finden sein. Ich war mir bloß nicht sicher, ob es so eine gute Idee war, mitten in der Nacht auf der Wiese rumzulatschen. Es konnte etwas ganz Tolles sein, aber auch etwas Gefährliches, und das machte mir schon ein bisschen Angst. Und wenn Mum und Dad dahinterkamen, dass wir uns nachts rausgeschlichen hatten, würden *sie* definitiv gefährlich werden.

»Ich weiß nicht, Molls. Das war bestimmt nichts«, sagte ich ganz und gar nicht überzeugend.

Sie packte meine Hand, setzte sich die Kapuze ihres Grüffelo-Kostüms auf und antwortete: »Das war nicht nichts, Oscar. Lass uns nachsehen! Nur ganz kurz.«

Ich betrachtete das Leuchten auf dem Feld. Irgendwie wollte ich auch wissen, was es war.

»Ich pass auf dich auf, wenn du Angst hast«, versicherte Molly.

Damit blieb mir keine andere Wahl. »Ich hab keine Angst und wenn hier jemand aufpasst, dann ja wohl ich auf dich. Aber es muss schnell gehen und du tust, was ich sage. Wir sollten eigentlich nicht alleine da raus.«

»Ich weiß! Aber es könnte der Weihnachtsmann sein!« Molly hopste ein paar Mal auf und ab, sodass ihre flauschige Kapuze wackelte, und quiekte: »Ist das aufregend!«

Ich zog mir einen Hoodie über und wir schnappten uns unsere Gummistiefel – meine grünen und Mollys glitzernde goldene. Dann hob ich unsere Schals auf, die wir achtlos auf den Boden geworfen hatten, und band Molly ihren um. Außerdem fischte ich etwas, das wie ein uralter Kricketschläger aussah, aus der Spielzeugkiste – nur für alle Fälle.

Mit den Gummistiefeln in der Hand tappten wir die erste Treppe hinunter, schlichen auf Zehenspitzen an dem Zimmer vorbei, in dem Mum und Dad im Chor schnarchten, nahmen eine weitere Treppe und bahnten uns einen Weg durch die unzähligen Korridore und einen kaum benutzten Flügel des Hauses, bis wir die Hintertür fanden.

An einem Garderobenhaken neben der Tür hing eine Taschenlampe. »Die nehme ich«, sagte ich und gab Molly den Kricketschläger, was sich im Nachhinein nicht als die beste Idee erweisen sollte. Dann drehte ich behutsam den Schlüssel im Schloss und schob die Tür auf. Sie quietschte megalaut, aber zum Glück ist Barlington so groß, dass es wahrscheinlich trotzdem niemand hörte.

»Auf zum Zaun.« Als ich nach draußen trat, formte mein Atem eine weiße Wolke vor meinem Gesicht.

»Glaubst du, es ist kalt genug, dass es schneien könnte?«, fragte Molly. »Ich will echt gerne weiße Weihnachten.«

»Nee, an Weihnachten schneit es nie. Jedenfalls nicht in England«, antwortete ich. »Jetzt komm, lass uns nachschauen, was das war, damit wir schnell wieder ins Warme können.«

»Ich glaube, es schneit definilitiv!«, verkündete Molly und stürmte über den Rasen davon, wobei sie den Kricketschläger wie die Rotorblätter eines Hubschraubers über ihrem Kopf kreisen ließ. Mit Schleichen auf professionellem Niveau hatte das nicht viel zu tun, aber glücklicherweise gab es weit und breit niemanden, der uns hätte sehen können. Ich rannte ihr nach und half ihr, sich aus dem Stacheldrahtzaun zu befreien, der die Schafe vom Garten fernhielt.

Als wir den Zaun überwunden hatten, schaltete ich die Taschenlampe an, damit wir sahen, wo wir hintraten, und möglichen Ansammlungen von Schafkötteln ausweichen konnten. Wir liefen zum Rand der Wiese, wo das, was vom

Dach gesaust war, immer noch sanft vor sich hin leuchtete. Es war eine kalte Dezembernacht und im Schein der Taschenlampe sah unser Atem aus wie kleine Wölkchen.

Als wir noch etwa dreißig Meter entfernt waren, wurde ich langsamer und nahm Molly bei der Hand, um zu verhindern, dass sie zu nah ranging. Dann knipste ich die Taschenlampe aus, damit wer oder was da im Gras lag, uns nicht kommen sah.

»Was ist das?«, flüsterte Molly in einer Lautstärke, die sich kaum mehr als Flüstern bezeichnen ließ.

Ich kniff die Augen zusammen. Schwer zu sagen. Von da, wo ich stand, sah es wie ein Bündel aus irgendeinem weißen Material aus. Einem schwach leuchtenden weißen Material.

»Vielleicht hat jemand seine Wäsche verloren?«, sagte ich.

»Wäsche kann nicht weinen, Osky.«

»Weinen?«

Ich spitzte die Ohren. Molly hatte recht. Ich konnte tatsächlich ein leises Schluchzen hören.

Langsam ging ich darauf zu, Molly dicht an meiner Seite. Als wir näher kamen, erkannte ich, dass sich das Bündel ganz leicht bewegte. Es schien, als würde es zittern.

Mit ein paar Metern Abstand blieb ich stehen und schaffte es sogar, etwas zu sagen: »Hey, alles in Ordnung?«

Damit musste ich das Bündel erschreckt haben, denn es sprang hoch und stieß ein Geräusch aus, das ungefähr so klang: »AAHHHHHHGAAHGAHGAHGAHGAH-GARFFFF!«

Woraufhin ich ein Geräusch von mir gab, das ungefähr so klang: »UAAAAAAAAAAAAAAHHHHHHH!« (Vor Schreck, nicht weil ich Angst hatte.)

Molly hingegen machte eher so ein Geräusch: »UAH UAH UUH UAH!« Es klang deutlich fröhlicher und staunender als die ersten beiden. Dann legte sie ihre Hand auf meine und sagte: »Keine Angst, Osky, das ist doch bloß ein Engel!«

5

Engel auf den Feldern singen

(Oder, na ja, kreischen trifft es vielleicht eher)

Da standen wir also, mitten in der Nacht auf einer Schafwiese, zusammen mit etwas, das Molly für einen Engel hielt.

»Das ist kein Engel, Molly«, sagte ich, ohne zu ahnen, wie grandios falsch ich damit lag. »Das ist nur ein Mann in einem Bettlaken, dem irgendwie … ein Heiligenschein … über dem Kopf hängt.« Ich leuchtete ihn mit der Taschenlampe an. »Geht es Ihnen gut? Wie sind Sie denn hier auf der Wiese gelandet?«

Molly antwortete: »Er ist ein Engel, Osky, bestimmt ist er hergeflogen.«

Der Nur-ein-Mann-in-einem-Bettlaken wich mit einem großen Satz zurück und streckte abwehrend die Hand in Mollys Richtung. »Hinfort, Bestie! Was bist du, o sprechendes Getier?«

»Sie ist keine Bestie«, stellte ich klar.

Er kreischte: »Aber sie sieht wie eine Bestie aus! Eine wilde Bestie, die auf den Hinterbeinen steht! Hinfort, ich befehle es dir!«

Molly kicherte und schwenkte ihren Kricketschläger. »Ich bin kein Tier, ich bin Molly! Du bist lustig.«

Der Mann duckte sich bibbernd. »Bitte schlag mich nicht, o Pelzige. Ich bin ein himmlisches Wesen und verfüge über Kräfte, die du dir nicht einmal ausmalen kannst. Zugegeben, jetzt gerade verfüge ich nicht darüber, aber sie werden zurückkehren, dessen bin ich mir gewiss!«

»Du sprichst voll komisch, himmlischer Besen!«, entgegnete Molly und schwenkte erneut den Schläger.

Woraufhin er erneut kreischte.

»Hab Erbarmen, räudige Kreatur«, wimmerte er, die Hand immer noch ausgestreckt, als könnte ihn das schützen.

Ich nahm Molly den Schläger ab in der Hoffnung, dass ihn das beruhigen würde.

»Sie ist keine räudige Kreatur, keine Bestie und auch kein pelziges Getier! Sie ist ein fünf Jahre altes Mädchen und hat nicht vor, Sie zu schlagen. Molly, setz die Kapuze ab und zeig es ihm.«

Molly streifte die Kapuze vom Kopf und grinste breit.

»Sehen Sie, das ist nur ein Grüffelo-Kostüm.«

Der Typ bedeckte sein Gesicht mit beiden Händen. »Das kann ich nicht mit ansehen! Welch entsetzliches Grauen! Ein Kind, das von einem *Grüffelo* verschlungen wurde? So etwas Abscheuliches habe ich ja noch nie gehört. Auch wenn ich, offen gestanden, nicht so recht weiß, was ein Grüffelo überhaupt ist. Herr, nun ist es offensichtlich, dass ich dazu verurteilt bin, im Land der Verdammten zu wandeln!«

Der Typ wirkte ein bisschen drüber, aber zu dem Zeitpunkt hatte ich immer noch nicht begriffen, dass er ein echter Engel war. Klar, der Heiligenschein war ein recht deutlicher Hinweis, aber wenn man fest überzeugt ist, dass etwas nicht real ist, lässt man sich nicht so leicht davon abbringen. Egal wie grell und unübersehbar die Beweise sind.

»Grüffelos gibt es nicht wirklich. Das ist nur ein Kostüm! Sie wissen schon, ungefähr so wie das, was Sie da tragen. Jetzt beruhigen Sie sich mal ein bisschen«, sagte ich. »Das hier ist Chipping Bottom. Ein ganz nettes Dorf, eigentlich. Da ist niemand verdammt.«

»Wenn ich den Fehler nicht rückgängig mache, der mir unterlaufen ist, sind wir alle verdammt! Verdaaaaammt, sage ich!«

»Könnte es sein, dass Sie sich den Kopf angeschlagen haben?«, fragte ich. »Ich bin mal mit voller Wucht gegen den Torpfosten geknallt, als ich einen unerreichbaren Ball noch halten wollte, und war danach auch ein bisschen schräg drauf. Gehirnerschütterung, meinte die Schulkrankenschwester. Ich kann mal nachschauen, ob Chipping Bottom einen Landarzt hat, den wir für Sie anrufen können.«

»Chipping Bottom?« Er legte den Kopf schief. »Wo soll das sein? Wo in Himmels Namen bin ich?«

»Auf einer Schäfchenwiese. Hinter Barlington Hall. Chipping Bottom. Hampshire. England. Britische Inseln. Vereinigtes Königreich. Erde«, verkündete Molly triumphierend.

»Auf den Inseln in der Ferne?« Er sackte zu Boden, wobei sich sein Bettlaken wie ein Nest um ihn herum bauschte. »Das ist weit weg von Bethlehem.«

»Da hat Granny Roberts früher gewohnt«, sagte Molly. »In Colin ist das viele Stunden von hier. Darum fahren wir immer nachts.«

»Sie hat in Birmingham gewohnt, Molls, nicht in Bethlehem«, korrigierte ich. Ich richtete die Taschenlampe auf das Gesicht des Mannes und stellte fest, dass er total glatte und reine Haut hatte – geradezu leuchtend. »Sind Sie sicher, dass Sie keinen Schlag auf den Kopf bekommen haben? Sie benehmen sich echt ... *seltsam.*«

Er sah mich mit einem fast schon gehetzten Blick an. »Welches Datum ist heute?«

»Der einundzwanzigste Dezember. Noch ganz früh, erst kurz nach Mitternacht.« Ich schaute zurück zum Haus und musste daran denken, wie oft uns Mum und Dad eingeschärft hatten, nicht ohne einen Erwachsenen hier draußen rumzulaufen. Wahrscheinlich genau aus diesem Grund – man konnte nie wissen, auf welche Schwierigkeiten man dabei stieß. Wir mussten dringend zurück.

»Nein!« Der Mann rang die Hände. »Ich meine, in welchem Jahrhundert?«

Was für eine merkwürdige Frage. »Im einundzwanzigsten«, antwortete ich langsam.

Das kam gar nicht gut an. »Im einundzwanzigsten? Anno Domini?! Das kann nicht sein! Ich bin mehr als zweitausend Jahre in die Zukunft gereist!«

Molly zog die Nase kraus. »Was für ein Minidom?«

»Anno Domini. Das heißt so viel wie ›nach Christi Geburt‹«, erklärte ich.

Er schlug sich die Hand vor das Gesicht. »Aber die Geburt hat nie stattgefunden! Gott, erbarme dich. Es ist alles hinüber! Hinüber, sage ich euch! Dabei wollte ich doch lediglich meiner ersten großen Verkündigung gerecht werden – dem Ganzen etwas zusätzlichen Schwung verleihen, wisst ihr?«

»Nein, weiß ich nicht«, antwortete Molly fröhlich und offensichtlich ohne das geringste Gespür für die vorherrschende Stimmung.

Er fing wieder an zu weinen – na ja, eher lautstark zu heulen – und ich fühlte mich zunehmend unbehaglich. Nicht zuletzt, weil wir überhaupt nicht hier draußen sein sollten. Ich beschloss, dass es wahrscheinlich das Beste war, wenn wir ihn alleine jammern und wehklagen ließen.

»Was auch passiert sein mag, so schlimm kann es schon nicht sein. Morgen sieht die Welt ganz anders aus«, sagte ich, denn das bekomme ich immer von Mum zu hören, wenn ich ein Problem habe. Und manchmal stimmt das sogar. »Also … wir gehen dann jetzt wieder … okay? Vielleicht sollten Sie sich auch auf den Heimweg machen?«

Ich deutete mit einer Kopfbewegung in Richtung Barlington Hall, damit Molly verstand, worauf ich hinauswollte.

»Auf den Heimweg? Ich kann nicht nach Hause. Und ja, die Welt sieht morgen ganz anders aus, aber nicht gut. Ich habe unvorstellbaren Schaden angerichtet!«

»Das waren doch bloß ein paar Dachziegel«, beschwichtigte ich.

Er breitete verzweifelt die Arme aus. »Durch mein Handeln könnte ich versehentlich den Lauf der Geschichte verändert haben, und das auf die schlimmste nur erdenkliche Weise. Irgendwo in der Nähe dieser Schäfchenwiese hinter Barlington Hall, Chipping Bottom, Hampshire, England, Britische Inseln, Vereinigtes Königreich, Erde, irrt die Jungfrau Maria mit unserem ungeborenen Herrn Jesus Christus unter dem Herzen umher. Wie auch ihr Mann Josef, einer der Heiligen Drei Könige, ein Hirte und womöglich ein Esel.«

Einen Moment lang wusste ich nicht, was ich darauf antworten sollte. Ich sah Molly an, doch die kicherte bloß. Dann beugte ich mich vor, bis ich mit dem Mann auf einer Höhe war. »Sind Sie wirklich zu einhundert Prozent sicher, dass Sie keinen Schlag auf den Kopf bekommen haben?« Ich beschloss, ihm dieselben Fragen zu stellen wie die

Schulkrankenschwester damals mir. »Können Sie mir sagen, wie Sie heißen? Und vielleicht auch, wo Sie wohnen?«

»Mein Name ist Gabriel und ich komme aus dem Reich der Herrlichkeit.«

Er hatte offensichtlich nicht mehr alle Schäfchen in der Herde. »Ich gehe jetzt und rufe einen Arzt. Ich glaube, Sie sind ein bisschen ... verwirrt.«

Molly beugte sich ebenfalls vor und runzelte das ganze Gesicht, als würde sie ihn angestrengt mustern. Dann setzte sie ein strahlendes Lächeln auf und sagte: »Schön, dich kennenzulernen, Engel Gabriel.« Sie stieß mir den Ellbogen in die Rippen und meinte: »Siehst du? Ich hab dir doch gesagt, er ist ein Engel.«

»Ich bin nicht nur *ein* Engel. Ich bin *Erzengel* Gabriel!«

»Ach ja! Du bist der Größte und Wichtigste, oder? Mrs Okoye hat erzählt, dass die Christen glauben, dass du Maria erschienen bist und ihr gesagt hast, dass Gott ihr ein Baby in den Bauch tun würde«, erwiderte Molly.

»Sie hat in allen Punkten recht, aber wer ist Mrs Okoye?«, fragte der Engel Gabriel.

»Meine Lehrerin. Sie wird total begeistert sein, wenn die Schule wieder losgeht und ich ihr erzähle, dass ich den Engel Gabriel getroffen habe!«

Ich konnte mir ein Prusten nicht verkneifen. »Der Mann ist einfach nur verwirrt! Wahrscheinlich hat er sich auf dem Weg von einem Krippenspiel oder einer Weihnachtsfeier oder so verlaufen. Er ist definitiv *nicht* der Engel Gabriel, Molls!«

In dem Moment erhob sich der Engel Gabriel und breitete zwei riesige Flügel aus, die ihn in leuchtende, wabernde Schwaden aus silbrig weißem Dunst hüllten. Es war ein prachtvoller, erschreckender und komplett unfassbarer Anblick.

Dann sagte er: »Doch, ich bin es.«

6

Es kam ein Engel, hell und klar

(Nach Chipping Bottom?)

Eine Weile sagten weder Molly noch ich ein Wort. Wir standen einfach nur da, die Kinnladen ungefähr auf Höhe unserer Füße und mit Augen, groß wie Untertassen.

Schließlich schaffte ich es doch, etwas herauszubringen. Ich stammelte: »I… i… ich … pffffff«, bevor ich abbrach, um noch etwas länger geplättet aus der Wäsche zu schauen.

»Nur die Ruhe, lasst euch Zeit«, sagte der Engel Gabriel. »Ich bin diese Art Reaktion gewöhnt. Solch hochherrliche Pracht kann euch Sterbliche leicht überwältigen.«

Ich musste zugeben, er sah tatsächlich ziemlich prächtig aus. Geradezu strahlend schön. Falls er doch kein Engel war, machte er zumindest sehr überzeugend einen nach.

Molly zupfte an meinem Ärmel. »Osky«, flüsterte sie auf ihre nicht besonders flüsterleise Art. »Ich glaube, er ist ganz wirklich der echte Engel Gabriel.«

»Äääh … vielleicht … nein … ist er nicht. Das ist unmöglich.« Meine Stimme war mehr Hauch als Ton.

»Aber er hat diese großen Flatterflügel«, beharrte sie.

»Ja, ist mir aufgefallen.«

»Und einen glitzrigen Heiligenschein.«

»Jepp, auch der ist mir nicht entgangen.«

»Und seine Haut ist *mega* glatt.«

Der Engel Gabriel lächelte. »Vielen Dank. Das ist zwar keine Voraussetzung, aber wir Engel scheinen allesamt einen makellosen Teint zu haben.«

»Wie ein Babypopo«, schwärmte Molly.

»Herzlichen Da… Moment, was? Nein, ganz und gar nicht wie ein Babypopo!«

»Und er ist mit einem lauten KNALL vom Himmel gekommen und hat dabei *mega* hell geleuchtet«, fuhr Molly fort. »Und ich weiß, er hat voll rumgeheult und so, aber ich finde, er ist irgendwie echt … *himmlisch.*«

Irgendetwas Überirdisches hatte er tatsächlich an sich … vielleicht war er ja *wirklich* himmlisch.

Schließlich sagte ich: »Wir gehen also davon aus, dass das hier wahrscheinlich der Engel Gabriel ist?« Es klang so unglaublich, so absolut unfassbar, aber wenn ich ihn so ansah, wie er in all seiner Engelhaftigkeit vor uns stand, fiel mir auch keine bessere Erklärung ein.

Molly nickte. »Jepp, wahrscheinlich. Hallo, Engel Gabriel!« Dann fragte sie ihn: »Gehst du jetzt zu Harold in den Himmel zurück?«

Der wahrscheinliche Engel Gabriel wirkte verwirrt. »Ihr nennt Gott *Harold?*«

Molly fiel vor Lachen um.

»Harold war ihr Goldfisch«, erklärte ich. »Der jetzt tot ist.«

Der wahrscheinliche Engel Gabriel musterte Molly von Kopf bis Fuß und meinte: »Damit hätte ich nun nicht gerechnet.«

Was natürlich ein Engel auf einer Schafwiese gerade sagen muss.

»Ist nicht schlimm. Er schwimmt jetzt glücklich im Fischhimmel rum.« Molly klappte den Mund auf und zu wie ein Karpfen und machte kleine Flossenbewegungen mit den Händen.

Der wahrscheinliche Engel Gabriel verzog das Gesicht. »Was *macht* sie denn da?«

»Sie spielt Himmelsgoldfisch. Hör mal, bist du auf einer Mission hier, oder so?«, versuchte ich, das Gespräch wieder in die Spur zu bringen. »Du hast vorhin irgendwas von Maria und Josef gesagt. Was meintest du damit?«

Der Engel Gabriel errötete und ließ die Flügel hängen. »Ich scheine hier festzusitzen.«

»Du solltest deine Engelskräfte nutzen und nach Hause fliegen.« Molly wedelte mit den Armen.

»Das habe ich versucht, doch betrüblicherweise scheinen meine Kräfte hier nicht zu wirken.«

»Hast du denn auch wirklich dein Allerallerbestes gegeben?«, fragte Molly.

»Ja«, antwortete er. »Schaut her.«

Der Engel breitete die Arme aus, dann hob er sie über den Kopf und blickte zum tiefschwarzen Nachthimmel hinauf. Ich trat einen Schritt zurück und zog Molly an mich – man konnte ja nie wissen, was als Nächstes passieren würde. Der Engel Gabriel machte ein angestrengtes Gesicht, als würde er die Luft anhalten und sich dabei tierisch konzentrieren. Sein Heiligenschein leuchtete noch heller, während er selbst röter und röter wurde. Ich fürchtete schon, dass er jeden Moment explodieren könnte. Doch dann wurde sein Heiligenschein wieder schwächer und er ließ die angestaute Luft entweichen. »Seht ihr? Nichts. Ich sitze hier ganz eindeutig fest. Dabei muss ich dringend wieder weg.«

»Was willst du jetzt tun?«, fragte Molly.

»Nun, ich habe eine Idee, aber dafür werde ich wohl eure Hilfe benötigen. Ich nehme an, dass sich meine Kräfte erholen, wenn ich alle gefunden habe, die nicht hierhergehören. Dann kann ich wieder dorthin zurückkehren, woher ich gekommen bin.«

»Unsere Hilfe?«, fragte ich verdattert. »Damit sich deine Kräfte erholen?«

»Okay!«, verkündete Molly. Was mal wieder typisch für sie war: sich freiwillig für etwas zu melden, ohne zu wissen, worum es überhaupt ging.

»Immer langsam«, wandte ich ein. Einer musste hier ja

der Vernünftige sein. »Was genau müssten wir denn dafür tun? Ich weiß nicht das Geringste über Engelskräfte.«

»Du willst, dass ich das alles *noch mal* durchgehe?«

»Tut mir leid«, sagte ich höflich, aber entschlossen. »Ich glaube, ich brauche einfach noch ein bisschen mehr Zeit und eventuell ein paar weitere Details hier und da, um mich mit dem Gedanken anzufreunden, dass ich mit einem echten Engel rede. Einem Engel, der unsere Hilfe braucht.«

»Warum muss das menschliche Gehirn so primitiv sein?«, grummelte er, wohl mehr an sich selbst gerichtet als an irgendwen sonst. »Ich benötige eure Unterstützung, um mich in diesem fremden Land und Jahrhundert zurechtzufinden. Ihr werdet mir helfen, Maria, Josef, den Heiligen König und den Hirten aufzuspüren und zurück nach Bethlehem zu bringen, damit Jesus, der Sohn Gottes, zur richtigen Zeit am richtigen Ort geboren werden kann und die Welt so wird, wie der Herr sie geplant hat. Erst wenn ich sie alle wieder um mich versammelt habe, kann ich meine Kräfte nutzen und nach Bethlehem zurückkehren.«

»Aha … und was, wenn nicht?«

»Die Geburt Jesu soll weithin gefeiert werden – wenn nicht alles so läuft, wie der Herr es sich vorstellt, drohen schreckliche Konsequenzen für die gesamte Menschheit.« Den letzten Teil sagte er *super*theatralisch und wedelte dabei nachdrücklich mit den Armen.

»Klingt ganz schön finster. Aber was haben *wir* davon?

Warum sollten wir uns in die Sache mit reinziehen lassen?«, fragte ich.

Jetzt war er es, dem die Kinnlade bis zu den – nackten – Füßen hing. »Was *ihr* davon habt? Du meinst, außer dass euch die verheerende Katastrophe erspart bleibt, die eintritt, wenn die Geburt Jesu Christi nicht wie angedacht vonstattengeht?«

Ich ließ mir das eine Weile durch den Kopf gehen. Plötzlich kam mir ein fürchterlicher Gedanke. »Sekunde – soll das heißen, dann gibt es **kein Weihnachten** mehr?«

Molly schnappte entsetzt nach Luft und hielt sich die Ohren zu, als wolle sie nichts davon hören.

Der Engel Gabriel nickte ernst. »Und wichtiger noch: kein Heiland, der uns im Stall zu Bethlehem geboren wird.«

»Ja, aber auch **KEIN WEIHNACHTEN!** Das darf nicht passieren! Was wird aus all den Geschenken?«

Er seufzte. »Etwas zweifelhafte Prioritäten, die du da hast, aber ja, Geschenke gibt es dann auch nicht mehr.«

»Moment mal ... woher weißt du das alles? Du kommst aus der Vergangenheit, da habt ihr noch gar kein Weihnachten!«

»Ich bin ein Engel. Wo ich herkomme, gibt es keine Zeit. Ich bin immerwährend. Und immerwährende Wesen verfügen über ein mysteriöses Wissen über die Welt. Eine Art eingebautes Grundverständnis, könnte man sagen.«

»Also, mein Grundverständnis ist, dass es dann keine Weihnachtslieder mehr gibt, keinen Besuch vom Weihnachtsmann und keine Möhren für Rudolph!« Ich stockte und schnappte nach Luft, als mir aufging, was **KEIN WEIHNACHTEN** sonst noch alles bedeutete.

Molly quiekte entsetzt auf. »Der arme Rudolph, dann verhungert er ja!«

»Kein Weihnachtsessen, kein Plätzchenbacken mit Mum, keine Weihnachtsfilme mit der ganzen Familie, kein Kastanienrösten über dem offenen Feuer?« Keine Ahnung, warum ich den letzten Punkt aufzählte, das hatten wir noch nie getan.

»Santas Elfen, Osky!« Molly sah mich mit großen, sorgenvollen Augen an. »Sie verlieren ihren Job!«

Ein Gedanke, der noch viel grauenhafter war als arbeitslose Elfen, schlug in meinem Gehirn ein. **»MOMENT, MOMENT, MOMENT!** Wenn es **kein Weihnachten** gibt, gibt es **MICH AUCH NICHT!«**

Der Engel Gabriel runzelte die Stirn. »Ich fürchte, ich kann dir nicht ganz folgen.«

»Unsere Eltern haben sich am ersten Weihnachtstag kennengelernt, als Dad von Tür zu Tür gegangen ist, um Weihnachtslieder zu singen. Wenn es also keinen ersten Weihnachtstag gibt, werden sie sich nie begegnen, und wenn sie sich nicht begegnen, können sie nicht heiraten und **MICH** bekommen! Oder Molly, aber vor allem nicht **MICH!«**

Der Engel Gabriel sah ein bisschen verwirrt aus, widersprach aber nicht. Stattdessen sagte er: »Ja ... das ist durchaus ... möglich. Und darum müssen wir uns sputen, die Heilige Jungfrau Maria, Josef und die anderen zu finden!«

Ich war jetzt richtig in Panik. »Ich renne zurück zum Haus und rufe den Rettungsdienst, damit sofort ein Suchtrupp losgeschickt wird!«, verkündete ich und packte Molly am Ellbogen, um sie mitzuziehen.

Doch der Engel Gabriel hob warnend die Hand. »O nein, das wirst du nicht tun.«

»Warum nicht? Es handelt sich um einen Weihnachtsnotfall!«

»Nun, zunächst einmal, weil dir niemand glauben wird.«

»Dann bringe ich sie eben dazu. Ich weiß was! Du fährst wieder deine riesigen Flatterflügel aus und lässt den Heiligenschein leuchten, das überzeugt sie garantiert!«

»Ich fürchte, das ist nicht möglich. Es gibt strenge Regeln und Quoten.«

»Regeln und Quoten? Wie bitte, **waaaaaaaas?«**

»Ja doch«, erwiderte er gereizt. »Ein Engel kann nur *bestimmten* Menschen erscheinen, und das ausschließlich auf Gottes ausdrücklichen Wunsch.«

»Aber du bist uns erschienen!«

»Wie ein großer Haufen heulender Wäsche«, ergänzte Molly.

»Normalerweise hätte ich nie zugelassen, dass mich bloße Sterbliche zu Gesicht bekommen, doch ich befand mich in einem Zustand größter Aufgewühltheit und Verwirrung. Ich kann mich auf keinen Fall noch mehr Menschen zeigen. Die Folgen wären zu gravierend, um sie auch nur auszusprechen. Nein, was die dringend benötigte Unterstützung betrifft, bin ich bedauerlicherweise allein auf euch beide angewiesen.«

»Ich hab ein eigenes Lichtschwert«, sagte Molly stolz, womit sie mich genauso verblüffte wie den Engel Gabriel. Ehrlich, manchmal habe ich keinen blassen Schimmer, was in ihrem Kopf vorgeht.

»Was würde denn passieren, wenn du dich nicht daran hältst?«, fragte ich.

»Mir wird die Engelslizenz entzogen.«

»Was bedeutet das?«, wollte Molly wissen.

»Dass ich dann nur noch Gabriel wäre. Ohne meine Engelsprivilegien.«

»Na, das klingt doch gar nicht so schlimm«, erwiderte ich munter.

»Und ich könnte für alle Ewigkeit aus dem Himmel geworfen werden.«

»Okay … das wäre natürlich schade, aber trotzdem: Bisher sind das alles nur Dinge, die dich betreffen. Ich finde wirklich, wir sollten uns Hilfe holen.«

»Außerdem wäre dies das Ende der Welt, wie ihr sie kennt … *möglicherweise.*«

»Ach, das soll doch wohl ein Witz sein! Wie meinst du das, *möglicherweise?*«

»Die Engel sind im Himmel zu Hause, die Menschen auf der Erde und so soll es auch bleiben. Beide Seiten sollen sich nur im äußersten Ausnahmefall begegnen, wenn Gott es für richtig hält. Andernfalls bricht das ganze System zusammen. Der Himmel ist nur deswegen so mächtig, weil er auf Glauben beruht, nicht auf Wissen. Es ist schwer, *genau* zu sagen, welche Auswirkungen es hätte, wenn mich jemand sieht, der mich nicht sehen soll, aber wollt ihr dieses Risiko wirklich eingehen? Wir stecken sowieso schon in einem gewissen Schlamassel. Ich halte es nicht für klug, das alles noch schlimmer zu machen.«

»In einem gewissen Schlamassel?! Meine gesamte Existenz ist bedroht«, protestierte ich. »Wenn wir Maria, Josef, den Heiligen König, den Hirten – und womöglich einen *Esel* – nicht finden, die du versehentlich in der Landschaft verstreut hast, war es das mit Weihnachten. Und jetzt kommst du und sagst, dass wir genauso verdammt sind, wenn wir Hilfe holen oder irgendjemandem von dir erzählen.«

»VERDAMM-DAMM-DAMMT!«, sang Molly und stapfte in ihren Gummistiefeln umher, als hätte sie die Zeit ihres Lebens. **»DOPPEL-DAMM-DAMM-VERDAMMT!«**

»Ganz genau! Sie hat's verstanden!«, rief der Engel Gabriel mit einem Lächeln, das mir in Anbetracht der Umstände nicht ganz passend vorkam. »Nun lasset uns aufbrechen, aber geschwind!«

Er wirbelte herum und marschierte entschlossen los.

Ich wusste nicht, wie ich mich verhalten sollte. Die Lage schien erschreckend ernst zu sein, doch ich konnte mich nicht einfach mir nichts, dir nichts in eine Mission stürzen. Darüber wollte erst gründlich nachgedacht werden. Wir brauchten einen vernünftigen Plan und winterfeste Kleidung. Ich fröstelte und zog meinen Schal fester. Der Himmel war sternenklar und die Luft beißend kalt.

»Hey«, rief ich ihm nach, »wir können uns jetzt nicht auf die Suche nach historischen Personen machen! Es ist mitten in der Nacht! Wir sind im Schlafanzug! Und es ist stockfinster. Außerdem werden sich unsere Eltern Sorgen machen, wenn wir nicht da sind!«

»Und das sind nur Dinge, die euch betreffen«, erwiderte der Engel Gabriel. »Eilt euch, es wird Zeit, Maria und die anderen zu finden und Weihnachten zu retten.«

»Mooooment, immer langsam mit den jungen Rentieren!« Mir fiel plötzlich etwas ein. »Warum rufst du nicht Gott an? Er müsste das doch locker in Ordnung bringen können, oder? Immerhin ist er der Allmächtige. Sag ihm halt kurz Bescheid!«

Der Engel Gabriel blieb wie angewurzelt stehen und drehte sich dann in Zeitlupengeschwindigkeit um. »Ah, ja. Also, was das angeht. Ich halte es für besser, wenn Er nichts davon erfährt. Es wäre mir sehr recht, wenn ihr die Sache Ihm gegenüber nicht erwähnt. Wisst ihr, was, warum behalten wir das alles nicht ganz für uns? Im Übrigen sagt man Gott nicht mal eben *kurz Bescheid.*«

»Aber ich dachte, Gott weiß alles?«, warf ich ein.

»Ich glaube, das ist auch so. Aber Seine Wege sind nun mal unergründlich. Vermutlich gehört das alles zu Seinem Plan. Vermutlich. Falls es sich um einen Test handelt, sollten wir versuchen, es alleine zu schaffen. Wenn Er uns helfen will, wird Er das tun, doch es ist wichtig, dass Menschen und Engel imstande sind, sich selbst zu helfen.«

»Ja, aber ...«

»Zudem möchte ich Ihm gern eine Pause gönnen.«

»Du meinst, so was wie Ferien?«, fragte Molly.

»Nicht *direkt*. Er hatte in letzter Zeit nur viel um die Ohren. Erst die Welt erschaffen, dann Krankheiten und Heuschrecken und Fluten schicken – das kostet ganz schön viel Kraft. Wisst ihr, wie viele Gebete tagein, tagaus gesprochen werden?«

Ich zuckte mit den Schultern.

»Die Antwort lautet: *viele*. Es gibt so viel, worum Er sich kümmern muss, vor allem jetzt, als werdender Vater. Ich weigere mich, Ihm noch eine weitere Last aufzubürden. Nun denn, frischauf!«

Er drehte sich so schwungvoll um, dass sein Gewand regelrecht um ihn herumflog, und setzte sich wieder in Bewegung.

»Aber du musst Ihn anrufen! Das ist etwas Ernstes!«

Der Engel Gabriel blieb wieder stehen. »Nein! Er hat mir vertraut! Als ich den Posten bekommen habe, hat Er mir zwei Anweisungen mit auf den Weg gegeben. Erstens: Vergiss nicht, die Katzen zu füttern ...« Er runzelte die Stirn. »Nein, Moment, das stimmt nicht. Das war Ariels Auftrag – sie ist für die Tiere zuständig. Zu mir hat Gott sagt: ›Erstens, Gabriel, sollst du der Starke sein und zweitens mache ich dich zu meinem göttlichen Boten.‹ Was, wenn man zwischen den Zeilen liest, nichts anderes heißt als: *Vermassle die Babyverkündigung nicht.* Ich werde Ihn nicht enttäuschen. Wir machen das auf meine Weise oder … oder … oder … ICH ZERSCHMETTERE EUCH UND EUER HAUS!«

Das Letzte sagte er mit donnernder Stimme und hob dabei die Hände, als hätte er tatsächlich vor, uns zu zerschmettern. Mir war zwar nicht ganz klar, wie er das anstellen wollte, aber ich traute es ihm durchaus zu. Doch es geschah nichts. Schließlich ließ er die Hände wieder sinken und betrachtete sie enttäuscht.

»Verflixt! Da hatte ich glatt für einen Moment vergessen, dass meine Kräfte hier nicht funktionieren.«

»Hast du gerade ernsthaft versucht, uns zu zerschmettern?«, fragte ich.

»Nee.«

»Hmmmm, ich glaube, schon. Hör zu, wenn wir wirklich die Einzigen sind, die dafür sorgen können, dass Weihnachten gerettet wird und …«

»Und niemand VERDAAAAAMMT wird«, unterbrach mich Molly.

»Ja, und niemand verdammt wird, dann helfen wir dir natürlich. Versprochen. Aber das muss bis zum Morgen warten. Wir kommen zurück und helfen dir suchen, sobald wir können.«

Um ehrlich zu sein, hoffte ich insgeheim, dass wir am Morgen aufwachen und feststellen würden, dass das alles nur ein total abgedrehter und beängstigender Albtraum gewesen war.

Der Engel Gabriel seufzte theatralisch und sagte: »Gut, dann warte ich eben.« Er setzte sich auf den Boden.

»Was soll das jetzt werden?«, fragte ich leicht genervt.

»Ich warte auf den Morgen.«

Nun war ich es, der theatralisch seufzte. »Du kannst nicht die ganze Nacht auf der Weide sitzen. Es ist eiskalt. Na los, du kannst mit uns mitkommen, aber du musst leise sein und dich versteckt halten. Dann können wir so schnell wie möglich mit **Mission Rettet Weihnachten** anfangen.«

Er stand wieder auf. »Ja, das ist deutlich angenehmer. Und mir gefällt der Name. **Mission Rettet Weihnachten.** Das klingt schön positiv.«

»Gern geschehen«, sagte ich und wandte mich zum Haus. »Ach ja, könntest du den vielleicht ausknipsen?« Ich zeigte auf seinen Heiligenschein. »Er ist schon ziemlich hell und kaum zu übersehen.«

Er schnappte geräuschvoll nach Luft. »Du hast recht! Aber ich kann ihn nicht ausschalten!«

»Dann werden wir wohl eine andere Lösung finden müssen.

Wir schlichen durch die Hintertür ins Haus, streiften die Gummistiefel ab und tappten leise durch den Flur, wobei wir nach einem Ort Ausschau hielten, an dem sich der Engel Gabriel den Rest der Nacht verstecken konnte.

Währenddessen flüsterte ich die ganze Zeit vor mich hin: »Ich hab einen Engel im Haus, ich hab einen Engel im Haus, alles ganz normal, keine Panik.«

Zu guter Letzt entschieden wir uns für ein Badezimmer im Erdgeschoss, in dem Teil des Hauses, der nicht mehr benutzt wird. Das klingt vielleicht beengt, tatsächlich war dieses Badezimmer aber riesig.

»Genug Platz für zwei Purzelbäume«, verkündete Molly und führte es uns vor.

Der Engel Gabriel blickte sich um. »Ein Thron, wie wunderbar!« Er klappte den Toilettendeckel runter, ließ sich darauf nieder und machte es sich gemütlich.

Ich gab Molly den Auftrag, etwas zu finden, mit dem wir seinen Heiligenschein abdunkeln konnten, denn selbst bei geschlossener Tür konnte man das Leuchten immer noch durch den Türspalt sehen.

Sie kam mit einer von diesen bunten Hauben zurück, die Großmutter immer über ihre Teekannen stülpt, um sie warm zu halten. **Teewärmer** heißen die, glaube ich.

Nicht unbedingt meine erste Wahl, aber er würde seinen Zweck schon erfüllen.

»Setz dir den auf den Kopf«, sagte ich, während ich Molly den Teewärmer abnahm und ihn an den Engel Gabriel weiterreichte.

Er rümpfte angewidert die Nase, doch ich warf ihm meinen bohrendsten Blick zu. Gehorsam nahm er den Teewärmer und stülpte ihn sich über den Heiligenschein.

Molly gähnte so herzhaft, dass ich beinahe ihre rundum gesunden Mandeln sehen konnte. Ich schaute auf meine Armbanduhr. »Okay, der Engel Gabriel, es ist fast zwei Uhr morgens und wir brauchen dringend etwas Schlaf. Du bleibst hier, bis wir dich holen kommen, verstanden?«

Er nickte. »Ich muss sagen, dieses *der* Engel Gabriel gefällt mir. Durch das *der* klinge ich richtig wichtig. Als wäre ich der wichtigste Engel von allen.«

»Gibt es denn noch mehr von euch?«, fragte ich.

»Den Erzengel Michael zum Beispiel. Er ist für alle Engel zuständig. Aber es gibt auch ganz viele andere, die keinen eigenen Namen haben. Einer hat mal einen riesigen Felsbrocken ins Meer geworfen. Ein anderer sorgt dafür, dass sich die Menschen benehmen, und wenn nicht, lässt er sie von Würmern auffressen …«

»Das klingt aber nicht sehr engelhaft«, wandte ich ein.

»Ich hab mal einen Wurm gegessen«, sagte Molly, was leider stimmte. Ich war dabei und durfte das grausige Schauspiel mit eigenen Augen ansehen.

»Ich kenne nur den, der Sachen verkündigt«, meinte ich.

»Das bin ICH! Ich bin der, der Sachen verkündigt! Ha! Ich wusste, Verkündigungen sind ein wichtiges Unterfangen. Denn *ich* bin es, an dessen Namen sich jene, die auf Gottes Erden wandeln, erinnern! Nicht der Engel der Würmer oder der Engel des Felsbrockens. Jawohl, Verkündigungen sind etwas außerordentlich Würdevolles!«

»Freut mich für dich«, sagte ich. »Wir gehen dann mal.

Wir brauchen wirklich unseren Schlaf, wenn wir Maria, Josef, den Hirten, den Heiligen König und womöglich einen Esel finden sollen. Du bleibst hier und rührst dich nicht vom Fleck.«

»Gute Nacht.« Der Engel Gabriel nickte uns huldvoll zu, als würde er uns entlassen. Molly und ich schlichen hinauf in unser Zimmer, während er mit einem **Teewärmer** auf dem Kopf auf seinem Toilettenthron zurückblieb.

Bis zum Morgen war es nicht mehr lange hin und ich musste dringend schlafen, doch kaum berührte mein Kopf das Kissen, begannen meine Gedanken zu rasen. Weihnachten und meine **gesamte Existenz** waren in Gefahr. Wir hatten bereits den einundzwanzigsten Dezember, mir blieben also nur noch knappe vier Tage, das Ganze wieder in Ordnung zu bringen, bevor Heiligabend zu Ende war und der erste Weihnachtstag anbrach. Ich fand natürlich, dass ich es absolut wert war, gerettet zu werden, aber ich musste auch daran denken, wie eine Welt **ohne Weihnachten** aussehen würde. Weihnachten bedeutet so vielen Menschen so viel. Für mich fühlt es sich immer irgendwie magisch an. Dieses aufgeregte Kribbeln, wenn man die Tage runterzählt. Die vielen funkelnden Lichter überall. Am Weihnachtsmorgen ewig im Bett liegen müssen, weil man zu früh aufgewacht ist und die Eltern einen erst um sieben Uhr zum Weihnachtsbaum lassen. Geschenke aufmachen und die Gesichter der anderen sehen, wenn sie ihre auspacken. Es ist einfach wunderschön, besonders und bringt die Menschen einander näher.

Und während ich so dalag, mir festliche Gedanken und Sorgen um einen verschollenen Heiligen König und einen umherirrenden Hirten machte, kam mir noch etwas anderes in den Sinn. Mein Großvater.

Soweit ich wusste, waren Engel ziemlich mächtige Wesen. Wenn ich Gabriel nun also einen Gefallen tat ... hätte ich vielleicht etwas bei ihm gut, sobald er seine Kräfte zurückbekam?

7

Was hat wohl der Esel gedacht …

… als er in den Teich gemacht hat?

Am Morgen wurde ich vom lauten Scheppern der Glocke geweckt, die uns zum Frühstück rief. Kennt ihr dieses Gefühl, wenn man aufwacht und nicht gleich weiß, wo man ist, weil man woanders übernachtet? So ging es mir. Gefolgt von dem Gefühl, dass ich mich nicht mehr erinnern konnte, ob ich dem Engel Gabriel tatsächlich auf einer Schafwiese begegnet war und nun dafür sorgen musste, dass das Jesuskind vor zweitausend Jahren und ein paar zerquetschten in einer Krippe geboren wurde, um **Weihnachten zu retten.**

Okay, *dieses* Gefühl kennen vielleicht nicht ganz so viele Leute. Ich setzte mich auf, um Molly zu fragen, ob das alles wirklich passiert war oder ich einfach nur einen sehr real wirkenden Traum gehabt hatte, doch sie war nicht in ihrem Bett. Dort lag nur noch ihr Grüffelo-Kostüm. Es sah ein bisschen feucht aus, weshalb ich vermutete, dass ihr ein kleines Missgeschick passiert war und Mum oder Dad sie bereits zu sich geholt hatten.

Ich zog mich an und eilte die Treppe hinunter zum Badezimmer am anderen Ende des Hauses, um nachzuschauen, ob dort ernsthaft ein Engel wartete. Der Weg war gar nicht mal so kurz und als ich schließlich vor der Tür stand, war ich mehr oder weniger überzeugt, dass die ganze Geschichte bloß ein Traum gewesen war – ein Erzeugnis meiner beeindruckend lebhaften Fantasie.

Doch als ich eintrat, saß der Engel Gabriel noch genauso da, wie wir ihn vor wenigen Stunden zurückgelassen hatten: auf dem geschlossenen Klodeckel und mit einem **Teewärmer** auf dem Kopf.

»Aha. Du existierst also wirklich.«

»Ja, natürlich existiere ich. In all meiner glorreichen Pracht!«, verkündete der Engel und erhob sich.

Glorreich und ein bisschen eingebildet, wenn ihr mich fragt.

Er schlug die Hände zusammen und sah mich mit großem Ernst an. »Ich verstehe deine Ehrfurcht und Verwunderung. Ich bin nun mal von Natur aus eine Ehrfurcht gebietende, wundersame Erscheinung. Dennoch müssen wir schleunigst aufbrechen. Es gibt viel zu tun.«

»Ich kann noch nicht gehen.«

Er legte den Kopf schief, wodurch ihm der **Teewärmer** über ein Auge rutschte. »Und warum nicht?«

»Ich hab noch nicht gefrühstückt. Mit leerem Magen

kann ich mich nicht auf die Suche nach Maria und Josef machen. Außerdem kann ich nicht einfach so verschwinden, sonst werden meine Eltern misstrauisch. Ich muss sie erst überreden, dass sie mich gehen lassen. Molly und ich kommen dich holen, sobald wir alles geklärt haben. Bis dahin: Bleib hier und rühr dich nicht von der Stelle. Es dauert nicht lang.«

Er seufzte noch tiefer und ließ sich wieder auf dem Klo nieder. »Na sicher, klar doch, überhaupt kein Problem. Es steht ja nur die Welt, wie wir sie kennen, auf dem Spiel und heute ist bereits der einundzwanzigste Dezember, aber geh ruhig und genehmige dir dein Festmahl, wie ihr Sterblichen es so gerne tut.«

»Eine Schüssel Cornflakes ist ja wohl kein Festmahl. Ich bin bald wieder da, versprochen! Dann legen wir mit **Mission Rettet Weihnachten** los und finden Maria, Josef, den Heiligen König, den Hirten und womöglich auch einen Esel, wenn ich dich richtig verstanden habe?«

»Ja, womöglich auch einen Esel.«

Ich schwieg kurz und erwiderte dann: »Wow, du hast echt Mist gebaut, was?«

»Ein bedauerliches Versehen, das ich zu beheben gedenke, sobald ein gewisser *Jemand* seine ach so wichtigen Cornflakes gegessen hat – was auch immer das sein mag!«

Ich ignorierte seinen kleinen ernährungstechnischen Seitenhieb und flitzte zurück zum Esszimmer, während ich mir einzureden versuchte, dass alles gut werden würde.

Unterwegs kam ich an der Bibliothek vorbei, die bis unter die Decke mit Büchern vollgestopft war und wo meine Großeltern ihren uralt aussehenden Computer aufbewahrten. Dann folgte ein weiterer Salon und danach ein Raum, der anscheinend nur dazu diente, Fotos früherer Haustiere auszustellen. Schließlich kam ich im Esszimmer an.

Jemand hatte sich große Mühe gegeben, den Tisch festlich zu schmücken. Auf der dunkelroten Tischdecke lagen Stoffservietten, die mit kleinen Rotkehlchen auf Stechpalmenzweigen bestickt waren. So viel Aufwand betreiben wir zu Hause nicht mal am ersten Weihnachtsfeiertag!

»Schicke Blumen«, bemerkte ich und deutete mit einem Kopfnicken auf das aufwendige Gesteck in der Mitte.

»Weihnachtssterne«, erwiderte Großvater. »Schön fröhlich, nicht wahr?«

»Hey, Kumpel!«, begrüßte mich Dad. »Komm, setz dich und hau rein.«

Großmutter zog hinter ihrer Zeitung die Augenbrauen hoch und sagte: »Guten Morgen, Oscar. Ich hoffe, du hast gut geschlafen.«

Hatte ich nicht, aber irgendwas hielt mich davon ab, ihr die Wahrheit über unseren nächtlichen Ausflug zum Engel Gabriel auf der Schafwiese zu erzählen. Sie würde mir ohnehin nicht glauben. Erwachsene sind in solchen Dingen nicht sehr offen.

»Appetit auf Bückling?«, fragte Großvater und wedelte

mit seiner Gabel, auf der ein gelblicher Fisch steckte. »Margaret hat sich wahrlich selbst übertroffen.«

Margaret ist die Haushälterin von Barlington Hall und Großvater hatte recht: Sie hatte sich beim Frühstück richtig ins Zeug gelegt. Ich war jedoch eher der Cornflakes-am-Morgen-Typ, nicht so sehr der Geräucherter-Fisch-am-Morgen-Typ, daher setzte ich mich, versuchte, mir nichts anmerken zu lassen, und antwortete: »Nein, schon gut.«

»Nein, danke«, korrigierte Dad.

»Morgen, Osky!«, krähte mir Molly ins Gesicht, als ich ihr gegenüber Platz nahm. Sie bemühte sich, ihr Frühstücksei zu köpfen, was ihr wegen der glitzernden Fäustlinge, die zu ihrem Einhornkostüm gehörten, aber nicht gelang. Schließlich fing sie an, mit dem Löffel auf die Schale einzudreschen, was Großmutter hinter ihrer Zeitung ein pikiertes Zungenschnalzen entlockte.

»Deine Schwester unterhält uns schon die ganze Zeit mit köstlichen Geschichten von Engeln!«, sagte Großvater.

»Was?!«, rief ich etwas zu laut.

»Nur von einem. Der, der so leuchtet und aussieht wie frische Wäsche!«

Ich durchbohrte Molly mit einem finsteren Blick – sie hat ihr Plappermaul einfach nicht im Griff. Sie bekam von dem finsteren Teil jedoch nichts mit, sondern grinste über das ganze Gesicht zurück. Ich nahm mir vor, später ein ernstes Wörtchen mit ihr zu reden, damit sie begriff, dass man Geheimnisse nicht überall herumposaunte.

»Sie hat eben viel Fantasie, das ist alles«, erwiderte ich, wobei ich hoffte, dass mein Tonfall nicht verriet, dass ich einen Engel auf dem Klo versteckte.

Großmutter sagte: »Das scheint mir auch so«, also hatte ich offenbar einen mehr als überzeugenden Tonfall erwischt. Ich klopfte mir in Gedanken auf die Schulter.

Mum schlurfte herein. Sie sah ziemlich verpennt aus. Ihre Haare waren total zerzaust und sie hatte noch ihr Ebenezer-Scrooge-Nachthemd an, das Dad ihr letztes Jahr zu Weihnachten geschenkt hatte. Darauf stand: **Weihnachten? Bah, Humbug!**

»Cathy, wie schön, dass du dich ausreichend wohlfühlst, um in Nachtwäsche am Frühstückstisch zu erscheinen. Obgleich dieser Aufzug nicht gerade Festtagsstimmung verbreitet.«

Mum antwortete: »Guten Morgen, Araminta«, als sei es alles andere als ein guter Morgen, und ließ sich auf den Stuhl neben mir plumpsen. Sie strubbelte mir durchs Haar, obwohl sie weiß, dass ich das nicht mag. Dann sagte sie: »Setz dich gerade hin, Oscar. Du hast eine Haltung wie ein Shrimp«, obwohl sie weiß, dass ich das auch nicht mag. Ich meine, wer wird schon gern mit einem Schalentier verglichen? Ich jedenfalls nicht. Allerdings hatte ich in dem Moment echt größere Probleme.

Großmutter faltete die Zeitung zusammen und legte sie auf dem Tisch ab. »Hast du es genossen auszuschlafen? Es muss echt herrlich sein, bis in die Puppen im Bett zu liegen und nichts zu tun zu haben.«

»Es ist acht Uhr morgens, das würde ich nun wirklich nicht als ›ausschlafen‹ bezeichnen«, entgegnete Mum, während sie ein pochiertes Ei mit einem Servierlöffel über einen Silberteller jagte.

»Nein, das würdest du wohl nicht. Nun, hoffentlich hat dir die zusätzliche Ruhepause genügend Energie für unsere erste Probe heute Nachmittag verliehen. Das diesjährige Krippenspiel ist nämlich etwas ganz Besonderes und vor allem für Reginald sehr wichtig.« Großmutter warf Großvater einen Blick zu. »Dieses Jahr treten die Cuthbert-Andersons zum hundertsten Mal in St. Bartholomäus auf. Ich bin mir sicher, ihr werdet begeistert sein, wenn ihr hört, was ich geplant habe. Es *wird* eine wahrhaft besondere Aufführung. Und sämtliche Einnahmen aus dem Spendenkorb gehen an die Gemeinde, um beim Bau eines neuen Kirchendachs zu helfen! Wir müssen schließlich auch unseren Teil zur Gemeinschaft beitragen, nicht wahr?«

Mist! Ich hatte total vergessen, dass wir für die Proben gebraucht wurden. Wie sollte ich eine solch heldenhafte Tat vollbringen, wie Weihnachten zu retten, während ich mit einem falschen Bart herumstolzierte und einen auf Hirte machte?

Margaret, die Haushälterin, kam herein, um den Tisch abzuräumen. Sie sah irgendwie aufgeregt aus und drückte sich auffällig um Großmutter herum, als wollte sie unbedingt etwas loswerden. Sofort ging mir ein besorgniserregender Gedanke durch den Kopf – was, wenn sie in dem abgelegenen Badezimmer auf unseren Boten des Herrn gestoßen war?

»Was gibt es, Margaret?«, fragte Großmutter. »Sie schwirren um mich herum wie eine Stubenfliege mit Strickjacke.«

»Das erraten Sie nie, Lady Cuthbert-Anderson!«, verkündete Margaret. »Es ist etwas ganz und gar Sonderbares passiert!«

In mir schrillten sämtliche Alarmsirenen los, so plötzlich, dass ich mich verschluckte und mir ein Cornflake aus der Nase schoss. Wenn Margaret mitteilen wollte, dass sie auf dem Klo einen Engel gefunden hatte, würde mir nichts anderes übrig bleiben, als mich auf sie zu stürzen und sie zu Boden zu ringen. Das würde sicher nicht allzu gut ankommen, aber ich war bereit, alles zu tun, was ich tun musste, um Weihnachten und womöglich mein Leben zu retten.

»Die gesamte Dorf-WhatsApp-Gruppe redet von nichts anderem.«

Pass auf, was du sagst, Margaret, dachte ich. *Sonst kannst du dich auf einen Ringkampf gefasst machen.*

»Ich bin nicht in der Dorf-WhatsApp-Gruppe«, erwiderte Großmutter kurz angebunden.

»Letzte Nacht wurden im Dorf seltsame Dinge gesichtet. Angeblich ist etwas vom Himmel gefallen und hat ein Loch in das Dach von George Budwells Scheune geschlagen.«

Ich brauchte einen Moment, um die Informationen zu verarbeiten. Als ich »vom Himmel gefallen« hörte, war ich schon bereit, mich mit der Schulter voran auf ihre Knöchel zu stürzen ... doch dann ging mir auf, dass sie nicht den Engel Gabriel meinen konnte – der war von unserem Dach abgeprallt, nicht von einer Scheune.

Gerade noch mal Glück gehabt, Margaret. Aber wer war dann durch George Budwells Scheunendach gerasselt?

»Er hat einen hellen Lichtblitz gesehen«, fuhr sie fort, »dann gab es einen lauten Knall und als er im ersten Stock aus dem Fenster geguckt hat, hat er den Schaden entdeckt.«

»Unser Engel kam auch in so einem Lichtblitz – **KA-BUMMMM!«,** sagte Molly, doch zum Glück schenkte ihr niemand Beachtung.

»Um Himmels willen! Wurde jemand verletzt, Margaret?«, erkundigte sich Großvater.

»Nicht, dass ich wüsste. George ist gleich hingerannt, um nachzuschauen, was da los war, und hat einen Mann gesehen, der über die Felder davongelaufen ist. Angeblich war er auffällig gut gekleidet, mit einem schicken Mantel und einer Art Hut. Und er hatte wohl irgendetwas unter dem Arm. George meinte, normalerweise wäre er ihm gefolgt, aber er hatte bloß Unterhose und Pantoffeln an.«

»Glauben Sie, es war ein Einbrecher?«, fragte Mum.

»Ein gut gekleideter Einbrecher, der in eine Scheune einbricht? Das bezweifle ich!« Dad lachte. »Was hätte er denn dort holen sollen? Ein paar Heuballen?«

Mum lachte nicht. Sie funkelte Dad verärgert an. »Er hätte hinter teuren Geräten her sein können.«

»Möglich, Cathy. Aber für mich klingt es irgendwie nicht danach. Bestimmt hat sich bloß jemand einen Scherz erlaubt. Ein Städter vielleicht, aus einem der Hotels«, wandte Großvater ein.

Ich fand auch, dass es nicht nach einem Einbrecher klang. Aber genauso wenig nach einem zu Scherzen aufgelegten Städter.

Für mich klang es ganz nach einem verirrten Heiligen König. Was fantastische Neuigkeiten waren, und das platzte auch prompt aus mir heraus: »Fantastisch!«

»Fantastisch?«, fragte Mum. »Was meinst du damit?«

»Ich meine nur, hier ist alles ganz ... fantastisch. Ich freue mich einfach so sehr, hier zu sein, mit euch allen, und dieses Krippenspiel auf die Beine zu stellen.«

»Ah ja, zurück dazu«, sagte Großmutter und sah Margaret anklagend an. »Der Frühstückstisch ist nun wirklich kein Ort für Klatsch und Tratsch aus dem Dorf.«

Großvater zwinkerte Großmutter zu. »Weil niemand hier sich gerne Klatsch und Tratsch anhört, nicht wahr, Minty, Liebes?«

Ein winziges Lächeln huschte über Großmutters Lippen. »Und auch kein Ort für Hohn und Spott, Reginald.« Dann wandte sie sich an Margaret und ergänzte: »Danke, das wäre dann alles.«

Margaret verschwand mit den Armen voll benutztem Geschirr in Richtung Küche. Als sie weg war, fuhr Großmutter fort: »Also, noch mal zum Krippenspiel. Mein Plan ist, dass wir nach dem Mittagessen, wenn die anderen da sind, eure Rollen durchgehen ...« An dieser Stelle brach sie ab, als wäre sie plötzlich abgelenkt worden. Mit einem Ausdruck blanken Entsetzens im Gesicht stand sie auf. »Grundgütiger, ist das ein ...«

»Ein **IIII-AHHHH!«**, krähte Molly, bevor Großmutter den Satz vollenden konnte.

Großmutter presste die Hand auf ihr Herz. »Ich glaube, sie hat recht! Reginald! Ist das ein Esel, da im Rosengarten?«

Mum, Dad und ich drehten uns um und Großvater tauschte die Brille auf seiner Nase gegen die an der Kette um seinen Hals aus. »Jawohl, Minty, Liebes. Da steht in der Tat ein Esel im Rosengarten.«

»Fantastisch!«, rief ich erneut, was mir ein paar fragende Blicke einbrachte.

Aber es *war* fantastisch – der »womögliche« Esel, der laut dem Engel Gabriel aus der Vergangenheit hierherkatapultiert worden war, war definitiv ein Esel und befand sich hier bei uns im Garten!

Was für ein Frühstück! Überall tauchten biblische Gestalten auf!

Was im Hinblick auf unsere Weihnachtsrettung echt super war, weil wir sie so ganz leicht einsammeln konnten, aber auch ein bisschen problematisch, weil meine Familie unter Umständen eins und eins zusammenzählen und dahinterkommen konnte, dass Maria, Josef, ein Hirte und ein Heiliger König durch Chipping Bottom irrten. Und da wir dieses Problem diskret lösen mussten, um nicht den gesamten Planeten ins Chaos zu stürzen, durfte niemand wissen, dass es sich um einen besonderen Esel handelte ... Als mir das klar wurde, geriet ich für einen Moment in Panik und rief das Erste, was mir einfiel: »Nein! Nicht fantastisch! Das ist **KEIN** Esel!«

Alle sahen mich total merkwürdig an. Erstens wahrscheinlich wegen meines unerwarteten Geschreis und zweitens weil es ganz offensichtlich sehr wohl ein Esel war.

Rückblickend glaube ich, dass die Ereignisse der vorangegangenen Nacht, gepaart mit den Erkenntnissen des Frühstücks, vielleicht ein bisschen zu viel auf einmal waren.

»Na, ein Nashorn ist es jedenfalls nicht, Oscar!«, entgegnete Dad. Was zwar richtig war, aber keine große Unterstützung.

»Das ist ein **IIII-AHHH!«**, krähte Molly erneut. Dann sprang sie auf und fing an, auf dem Esszimmerfußboden wie ein Esel nach hinten auszukeilen.

»Es könnte auch ein Pferd sein?«, erwiderte ich, merkte allerdings selbst, wie wenig überzeugend ich klang. Im nächsten Moment widerlegte der Esel mein ohnehin schon schwaches Argument höchstpersönlich, indem er ein lautes **»III-AHHH!«** ausstieß, das die Fensterscheiben zum Klirren brachte.

»Okay, es ist ein Esel«, räumte ich ein.

»Wie kommt denn bitte ein Esel in den Rosengarten?«, fragte Großmutter. »Und noch dazu ein ziemlich klappriger Esel!«

»Vielleicht ist er von Lady Assters Eselgnadenhof ausgebüxt?«, überlegte Großvater. »Der liegt ja gleich hinter den Feldern. Zufälligerweise ganz in der Nähe von George Budwells Hof.«

»Ja, da hast du vermutlich recht«, sagte Großmutter.

Es kann also sein, dass ich mir völlig umsonst Sorgen

gemacht hatte, dass meine Familie beim Anblick des Besuchers in unserem Garten augenblicklich zu dem Schluss kommen würde, dass es sich um Marias und Josefs Esel handelte, den der Engel Gabriel auf seinem Weg von Nazareth versehentlich hierherversetzt hatte.

»Was macht er denn da?«, fragte Mum.

Dad legte den Kopf schief. »Es scheint, als würde er seine Blase entleeren.«

Und damit lag er vollkommen richtig. Wir alle beobachteten in verblüfftem Schweigen, wie der Esel rückwärts an den Fischteich herantrat und anfing, ihn vollzumachen.

»BOAH EYYYYY!«, rief Molly und lachte.

Falls ihr noch nie einen Esel beim Pinkeln gesehen habt, kann ich euch sagen: Es ist ziemlich beeindruckend. Ich befürchtete nur, dass Großmutter ganz und gar nicht glücklich sein würde.

Doch sie wirkte überraschend erfreut. »Oh, Reginald, das ist ein Zeichen!«

»Ein Zeichen?«, wiederholten wir im Chor, denn ich glaube, wir waren alle ein wenig verwirrt. Zeichen sind normalerweise so was wie superhelle Sterne am Himmel über Bethlehem, keine Esel, die ein Riesenpipi machen.

Großmutter schlug die Hände zusammen. »Ja! Ich glaube, ich hatte gerade eine ganz wundervolle Idee.«

Ich machte mir aus zwei Gründen Sorgen, worauf das hinauslaufen würde. Erstens: Großmutter durfte absolut keine Ideen haben, die genau diesen Esel betrafen, dessen wichtigste Aufgabe es war, die Heilige Jungfrau Maria heil nach Bethlehem zu bringen. Und zweitens: Was für wundervolle Ideen entstanden denn bitte beim Anblick eines pullernden Esels?

Weshalb alle total verdattert dreinblickten und wie aus einem Mund fragten: »Ach ja?«

»Dieser Esel ist nicht ohne Grund hierhergekommen.«

»Ach, nicht?«, fragten wir alle wie aus einem Mund.

»Nein! Wäre es nicht wunderbar, einen echten, lebendigen Esel in unserem Krippenspiel zu haben? Damit würden wir es Mrs Tadworth und ihresgleichen aber mal so richtig zeigen! Soll niemand behaupten, wir Cuthbert-Andersons wüssten nicht, wie man eine wahrhaft denkwürdige Aufführung auf die Beine stellt!«

»Wer ist Mrs Tadworth?«, wollte Mum wissen. Was nicht unbedingt meine erste Frage gewesen wäre. Ich hätte mich doch eher auf den Teil mit dem echten, lebendigen Esel konzentriert, der bei unserem Laientheater in einer Kirche mitwirken sollte.

»Vivian Tadworth ist Mintys Erzfeindin«, erklärte Großvater mit einem Lächeln.

Langsam hatte mein Hirn ernsthaft Mühe, da noch irgendwie mitzukommen.

»Sie ist nichts dergleichen! Eine Erzfeindschaft würde bedeuten, dass sie mir in irgendeiner Form ebenbürtig wäre, was in keiner Weise zutrifft! Mrs Tadworth ist die schrecklich wichtigtuerische Vorsitzende der hiesigen Landfrauengruppe und des Gemeinderats. Und *ich* bin Lady Cuthbert-Anderson!«

»Ja, das bist du!«, pflichtete Großvater ihr bei.

»Mrs Tadworth«, fuhr Großmutter fort, »führt in den Jahren beim Krippenspiel Regie, in denen wir nicht beteiligt sind. Ich werde ihr nie verzeihen, was sie unserer Aufführung von 2016 angetan hat.«

»Was hat sie 2016 denn getan?«, fragte ich.

»Sie hat den Organisten, den ich extra aus Notre Dame eingeflogen hatte, absichtlich zu einer Kirche im Nachbarort geschickt. Margaret musste für ihn einspringen. Die Gute hat ihr Bestes gegeben, aber sie besitzt einfach nicht die nötigen Fähigkeiten, um mit meinem Stimmumfang mitzuhalten. Oh, Reginald, stell dir nur mal Vivians Gesicht vor, wenn wir einen echten, lebendigen Esel auf die Bühne bringen!« Sie wandte sich an Dad. »Geh raus und fang das Tier ein, Christopher. Wir können ihn solange in den Stallungen unterbringen.«

»Du willst, dass ich da rausgehe und den Esel einfange?«, fragte Dad.

»Aber ja doch! Und bitte spute dich ein bisschen, bevor der Teich überläuft.«

»Ich helfe dir.« Großvater rückte auf seinem Stuhl zurück.

Den Esel vorläufig im Stall unterzustellen, klang gar nicht mal so schlecht. Dort war er zumindest sicher, während der Engel Gabriel und ich uns auf die Suche nach den anderen biblischen Gestalten machten. Und wenn Maria und Josef so leicht aufzuspüren waren wie ihr Reittier, sollten sie im Nu wieder auf der staubigen Straße nach Bethlehem sein.

Ich stand auf. »Ich mach auch mit, Dad. Los, gehen wir, bevor er uns davongaloppiert.«

Großmutter erinnerte Großvater daran, dass er es langsam angehen lassen sollte, doch er beteuerte, dass ihm das nichts ausmachen würde. Und so brachen wir auf, voller Zuversicht, das Vieh zu erwischen. Molly trabte hinter uns her und schmetterte aus vollem Hals »Eine Muh, eine Mäh«.

Wie ich später lernen sollte, haben es Esel nicht so mit Galoppieren.

Selbst wenn Weihnachten davon abhängt und man sich wirklich anstrengt, sie zu motivieren, sind sie eher zockelige als galoppige Gemüter.

8

Lasst uns froh und munter sein …

… denn der Esel ist im Stall

Während ich Dad und Großvater nach draußen in den Garten folgte und darüber nachdachte, wie einfach es wohl sein würde, mit bloßen Händen einen Esel zu fangen, fiel mein Blick plötzlich auf etwas im Gang. Nur mit Mühe konnte ich mir einen überraschten Aufschrei verkneifen. Da stand er, der Engel Gabriel, mit einem Gesichtsausdruck, der sich beim besten Willen nicht als engelsgleich beschreiben ließ.

Ich wedelte wild mit den Armen, um ihm deutlich zu machen, dass er sich verstecken sollte. Er rührte sich nicht von der Stelle, sondern ließ bloß sein teewärmergekröntes Haupt nach hinten kippen, womit er mir zeigen wollte, dass er sich langweilte.

»Der Engel!«, rief Molly.

Ich wedelte noch wilder mit den Armen. Er warf seine

Arme genervt in die Luft und verschwand gerade noch rechtzeitig hinter der nächstbesten Tür, bevor Dad und Großvater sich umdrehten, um nachzusehen, wovon Molly redete.

»Was hast du gesagt, Mollypop?«, fragte Dad.

Ich warf ihr meinen *Halt bloß die Klappe*-Blick zu und konnte in Echtzeit beobachten, wie ihr einfiel, dass wir den Engel Gabriel eigentlich geheim halten sollten. Sie schlug sich mit einem Glitzerfäustling gegen die Stirn und antwortete: »Nichts. Da war ganz bestimmt kein Engel Gabriel im Flur. Nei-hei-hein!«

Dad grinste schief und drehte sich wieder nach vorne. »Na komm, du Ulknudel. Schnappen wir uns den Esel.«

Ich raunte Molly zu: »Wir dürfen niemandem was sagen, schon vergessen?« Dann rief ich Dad und Großvater nach: »Eine Sekunde, bin gleich da.«

Ich sah ihnen nach, bis sie nach draußen verschwanden, und schob mich dann in den Raum, in den sich der Engel Gabriel zurückgezogen hatte. Er entpuppte sich als weiterer kleiner Salon.

Der Engel hielt ein winziges Figürchen hoch und betrachtete es angewidert. »Was ist das? Das soll ja wohl nicht ich sein, oder?«

»Doch. Und jetzt Finger weg, das ist garantiert eine Antiquität.« Ich nahm ihm das Figürchen ab und stellte es zu der Krippe, die auf einem Tisch aufgebaut war.

»Es sieht mir überhaupt nicht ähnlich. Ich bin … eine Lichtgestalt.«

O ja, und was für eine Lichtgestalt. Mit einem Teewärmer *auf dem Kopf,* dachte ich. »Du musst echt wieder ins Badezimmer, wo du hingehörst!«

»Ich gehöre ins himmlische Reich unseres Herrn, nicht in ein Badezimmer!«

»Mag ja sein, aber wer hat denn hier seine Kräfte verloren und diesen ganzen Schlamassel überhaupt erst verursacht? Jetzt geh zurück und warte da auf mich. Wenn jemand dich hier rumlaufen sieht, hält er dich für einen Einbrecher und ruft die Polizei. Und wie willst du Maria und Josef nach Bethlehem zurückbringen, wenn du hinter Gittern sitzt?«

Er ließ die Arme sinken und schob die Unterlippe vor. »Na schön.«

»Schmollst du etwa?«

»Nee.«

»Gut, ich habe nämlich zwei tolle Neuigkeiten. Erstens: Ich habe einen Hinweis auf den Heiligen König …«

»Balthasar?«

»Ja, klar – wenn das sein Name ist. Für mich waren das immer König eins, König zwei und König drei. Es scheint, als wäre er drüben auf dem Hof von George Budwell, also fangen wir dort mit unserer Suche an.«

»Und die zweite tolle Neuigkeit?«

»Ich habe den Esel gefunden.«

Gabriels Gesicht hellte sich auf. »Maria und Josefs?«

»Ich glaube, hier in der Gegend streunen nicht so viele Esel frei herum.«

Er klatschte in die Hände. »Das sind *wirklich* tolle Neuigkeiten! Ich werde sie sogleich der Welt verkünden!«

Er riss die Tür auf und breitete die Flügel aus – mir voll ins Gesicht –, kam jedoch nur bis: »Gute N…«, bevor ich mich auf ihn stürzte und ihn zu Boden warf.

»Du sollst dich doch versteckt halten, schon vergessen?«, schimpfte ich. »Das heißt: keine Verkündigungen!«

»Verzeihung«, sagte er, während er sich aufrappelte und die Flügel ausschüttelte. »Macht der Gewohnheit.«

»Jetzt sieh zu, dass du in deine Toilette zurückkommst, und warte, bis ich dich hole. Ich schau mal, ob ich ein paar Klamotten für dich auftreiben kann, die nicht ganz so …«

»Prachtvoll sind?«

Ich musterte ihn von Kopf bis Fuß. »Ich meinte eher: nicht ganz so aufmerksamkeiterregend. Aber vorher muss ich rauskriegen, was mit dem Esel passieren soll. Pass einfach auf, dass dich niemand entdeckt, okay?«

»Du kannst dich auf mich verlassen!«, versicherte er und nickte bekräftigend. »Ich werde mich vollkommen unauffällig verhalten!« Er wandte sich zum Gehen und blieb augenblicklich in der Tür stecken.

»Gibt es eine Möglichkeit, die Flügel fürs Erste loszuwerden?«, fragte ich, während ich von hinten schob. »Sie helfen nicht gerade dabei, dich als Nichtengel zu tarnen.«

»Die gibt es schon …«

»Na, dann los. Worauf wartest du? Auf den Weihnachtsmann?«

»Sie ist nicht gerade, wie soll ich sagen, angenehm.«

»Weißt du, was auch nicht gerade angenehm ist? Einen Engel verstecken zu müssen, weil man ihm helfen muss, Weihnachten zu retten. Nun mach schon. Weg mit den Flügeln.«

»Ist ja gut! Ich werde es erdulden.«

Er beugte sich vor, stützte die Hände auf die Knie und stieß eine Art Knurren oder Grunzen aus, das eher nach einem großen Tier klang. Ungefähr so: **»HURRRRRRRG HURRRG HIIIURRRG.«** Vor Anstrengung fing er an zu schielen und seine Nasenlöcher weiteten sich, bis ich mir doch ein bisschen Sorgen machte, dass er mich darin aufsaugen könnte. Seine Wangen färbten sich knallrot, er begann zu keuchen und schließlich zogen sich seine Flügel ganz langsam in seinen Körper zurück.

»Krass! Geht es dir gut, Gabriel?«, erkundigte ich mich, als alles vorbei war.

»Hervorragend, danke der Nachfrage.« Er nickte knapp und stolzierte erhobenen Hauptes davon.

Als ich nach draußen kam, lieferten sich Dad und Großvater hinten bei der Stechpalmenhecke am Ende des Rosengartens bereits so etwas wie ein Duell mit dem Esel. Während die beiden sich abmühten, das Vieh einzufangen, war Molly anderweitig beschäftigt. Sie fragte gerade ein Rotkehlchen, das auf der Sonnenuhr hockte, ob es wohl bald schneien würde.

»Das hab ich dir doch schon gesagt, Molls«, warf ich ein. »Hier schneit es an Weihnachten nie.« Ich ging zu Dad und Großvater hinüber, denen es gelungen war, den Esel in einer Ecke zwischen Mauer und Hecke einzukesseln. Großvater fuchtelte mit dem Netz herum, das zum Reinigen des Teichs diente, als wollte er den Esel damit einfangen.

»Hier, Oscar, nimm du es«, sagte er und reichte es an mich weiter.

Ein wenig ratlos betrachtete ich das Netz. Was genau sollte ich seiner Meinung nach damit anstellen? Zum Eselfangen war es bei Weitem zu klein.

»Achtung«, warnte Dad, »nicht, dass er uns davonläuft.«

Der Esel sah kein bisschen so aus, als hätte er vor davonzulaufen. Er stand einfach nur da und glotzte mürrisch und etwas gelangweilt vor sich hin. Auf seinem Rücken war etwas befestigt, das an einen alten, leeren Sack erinnerte – der wohl noch aus biblischen Zeiten stammte.

Dad nickte mir zu. »Bereit, Oscar?«

»Bereit wofür?«, fragte ich.

»Auf die Plätze …«

»Welche Plätze?«

»Auf los geht's los …«

»Was geht los?«

Anstelle einer Antwort brüllte Dad urplötzlich: **»LOS!«**

Instinktiv stülpte ich dem Esel das Netz über den Kopf. Der Esel zuckte nicht mal mit der Wimper. Er stand weiterhin da, als ginge ihn das alles nichts an. Wenn überhaupt, sah er noch ein bisschen gelangweilter aus als vorher. Währenddessen hielt ich einen Eselskopf in meinem Netz.

»Oscar?«, meinte Dad. »Ich hatte gehofft, du würdest den Griff benutzen, um den Esel durch das Tor in Richtung Stall zu lenken.«

»Ach so«, antwortete ich, weil ich nicht wusste, was ich sonst tun sollte.

Großvater schnappte sich das Seil, das um den Hals des Esels hing, und ich nahm dem Vieh das Netz wieder ab. Dann führte Großvater es aus dem Rosengarten zu den Stallungen, wo meine Großeltern früher ihre Pferde untergestellt hatten, bevor ihre Hüften zu alt zum Reiten geworden waren.

Wir schlossen die Tür. Der Esel stand da und glotzte gelangweilt und desinteressiert vor sich hin.

Molly rief laut **»IIII-AHHH«,** woraufhin der Esel schnaubte und den Kopf wegdrehte.

»Er sagt, sein Name ist Donald«, teilte Molly uns mit.

Großvater lachte herzhaft. »Ist das so?«

»Jepp. Ich kann nämlich mit Tieren reden. Ich verstehe Eselisch.«

»Eselisch?«

»Jepp. Das ist genau wie unsere Sprache, aber von Eseln.«

»Na, dann kriegst du ja vielleicht auch aus ihm raus, wo er herkommt, Molly«, meinte Großvater.

Das war offensichtlich bloß ein Scherz, doch Molly machte erneut **»IIII-AHHH«**. Donald stieß ein Prusten aus, bei dem seine Lippen nur so flatterten. »Er sagt, er ist über zweitausend Jahre alt und gehört Maria und Jakob.«

»Josef«, korrigierte ich, merkte dann, dass wir diese Informationen eigentlich lieber nicht preisgeben sollten, und rief hastig: »Aber das hat sie sich nur ausgedacht. Der Esel kommt nie im Leben aus Nazareth.«

Dad und Großvater sahen mich an, als wollten sie sagen: *Das liegt ja wohl auf der Hand, Oscar.*

Molly schien wieder eingefallen zu sein, dass wir niemandem erzählen durften, was los war, denn sie hatte plötzlich das Bedürfnis hinzuzufügen: »Und es ist auch ganz bestimmt kein Engel auf dem Klo.«

Großvater seufzte. »Lieber Himmel. Dieses Krippenspieltamtam fängt normalerweise erst an, *nachdem* eure Großmutter mit den Proben begonnen hat.«

»Ich hoffe, dieses Jahr läuft alles glatt«, meinte Dad. »Es wäre schön, wenn wir es wenigstens einmal hinbekommen würden, dass nichts katastrophal in die Hose geht.«

»Keine Sorge, Christopher. Deine Mutter ist mit Feuereifer bei der Sache! Dieses Jahr wird anders als alles, was wir bisher gesehen haben, da bin ich mir sicher.«

Und was das anging, lag er ganz und gar nicht falsch.

»Jawohl, Minty hat einen strengen Probenplan erstellt«, fuhr Großvater fort. »Sie wird uns ordentlich auf Trab halten, aber wenn wir ein frohes Fest haben wollen, müssen wir wohl alle unsere Rolle spielen!«

Das war allerdings ein Problem. Ich hatte immerhin schon eine Rolle zu spielen und noch dazu eine wirklich entscheidende! Ich konnte mich nicht hinsetzen und Text lernen, während Weihnachten und die Welt, wie wir sie kannten, in Gefahr schwebten. Ich brauchte dringend einen Plan. Also, eigentlich gleich mehrere. Zum einen musste ich es irgendwie schaffen, mich unbemerkt vor den Proben zu drücken, und zum anderen musste ich einen Weg finden, Maria, Josef und den umherirrenden Hirten aufzuspüren.

Der einzige Plan, den ich bis dahin hatte, bestand lediglich darin, zu George Budwells Hof rüberzugehen und nach einem Typen in schicken Klamotten Ausschau zu halten. Dabei gab es keine Garantie, dass es sich bei dem Typen auch wirklich um König Balthasar handelte. Und selbst wenn er es war: Wie genau wollte ich ihn einfangen? Ich hatte so meine Zweifel, dass ich mit dem Netz bei einem König mehr Erfolg haben würde als bei einem Esel.

Langsam dämmerte mir, dass es alles andere als leicht werden würde, Weihnachten zu retten. Und die Zeit war auch nicht gerade auf meiner Seite, denn wir hatten immerhin schon den einundzwanzigsten Dezember.

9

Was bringt der Weihnachtsmann?

(Hoffentlich einen König, einen Hirten, Maria, Josef und dass mein Großvater wieder gesund wird – und eine VR-Brille für meine Playstation)

Bevor Dad und Großvater nach drinnen gingen, um den anderen mitzuteilen, dass Donald sicher im Stall stand, teilte ich Dad und Großvater mit, dass Molly und ich ein bisschen auf Erkundungstour gehen würden. Dad ermahnte uns, uns nicht zu weit vom Haus zu entfernen. Allerdings hatte er auch mal gesagt, dass in Chipping Bottom nichts weit von irgendwas entfernt ist, also fasste ich das als Erlaubnis auf, dass wir hingehen konnten, wo wir wollten. Unser erstes Ziel stand auch schon fest: George Budwells Hof. Aber vorher mussten wir noch den Engel Gabriel einsammeln und unbemerkt aus dem Haus schmuggeln.

Ich nutzte die Gelegenheit, dass alle unten im Erdgeschoss waren, befahl Molly, Wache zu stehen, und flitzte nach oben ins Zimmer meiner Eltern, wo ich mir ein paar

Klamotten aus Dads Koffer ausborgte. Dann schnappte ich mir eine Schiebermütze von den Haken in der »Stiefelkammer«, wie Großmutter es nennt, und schlich nach unten ins Badezimmer.

Der Engel Gabriel erhob sich majestätisch vom Klo oder jedenfalls so majestätisch, wie es mit einem Teewärmer auf dem Kopf eben ging. »Halleluja! Da seid ihr ja endlich. Ich habe lange genug auf diesem Porzellanthron ausgeharrt. Wir müssen umgehend mit der Suche nach Maria, Josef und den anderen beginnen!«

»Erst musst du dir was Vernünftiges anziehen«, entgegnete ich und drückte ihm das Bündel in die Hand. »Die Leute werden Fragen stellen, wenn du hier so rumläufst.«

»Du meinst, so prächtig?«

»So engelhaft.«

Er hielt die Boxershorts meines Dads hoch – es war das Feiertagspaar mit dem Rosenkohlmuster – und sah mich skeptisch an.

»Aus Gründen der Anpassung werde ich diese ungewöhnlichen Gewänder tragen. Seid so gut und lasst mich allein, während ich mich entkleide.«

Wir taten wie geheißen und warteten vor der Tür, bis er rief: »Ihr dürft eintreten.« Als wir wieder reinkamen, breitete er die Arme aus und drehte sich einmal um die eigene Achse. »Was meint ihr?«

»Nicht schlecht«, antwortete ich. Ich glaube, ich hatte den perfekten Pulli ausgewählt. Vorne drauf war ein Bild von Jesus mit erhobenem Daumen und dem Schriftzug

Ein Hoch auf das Geburtstagskind. Unter den Umständen ziemlich passend.

Mit seinem strahlenden Teint sah der Engel Gabriel immer noch ein bisschen überirdisch aus, aber im Großen und Ganzen taten die neuen Klamotten, was sie sollten.

»Was sagst du?«, fragte ich.

»Ich meine, es wird schon gehen, aber …« Der Engel Gabriel runzelte die Stirn und machte ein paar tiefe Ausfallschritte. »Was ist das für ein Beinkleid? Es ist schrecklich unbequem und beengend. Wer tut sich eine solche Unbill an?«

»Das sind doch bloß Jeans«, erwiderte Molly.

»Warum sind Bloßjeans so unnachgiebig? Meine Beine fühlen sich an wie in einem Käfig. Der Stoff ist furchtbar steif und kratzig …«

So ging es ehrlich gesagt noch eine ganze Weile weiter, aber den Rest seines Gejammers erspare ich euch.

Nachdem er seine Empörung über eine simple Hose einigermaßen überwunden hatte, verbrachte er eine *Ewigkeit* damit, sich im Badezimmerspiegel zu betrachten.

»Ich dachte, du wolltest los?«, sagte ich schließlich.

»Dieser Hut – muss der wirklich sein? Mir gefällt die kecke Form, aber findet ihr nicht, die Farbe ist ein wenig … fad? Ich frage mich, ob die hübsche Strickmütze, die ich vorher getragen habe, einem Boten Gottes nicht besser zu Gesicht stehen würde.«

»Das war ein Teewärmer«, entgegnete ich.

Er blickte mich ausdruckslos an.

»Den setzt man auf eine Teekanne, um den Tee warm zu halten«, erklärte Molly.

»Bist du eine Teekanne?«, fragte ich.

»Was ist eine Teekanne?«, wollte der Engel Gabriel wissen.

»Ein Gefäß, in das man Tee füllt.«

»Dann doch lieber grün-braunes Karo.«

»Hervorragend. Da die wichtige Frage deiner Kopfbedeckung nun also geklärt wäre: Können wir dann gehen? Ich schlage vor, wir nehmen den Weg quer über die Felder zu George Budwells Hof. Wenn mich nicht alles täuscht, müsste dort der Heilige König vom Himmel gefallen sein. Mit etwas Glück finden wir in der Scheune ein paar Hinweise, wo er jetzt sein könnte.«

Wir banden unsere Schals um und Molly zog die Glitzerfäustlinge hoch. Dann schlüpften wir in unsere Gummistiefel, weil die Felder ziemlich matschig waren. Der Engel Gabriel hatte recht zierliche Füße, deshalb gab ich ihm die von Mum. Doch als er Mollys golden glitzernde Gummistiefel sah, war er prompt wieder eingeschnappt, weil seine nicht so extravagant waren.

»Ich finde einfach, wenn hier jemand glitzernde Gummistiefel tragen sollte, dann ja wohl der Engel und nicht das kleine Mädchen, das als Einhorn verkleidet ist«, verkündete er, als ich ihn fragte, was das Problem war.

Wenn er sich nicht gerade darüber beklagte, jammerte er, dass seine Bloßjeans scheuerten. Wer hatte gedacht, dass ein Engel solch ein Nörgelheini sein konnte?

Trotzdem schafften wir es aus dem Haus und raus auf die Felder, wobei Molly mehrfach anhielt, um die Schafe zu fragen, ob sie irgendwo einen Heiligen König gesehen hatten, und am Himmel nach Anzeichen für Schnee Ausschau zu halten.

»Sie glaubt doch nicht wirklich, dass die Schafe sie verstehen, oder?«, fragte der Engel Gabriel, als wir mit etwas Abstand zusahen, wie sie eines der Schafe anschrie, es solle ihr gefälligst sagen, was es weiß, denn sonst hätte sie Mittel und Wege, es zum Reden zu bringen.

»Ich habe keine Ahnung, was in ihrem Gehirn vorgeht.«

»Sie ist eine echte Verhörspezialistin.«

Molly schüttelte den Kopf. »Diese Viecher wissen gar nichts. Gehen wir!«

Wir setzten unseren Weg fort, kletterten über ein Gatter und liefen ein schmales Sträßchen entlang, bis wir zu einem Bauernhof kamen, der, wie wir richtigerweise vermuteten, George Budwell gehörte.

»Was jetzt, Osky?«, fragte Molly. »Soll ich rübergehen und die Kühe befragen?«

»Keine *schlechte* Idee, Molly, aber ich dachte, wir könnten einfach direkt mit George Budwell sprechen statt mit seinen Tieren. Rausfinden, was genau er gesehen hat. Vielleicht kann er uns sagen, in welche Richtung der König davongelaufen ist.«

Wir mussten gar nicht erst anklopfen, denn offenbar hatte George Budwell uns bereits entdeckt und war rausgekommen, um nachzuschauen, was wir wollten. Er war in etwa so breit wie hoch und hatte eine große rote Nase, die in mir aus irgendeinem Grund das starke Bedürfnis auslöste, einmal kräftig draufzudrücken. Was ich natürlich nicht tat.

»Kann ich euch helfen?«, fragte er und stopfte die Hände in die Hosentaschen.

»Sie tragen auch Bloßjeans!«, platzte der Engel Gabriel heraus.

George Budwell wirkte berechtigterweise verwirrt.

»Wir wollten fragen, was letzte Nacht passiert ist – mit Ihrem Scheunendach«, erklärte ich.

»Na, das hat sich ja schnell rumgesprochen!« Er lachte. »Meine Nancy verdient einen Preis dafür, wie flott sie Neuigkeiten verbreiten kann.«

»Wenn hier jemand einen Preis für die Verkündigung von Neuigkeiten verdient, dann ich«, sagte der Engel Gabriel. »Ich bin der Verkündiger.«

George Budwell wirkte berechtigterweise wieder verwirrt.

»Also, was genau ist passiert?«, hakte ich nach. Deswegen waren wir schließlich hier.

»So was hab ich echt noch nie gesehen. Erst war da dieser Lichtblitz, der so hell war, dass er das gesamte Schlafzimmer erleuchtet hat, und dann gab's einen gewaltigen Knall. Ich bin zum Fenster gegangen und als ich den Kopf rausgestreckt hab, hab ich ein lautes Stöhnen gehört. Da hab ich dann auch das Loch im Scheunendach bemerkt. Ich bin nach draußen gestapft und hab gerufen, dass, wer auch immer das war, von meinem Grundstück verschwinden sollte.«

»Und was ist dann passiert?«, fragte ich.

»Na ja, der Einbrecher schien nicht allzu scharf darauf zu sein, sich mit einem wütenden Bauern in Unterhose anzulegen, und ist abgehauen. Über die Felder da, in Richtung Wald.«

Wir alle drehten uns in Richtung Wald um. Er sah exakt so aus wie ein Ort, an dem sich ein verirrter Heiliger König verstecken würde, fand ich.

»Wie hat er denn ausgesehen?«, erkundigte ich mich.

»Wie ein König?«, ergänzte Molly.

»Ein König?« George Budwell runzelte die Stirn.

»Ja, mit einer Krone und so«, sagte Molly.

»Ihr wollt wissen, ob er eine Krone aufhatte?«

»Eigentlich möchten wir nur wissen, ob Sie ihn beschreiben können«, stellte ich klar.

»Schwer zu sagen, es war ja dunkel und er ist vor mir weggelaufen. Aber ich weiß noch, ich hab zu Nancy gesagt, er sah irgendwie … schick aus. Er hatte lange Gewänder an und dieses Hutdings auf dem Kopf. Kann natürlich auch ein Kostüm gewesen sein. Und er hatte irgendwas in der Hand. Ich konnte aber nicht erkennen, was. Wenn ihr mich fragt, war das irgendein Hohlkopf, der sich einen Spaß erlaubt hat. Wegen dem ich jetzt ein riesiges Loch im Dach hab, das ich flicken muss.«

»Vielen Dank, Mr Budwell, Sie waren uns eine große Hilfe.«

»Sagt mal, seid ihr nicht von den Cuthbert-Andersons?«

»Jepp«, antwortete Molly.

»Richtet eurer Großmutter aus, dass ich morgen bei euch vorbeikomme. Sie hat den ersten Preis bei Mrs Tadworths Landfrauentombola zugunsten des Kirchendachs gewonnen und den bringe ich dann rüber.«

»Okay«, sagte ich, dachte mir aber nichts weiter dabei. Schon komisch, wie einem manchmal etwas komplett unwichtig erscheinen kann, nur um einen wie eine Dampfwalze zu überrollen, wenn man am wenigsten damit rechnet.

Wir winkten Mr Budwell zum Abschied und machten uns auf den Weg in Richtung Wald in der Hoffnung, zwischen den Bäumen auf einen Heiligen König zu treffen. Damit wären wir unserem Ziel um einiges näher, das Chaos zu beseitigen, das der Engel Gabriel angerichtet hatte – wofür uns nur noch drei Tage und ungefähr vierzehn Stunden blieben!

10

O Tannenbaum, o Tannenbaum …

… in deinen Ästen sitzt ein König

Balthasar, zeige dich! Ich befehle es dir!«

Der Engel Gabriel rief jetzt schon seit gut zwanzig Minuten in den Wald hinein. Molly hatte bereits nach kurzer Zeit angefangen, sich zu langweilen, und sich einen Stock geschnappt, mit dem sie jetzt auf Fliegenpilze eindrosch. Wenn König Balthasar sich wirklich zwischen den Bäumen versteckte, hatte er offensichtlich kein Interesse, rauszukommen und sich zu zeigen. Ich konnte es ihm nicht verübeln. Der Engel Gabriel wurde immer Furcht einflößender, je länger seine Rufe unbeantwortet blieben. Was mir nicht gerade hilfreich erschien.

»Du könntest versuchen, ein bisschen weniger … bedrohlich zu klingen«, schlug ich vor.

Der Engel Gabriel drehte sich zu mir um und sah mich aufrichtig verwundert an. »Was meinst du?«

»Du hast ihm gerade erst gedroht, Feuer und Schwefel auf alles niederregnen zu lassen, was er liebt, wenn er sich nicht blicken lässt. Ich glaube, ich wäre nicht besonders motiviert, rauszukommen und mich der Person zu zeigen, die mir so was entgegenbrüllt. Probier es doch mal mit etwas Aufmunterung ... oder sogar Freundlichkeit. Der arme Kerl ist gerade zweitausend Jahre in die Zukunft katapultiert worden. Er hat bestimmt Angst.«

Der Engel Gabriel verdrehte die Augen und machte ein Gesicht, das Mum als »bockig« beschrieben hätte. »Na schön.« Er legte die Hände wie einen Trichter an den Mund und donnerte: »Balthasar, o großer König, zeig dich *bitte* oder ich lasse Feuer und Schwefel auf alles niederregnen, was du liebst!« Er nickte mir zu. »Wie war das?«

»Wie das war?«, entgegnete ich. »Ich würde mich wundern, wenn er jetzt nicht aus dem Wald gehüpft kommt und sich dir in die Arme wirft.«

»Im Ernst?«

»Nein.« Ich warf einen Blick auf meine Armbanduhr. »Lange können wir nicht mehr bleiben, bevor jemand merkt, dass wir weg sind. Ich finde, wir sollten uns aufteilen und in dem Waldstück da vorne nachschauen. Wenn wir ihn bis zum Mittagessen nicht gefunden haben, schlage ich vor, wir kommen später zurück und suchen weiter.«

Ich rief nach Molly, die gerade mit voller Wucht auf einige fluffig aussehende weiße Pilze einschlug, die daraufhin zerplatzten und ihre Sporen explosionsartig in alle

Richtungen verteilten. Beim Klang meiner Stimme erschrak sie so sehr, dass ihr der Stock aus den Händen flog und sie sich einen Moment verdutzt umsah, wohin er verschwunden war. »Komm, Molls, wir suchen da drüben weiter.«

Sie kam im Hopserlauf auf mich zu und schob ihre im Glitzerfäustling steckende Hand in meine. Wir gingen tiefer in den Wald hinein, doch vom Heiligen König fehlte weiterhin jede Spur.

Ich wollte gerade vorschlagen umzudrehen, als Molly am Fuß eines Baumes etwas entdeckte.

»Was ist das, Osky?«, fragte sie.

Der Gegenstand sah aus wie eine große silberne Soßenschüssel mit Deckel, was man in den Wäldern von Chipping Bottom nicht alle Tage fand. Ich bückte mich, hob den Gegenstand auf und lüftete den Deckel. Ein *scheußlich* stechender Geruch stieg mir in die Nase. »Uff, igitt!«, keuchte ich. Innendrin lag etwas, das auf den ersten Blick einem Haufen kleiner brauner Steine ähnelte.

»Was *ist* das für ein Zeug?« Ich nahm eine Handvoll heraus und hielt sie den anderen hin. Molly schnupperte so kräftig daran, dass ich schon fürchtete, einer der Steine könnte in ihrem Nasenloch verschwinden. So wie damals bei dem denkwürdigen Vorfall mit der verlorenen Weintraube.

Der Engel Gabriel ragte hinter mir auf und beugte sich über meine Schulter. »Ich glaube, das ist Myrrhe. Balthasar ist hier irgendwo!« Er hielt sich die Hände wieder wie einen Trichter vor den Mund. »Balthasar, ich weiß, dass du da bist! Zeig dich gefälligst.«

»Ich hab mich immer schon gefragt, was Myrrhe ist«, sagte ich. »Komisches Geschenk für ein Baby. Was ist das überhaupt?«

»Ein duftendes Harz«, antwortete der Engel Gabriel.

»Was soll ein Baby mit duftendem Harz?«

»Nichts, natürlich! Kommt schon, gebt es ruhig zu! Das ist ein minderwertiges Geschenk!« Plötzlich ließ sich jemand aus einem der Bäume fallen. Er trug ein grün-rot-goldenes Gewand und einen echt unglaublichen Kopfschmuck. Seine Augen waren tiefbraun und er war die zweitprachtvollste Person, die ich je gesehen hatte – gleich hinter dem Engel Gabriel in seinem vollen, heiligenscheinbekränzten Glanz von letzter Nacht.

»Ah, Balthasar, da bist du ja. Halleluja. Lasset uns singen und lobpreisen!«, sagte der Engel Gabriel.

Balthasars Gesichtsausdruck verriet mir, dass ihm gerade ganz und gar nicht nach lobpreisen war. Ich nahm an, dass er immer noch sauer war, weil er an einem wildfremden Ort durch ein Scheunendach gekracht war und sich dann von mindestens zwei Personen hatte anschreien lassen müssen.

Bizarrerweise war dies jedoch nicht das Erste, woran er sich störte.

Als ich ihn später fragte, warum er von seiner unverhofften Landung in Chipping Bottom nicht völlig traumatisiert war, erklärte er mir, dass die Menschen in seiner

Zeit an ungewöhnliche Vorkommnisse gewöhnt waren. Sie waren mit Geschichten aufgewachsen, die von Fluten bis zu Heuschreckenplagen so ziemlich alles umfassten und laut denen alle naselang irgendwo ein Engel auftauchte. Deshalb war das, worüber er sich am meisten ärgerte, die große und himmelschreiende Ungerechtigkeit, die ihm in seinen Augen angetan worden war.

»Wir hatten uns auf eine Preisgrenze geeinigt, darum habe ich mich für die Myrrhe entschieden!«, schrie er. »Und was tun sie?«

Molly und ich wichen sicherheitshalber einen Schritt zurück. Er wirkte ziemlich aufgebracht.

Ich hatte keine Ahnung, wer *sie* waren oder was sie getan hatten, darum fragte ich mit zugegebenermaßen recht zittriger Stimme: »Wer sind sie und was haben sie getan?«

»Ich sag euch, was sie getan haben! Sie haben mich hintergangen, das haben sie getan! Wir hatten eine Preisgrenze vereinbart, damit hinterher niemand besser dasteht als die anderen. Aber dann kommt Caspar mit massenhaft Weihrauch auf seinem Kamel angeritten und Melchior hat sogar Gold dabei! Und ich sitze mit meinem Häuflein Myrrhe da, was im Vergleich dazu natürlich *total* abstinkt! Gold! Ich meine, das muss doch ein Vermögen gekostet haben! Es ist schließlich *Gold!*«

»Verzeihung«, sagte ich, weil ich immer noch nicht wusste, wie ich reagieren sollte oder wovon er redete. »Geht es Ihnen gut? Sie wirken nämlich nicht, als würde es Ihnen gut gehen.«

»Ich hab dich doch gehört! Du hast es selbst gesagt: ›Komisches Geschenk für ein Baby‹!« Er äffte mich mit einer hohen, schrillen Stimme nach, die weder wie ich klang noch besonders schmeichelhaft war.

»Ich … ich … pfffffftttt.« Ich wusste nicht, was ich darauf erwidern sollte.

»Du wusstest nicht mal, was Myrrhe ist!«

»Doch nur, weil ich noch nie welche gebraucht habe.«

»Ganz genau! Und jetzt bin ich derjenige, der mit einem völlig nutzlosen Geschenk zur Geburtstagsfeier unseres Herrn und Erlösers aufkreuzt.«

»Du könntest ihm eine Piraten-Waschbär-Puppe schenken!«, platzte Molly heraus. »So eine steht ganz oben auf meinem Wunschzettel! Und dass es an Weihnachten schneit, das auch.«

Balthasar, der Molly offenbar jetzt erst bemerkte, machte einen Satz rückwärts und schrie: »Was ist das für eine Kreatur?«

»Ein Kind in merkwürdiger Kleidung«, antwortete der Engel Gabriel nüchtern. »Mich hat sie damit bei unserer ersten Begegnung auch hinters Licht geführt.«

»Es ist ein Einhornkostüm«, erklärte ich.

»Und verglichen mit ihrem vorherigen Aufzug ist das gar nichts. Im Ernst, du hättest sie gestern sehen sollen, als sie wie eine haarsträubende Bestie gekleidet war. *Das* war ein Anblick.«

Balthasar schnappte entsetzt nach Luft und drückte sich gegen einen Baumstamm. »Ist sie besessen … ihr

EIN HOCH AUF
DAS GEBURTSTAGSKIND

wisst schon … des Teufels? Sie hat etwas zutiefst Unheimliches an sich.«

Molly schnaubte empört. »Ich bin kein Teufel! Ich bin ein kleiner Engel!«

»Du bist definitiv kein Engel.« Der Engel Gabriel klang beinahe beleidigt.

»Bin ich wohl. Das hat mein Daddy mir gesagt. Und guck mal«, sie drehte sich um und bewegte ihre Arme auf und ab. »Siehst du diese Knubbel auf meinen Rücken? Da wachsen später mal meine Flügel.«

»Da wachsen doch keine Flügel!« Der Engel Gabriel wirkte geradezu entsetzt.

»Na, aus meinem Popo wachsen sie bestimmt nicht!«, entgegnete Molly. Für ihr Alter kann sie ganz schön sarkastisch sein. Ich glaube, das hat sie von Mum.

»Findet ihr«, versuchte ich, wieder zum eigentlichen Thema zurückzukommen, »wir sollten Balthasar erzählen, was los ist? Und dann besprechen wir, was als Nächstes kommt?«

»Das ist ein ausgezeichneter Vorschlag. Ich kann euch auch schon mal mit absoluter Gewissheit sagen, was *nicht* als Nächstes kommt: dass deiner Schwester Flügel aus den Schulterblättern wachsen.«

»Okay, gut, aber wie wär's, wenn wir uns jetzt wieder auf Mission Rettet Weihnachten konzentrieren? Ihr wisst schon, Friede auf Erden und so weiter …«

»Und Schokolade und Geschenke und Rentiere auf dem Dach«, ergänzte Molly.

»Ja, das auch. Und weißt du noch, was du dazu gesagt hast, wie wichtig es ist sicherzustellen, dass das Jesuskind zur richtigen Zeit am richtigen Ort geboren wird?«, fragte ich den Engel Gabriel mit Nachdruck. »Ich finde wirklich, wir sollten überlegen, wie wir jetzt weitermachen.«

Dann wandte ich mich an Balthasar: »Nur damit Sie Bescheid wissen: Im Jahr null – das ist die Zeit, aus der Sie stammen – hat der Engel Gabriel bei seiner Verkündigung die Power ein bisschen zu hoch aufgedreht und Sie zusammen mit einem Hirten, Maria, Josef und eindeutig einem Esel durch Raum und Zeit hierherkatapultiert. Wir müssen Sie alle nach Bethlehem zurückzubringen, bevor ein nicht wiedergutzumachender Schaden entsteht.«

»Klaro«, sagte Balthasar, was ein bisschen überraschend kam. Ich hatte erwartet, dass er zumindest ein paar Fragen haben würde, doch er nahm das alles hin, ohne mit der Wimper zu zucken. »Glaubt ihr, ich könnte noch kurz bei einem Geschenkeladen vorbeischauen, bevor wir zurückkehren? Ich würde gern etwas Passenderes besorgen.« Er nickte Molly zu. »Du da, Einhornkind, wo kann ich eine von diesen Waschbär-Piraten-Puppen finden? Ist das ein gebührendes Geschenk für unseren Heiland und Erlöser?«

»Definilitiv!«, sagte Molly. »Die haben ganz tolle große Wackelaugen!«

Ich klemmte mir die Soßenschüssel mit der Myrrhe unter den Arm. »Die sollten wir trotzdem mitnehmen. Nur für alle Fälle.«

11

So viel Heimlichkeit in der Weihnachtszeit …

… wenn man die eigenen Verwandten im Auge behalten muss, damit sie nicht alles ruinieren

Es hat durchaus Vorteile, in einem derart großen Haus zu übernachten. Zum Beispiel dass man problemlos einen Engel und einen Heiligen König verstecken kann, ohne dass jemand etwas mitbekommt. Wenn Molly und ich so was zu Hause versucht hätten, wäre Mum uns garantiert auf die Schliche gekommen.

Auf dem Rückweg aus dem Wald befragten wir Balthasar weiter. Leider wusste er auch nicht, wo Maria, Josef oder der verschollene Hirte waren, aber er erklärte sich bereit, uns bei der Suche zu helfen. Ich unterstelle ihm jetzt einfach mal, dass er das tat, weil er ein anständiger Mensch war und nicht, weil der Engel Gabriel erneut die Worte Feuer und Schwefel fallen gelassen hatte.

Zu dem Zeitpunkt war ich trotz der gewaltigen Aufgabe, die vor uns lag, ziemlich positiv gestimmt.

»Ich finde, wir schlagen uns echt gut«, sagte ich zum Engel Gabriel, nachdem Molly und ich ihn ins Badezimmer zurückgebracht hatten. Gabriel hatte seinen Platz auf dem »Thron« wieder eingenommen und Balthasar lag in der leeren Badewanne. »Wir haben schon Donald, den Esel, und König Balthasar gefunden und uns bleiben noch ganze dreieinhalb Tage bis Weihnachten. Ich bin zuversichtlich, dass wir das hinkriegen.«

Molly und ich kehrten in den Hauptteil des Hauses zurück, wo wir Großvater mit einem Korb voller Möhren in der Eingangshalle fanden.

»Ah, ihr kommt gerade richtig. Ich gehe den Esel füttern, möchtet ihr mich begleiten?«

»Definilitiv!«, sagte Molly.

Draußen beugte sich Großvater über die Stalltür und streichelte Donald die Nase.

»Er kann wirklich ein bisschen mehr Fett auf den Rippen gebrauchen«, stellte ich fest. Als Esel hatte man es in biblischen Zeiten vermutlich nicht leicht.

Ich stieg auf einen Aufsitzrasenmäher, der neben dem Stall stand, um einen besseren Blick auf den Esel werfen zu können. »Ooh, Schlüssel«, verkündete ich, als ich sie im Zündschloss entdeckte.

»Komm gar nicht erst auf die Idee, damit rumzufahren«, mahnte Großvater. »Deine Mutter war nicht gerade glücklich, als ich dich damals im Jeep ans Steuer gelassen habe.«

»Ich hab ihn sooo lieb! Ich wollte schon immer einen Esel«, flötete Molly. Ich konnte mich nicht erinnern, dass sie diesen Wunsch irgendwann einmal geäußert hatte, bevor Donald hier aufgetaucht war.

Sie versuchte, sich an der Stalltür hochzuziehen, um das heilige Reittier besser sehen zu können, schaffte es aber nicht. Ich schätze, es lag an der Kombination aus Fäustlingen und fehlender Oberkörpermuskulatur.

Großvater sagte: »Komm, ich helfe dir«, und hob sie hoch.

»Höher, Großvater, höher! Ich möchte ihm ein Küsschen geben!«, rief Molly, doch nach kurzer Zeit setzte er sie wieder ab. Er war ein bisschen grau im Gesicht geworden und musste sich an der Wand abstützen.

»Alles in Ordnung?«, erkundigte ich mich.

»Alles bestens, junger Mann. Ich bin wohl einfach zu alt, um Einhörner zu stemmen!« Er lachte, sah aber alles andere als gut aus.

Molly bekam von alldem nichts mit. Sie hatte eine Möhre aus dem Korb genommen und versuchte, sie über die Stalltür zu werfen. Die Möhre machte einen hohen Bogen und plumpste Großvater auf den Kopf.

Molly bekam auch davon nichts mit. Sie schnappte sich die nächste Möhre und warf sie – mit demselben Ergebnis.

Kurz machte ich mir Sorgen, dass sie Großvater mit etwas Wurzelgemüse den Rest gegeben haben könnte, doch ihm schien der Möhrenangriff nicht weiter geschadet zu haben. Besser sah er allerdings auch nicht aus.

»Ich werd dich immer lieb haben, Donald!«, krähte

Molly und warf eine dritte Möhre. Diesmal schaffte sie es über die Tür. Die Möhre prallte von der Rückwand ab und landete vor Donalds Füßen. Er senkte den Kopf und fing an zu kauen.

»Er sagt, es schmeckt ihm!«, schrie Molly und bevor sie jemand aufhalten konnte, griff sie sich die restlichen Möhren und warf sie ebenfalls hinüber. Ein regelrechter Möhrenhagel prasselte auf den armen Donald nieder, was ihn jedoch nicht weiter zu stören schien. Tatsächlich schien ihm alles um ihn herum ziemlich egal zu sein. Er kaute einfach träge weiter.

Man sollte meinen, der zweitberühmteste Esel nach Winnie Puuhs Kumpel I-Aah besäße etwas mehr … Charakter. Doch Donald hatte auf dem Gebiet definitiv Nachholbedarf.

Großvater klatschte in die Hände. »Also gut, dann lasst uns mal wieder reingehen und in Erfahrung bringen, was eure Großmutter für ihre heutige Probe geplant hat.«

Ich hätte auf den zusätzlichen Stress durch das Krippenspiel gut verzichten können, aber ein bisschen war ich auch neugierig darauf. Es handelte sich immerhin um eine Cuthbert-Anderson-Tradition und wenn Großvater mitmachte, wollte ich auch dabei sein.

»Ich bin schon gespannt, welche Rollen wir kriegen«, sagte ich. »Bei der Schulaufführung war ich ein Heuballen. Das ist nicht mal ein Lebewesen. Ich hatte überhaupt keinen Text und hinterher musste ich die Bühne fegen, weil ich so viel Dreck gemacht habe.«

Molly zählte an den Fingern ab: »Ich möchte ein Schaf oder ein Kamel sein. Oder der König, der die Piraten-Waschbär-Puppe bringt.«

»Na so was«, meinte Großvater. »Ich glaube nicht, dass ich von dem schon mal gehört habe.«

»Du kannst ihn gerne kennenlernen, wenn du möchtest«, bot Molly an.

Großvater strubbelte ihr durchs Haar und sagte: »Ach, du hast wirklich einen wundervollen Humor, meine Kleine!«

Zurück im Haus schallte uns die donnernde Stimme meiner Großmutter vom Treppenabsatz entgegen. Ich dachte erst, sie würde irgendwen anbrüllen, doch dann erkannte ich, dass sie sich über das Geländer beugte und einem unsichtbaren Publikum ihren Text vortrug.

»Bravo, Liebes«, rief Großvater und applaudierte. »Was für eine mitreißende Darbietung. Mrs Tadworthy kann dir nicht das Wasser reichen, altes Mädchen!«

»Ich werde Donald heiraten, weil ich ihn ganz doll lieb habe«, verkündete Molly.

»Was redet das Kind da, Reginald?«, fragte Großmutter.

»Sie ist ganz vernarrt in den Esel, Liebes.«

»Ich weiß nicht, ob das etwas ist, das man noch ermuntern sollte«, erwiderte Großmutter und gab uns dann mit einem Zischen zu verstehen, dass wir leise sein sollten. »Höre ich da ein Auto in der Auffahrt?«

Großvater öffnete die Eingangstür. »Du hast recht. Ich

glaube, das sind James und seine Familie. Hier geht es zu wie in einem Taubenschlag!«

Er hatte ja keine Ahnung.

Molly und ich standen mit unseren Großeltern, Mum und Dad auf den Stufen vor dem Haus und sahen zu, wie Cousine Fenella und Cousin Hugo aus dem schwarzen Range Rover stiegen. Sie trugen aufeinander abgestimmte Kleidung: Hugo hatte eine khakifarbene Stoffhose, einen blauen Pulli und ein weißes Hemd an, Fenella einen dunkelblauen Faltenrock, eine weiße Bluse und einen blauen Pulli. Ihr Füße steckten in den glänzendsten Schuhen, die ich je gesehen hatte. Fenellas Haare fielen ihr in blonden Kringeln über den Rücken. Hugos Locken waren einer verwegenen blonden Tolle gewichen. Seine Frisur erinnerte mich ein wenig an Vanillesofteis und ich verspürte plötzlich den überwältigenden Drang, eine Schokowaffel hineinzustecken.

In dem Moment teilten sich die Wolken und – ich schwöre es – ein Sonnenstrahl erfasste Hugo und Fenella, sodass sie wie wahrhaftige Engel aussahen.

»O ja, wundervoll, ihr seht einfach perfekt aus«, flötete Großmutter und nickte mit einer Bewunderung, die sie bei Mollys und meiner Ankunft nicht an den Tag gelegt hatte.

Molly rannte auf die beiden zu, streifte die Einhornkapuze ab und musterte Hugo und Fenella von Kopf bis Fuß. Sichtlich beeindruckt sagte sie: »Oooh la laaaaa! *Schick!*«

Onkel James stieg vom Fahrersitz und schob sich die Sonnenbrille ins Haar. Er sieht fast genauso aus wie Dad, nur ein bisschen ordentlicher und größer. Onkel James

trug praktisch das gleiche Outfit wie Hugo, was ich irgendwie seltsam fand. Wenn Dad auf einmal anfangen würde, mich nachzumachen, würde ich aber mal ein ordentliches Wörtchen mit ihm reden. Ihm steht dieser Tarnlook nämlich nicht annähernd so gut wie mir.

»Kleiner Bruder!«, tönte Onkel James, als wollte er zu einer Verkündigung ansetzen.

»Großer Bruder!«, antwortete Dad und joggte zum Auto. Sie schüttelten einander die Hand und umarmten sich.

»Schön, dich zu sehen, Christopherson!«, sagte Onkel James und klopfte meinem Dad auf den Rücken.

»Gleichfalls, Jimmy«, erwiderte Dad. »Ist lange her.«

»Viel zu lange«, meinte Onkel James.

Tante Marigold stieg ebenfalls aus und winkte uns zur Begrüßung kurz mit der freien Hand zu. Sie wirkte schwer beschäftigt. Mit der anderen Hand hielt sie sich ihr Handy ans Ohr und befahl: »Verkaufen, sofort verkaufen, sonst kannst du dir im neuen Jahr einen neuen Job suchen, Marcus!« Sie lachte, als sie das sagte, aber in ihrer Stimme schwang ein bedrohlicher Unterton mit. Ich an Marcus' Stelle hätte keinen Moment gezögert, alles loszuwerden, was er loswerden sollte. Tante Marigold ist das, was Mum als »Ladyboss« bezeichnet. Ihre Haare wippten richtiggehend. An den Enden waren sie eingedreht, sodass sie wie eine von diesen spiralförmigen Muschelschalen aussahen. Und sie trug sogar Lippenstift. Ich glaube, Mum besitzt nicht mal welchen. Es sei denn, Vaseline zählt auch.

»Maman!«, rief Onkel James und ging mit ausgebreiteten Armen auf Großmutter zu.

»Wie wundervoll, dich zu sehen, James! Gut siehst du aus, mein Schatz!« Großmutter fasste ihn an den Schultern und küsste ihn auf beide Wangen.

»Keine Sorge, Mutter, der beste Sohn der Welt ist hier, bereit, das Krippenspiel des Jahrzehnts auf die Beine zu stellen – ach was, des Jahrhunderts!«

»He!«, protestierte Dad. »Das habe ich gehört.«

»Das war auch so beabsichtigt«, entgegnete Onkel James und lachte schallend.

Wenn mein Onkel und mein Dad zusammen sind, tun sie immer so, als wären sie gemein zueinander. Eigentlich mögen sie sich, aber sie wollen auch ständig in allem der Beste sein.

»Ich bin so froh, dass du da bist, James!«, sagte Großmutter.

»Alles wird gut, Mummy«, versicherte Onkel James und drückte ihr die Schulter.

Marigold beendete ihr Telefonat mit Marcus, dem ich zwar nie begegnet bin, der mir aber bis heute irgendwie leidtut, und sagte zu Mum: »Cathy, du siehst umwerfend aus.« Dann hakte sie sich bei Mum unter und ergänzte: »Du und ich, wir stehen das zusammen durch. Mit jeder Menge Eierlikör.«

In dem Moment entdeckte Mum den Weihnachtskuchen, den ich neben Colin, dem Wohnwagen, abgestellt hatte. »Oscar«, schimpfte sie. »Ich hatte dich gebeten, darauf aufzupassen. Jetzt stand er die ganze Nacht draußen!«

Dad ging zu Colin und hob den Kuchen auf. Er wirkte sichtlich überrascht, wie schwer das Ding war. »Sieh mal, Mutter«, sagte er, während er damit auf Großmutter zustapfte, »Cathy hat dir einen Weihnachtskuchen gebacken.«

»Grundgütiger«, war alles, was Großmutter dazu einfiel.

»Ach, er ist bestimmt hinüber«, winkte Mum ab. »Was für eine Verschwendung! Da stecken drei Kilo Trockenfrüchte drin.«

Großmutter ließ den Blick über die transparente Box schweifen. »Das halte ich für unwahrscheinlich, meine Liebe. Das Ding sieht unzerstörbar aus.« Dann klatschte sie in die Hände und rief: »Auf ins Haus mit euch. Es gibt viel zu tun! Wir haben ein Krippenspiel zu proben!«

Und ob es viel zu tun gab.

Ja, auch ein Krippenspiel, das geprobt werden musste, um Großmutter glücklich zu machen. Aber vor allem musste ich einige äußerst wichtige Personen nach Hause bringen, um die Welt zu retten, und dafür fehlten mir noch ein Hirte, eine Maria und ein Josef. Falls ich jemals wieder ein Lebkuchenhaus bauen oder an einem Knallbonbon ziehen und über das winzige Geschenk darin staunen wollte oder noch einmal das festliche Familiengefühl erleben wollte, das sich nur zu dieser Zeit des Jahres einstellt, musste ich Weihnachten retten, und zwar schnell.

Doch vorher stand die erste Probe auf dem Programm und soweit ich das sah, führte kein Weg daran vorbei.

Beim Reingehen sagte Großvater: »Ist das nicht wunderbar weihnachtlich?« Dann rieb er sich genüsslich die

Hände. »Es wird eine Freude sein, euch Kindern beim gemeinsamen Spielen zuzusehen.«

Fenella und Hugo musterten Molly und mich und wir taten das Gleiche. So wie Cowboys in einem Western vor dem großen Duell. Sagen wir einfach, die beiden strahlten nicht gerade Wärme und Freundlichkeit aus. Ich hoffte, Fenella und Hugo würden uns bei **Mission Rettet Weihnachten** nicht in die Quere kommen und alles ruinieren. Denn in dem Moment wirkten sie auf mich, als würden sie jede Gelegenheit nutzen, Frieden und Freude auf Erden zu sabotieren.

12

Morgen, Kinder, wird's was geben

(Und zwar jede Menge Ärger, wenn Hugo und Fenella so weitermachen)

Molly und ich halfen Hugo und Fenella, ihre vielen, vielen Taschen in die Kinderstube hochzuschleppen. Als wir ins Zimmer kamen, ließ sich Fenella auf ihr Bett fallen und seufzte: »Ich wünschte, wir wären im Skiurlaub.«

»Hier schneit es auch bald, dann kannst du Ski fahren«, versicherte Molly.

»Hier schneit es *nie*«, entgegnete Fenella. »Nicht in einer Million Jahren! O Mann, das wird sooo langweilig!«

»Es ist überhaupt nicht langweilig!« Molly schnappte sich das Lichtschwert von ihrem Bett und fuchtelte wild damit herum. »Wir haben einen Engel und einen Esel *und* einen Heiligen König gefunden. Wir verstecken sie auf dem Klo. Also, bis auf Donald, der steht im Stall.«

»Was um alles in der Welt *redest* du denn da?« Fenella grinste spöttisch.

»Nichts! Molly denkt sich ständig abgedrehtes Zeug aus. Sie hat eben eine ausgeprägte Fantasie, das ist alles«, beteuerte ich und raunte Molly zu: »... und ein gewaltiges Plappermaul.«

»Echt schräg«, befand Fenella.

Sie musterte Molly auf eine Weise, die mir nicht gefiel, daher ergänzte ich schnell: »Was den Esel angeht, hat sie recht – es steht wirklich einer im Stall.«

Molly legte sich so hin, dass ihr Kopf auf dem Boden war und ihre Füße auf ihrem Kissen, und richtete das Lichtschwert auf Fenella. »Er ist den ganzen weiten Weg aus Bethlehem gekommen!«

»Hat sie auch recht, was das angeht?«, fragte Hugo, schien es jedoch nicht besonders ernst zu meinen, denn er machte nicht den Anschein, als wäre er an meiner Antwort interessiert. Was schon ein bisschen unhöflich war. Aber auch gut, denn so musste ich ihn nicht anlügen.

»Ich kapier einfach nicht, warum wir unbedingt herkommen mussten«, jammerte Fenella. »Dieses ganze Krippenspieldings ist doch total bescheuert.«

»Du weißt, warum«, erwiderte Hugo, während er einen Blazer in den Schrank hängte. »Weil Großvater krank ist.«

Molly fuhr hoch. Ihre Wangen waren gerötet. »Wie meinst du das? Warum sagst du, dass Großvater krank ist, Hugo?«

»Weil er nun mal krank *ist*«, antwortete Hugo. »Anscheinend sogar sehr.«

Ich warf ihm einen finsteren Blick zu. Molly war noch

zu klein, um das zu verstehen, und ich wollte nicht, dass sie sich aufregte.

»Großvater hat selbst gesagt, dass es ihm gut geht, Molly. Mach dir keine Sorgen.«

»Es geht ihm nicht gut. Er stirbt. Du solltest sie nicht anlügen«, mischte sich Fenella ein.

Mollys Augen wurden groß. »Er stirbt? Heißt das, er ist bald tot? So wie Harold?«

»Wie wer?«, fragte Fenella.

»Wie Harold. Das war ihr Goldfisch«, erklärte ich.

»Dann ja. Großvater wird bald so tot sein wie Harold, dein Goldfisch«, sagte Fenella. Ihr Tonfall war nüchtern, doch ich bemerkte den Ausdruck in den Augen. Sie versuchte, es zu verbergen, aber ich sah ihr an, dass sie auch traurig war. Es geht halt wohl jeder anders mit so was um – und manche Leute tun so, als würde es ihnen nichts ausmachen, damit es das hoffentlich auch nicht tut.

Hugo räusperte sich und lachte gezwungen. »Aber keine Angst, wir spülen Großvater nicht im Klo runter, wenn es so weit ist.«

»Das ist echt nicht lustig«, sagte ich. Er wandte den Blick ab, als wüsste er, dass er zu weit gegangen war. »Man macht keine Witze darüber, alte Menschen im Klo runterzuspülen.«

»Oder Fische! Ich hab Harold nicht runtergespült! So was könnte ich niemals tun!«, protestierte Molly schrill. »Ich hab ihn in die Schuhschachtel unter meinem Bett getan zu all meinen anderen Schätzen.«

»Harold ist unter deinem Bett?!«, fragte ich.

»*Wer* ist unter deinem Bett?«

Wir drehten uns um. Großvater stand mit leicht verwirrter Miene in der Tür.

Ich errötete. Wie lange stand er schon dort? Hoffentlich hatte er Hugos Bemerkung darüber, ihn im Klo runterzuspülen, nicht gehört.

»Bloß ein toter Fisch«, antwortete Hugo.

»Harold war nicht *bloß ein toter Fisch!*« Molly sprang auf und hielt Hugo die Klinge ihres Lichtschwerts unter das Kinn. »Harold war der beste Fisch der Welt.«

»Da bin ich mir sicher, meine Einhornkönigin!«, sagte Großvater.

»Der beste«, wiederholte Molly und fletschte die Zähne, was Hugo ungerührt zur Kenntnis nahm.

Großvater schmunzelte. »Wenn ihr so weit seid, würde eure Großmutter uns gern alle unten im Salon sehen, um unsere Rollen mit uns durchzugehen. Wir haben keine Zeit für Schwätzchen – ich bin ein alter Mann. Nicht mehr lange, dann werde ich von meinen geliebten Enkelkindern im Klo runtergespült.«

Er lächelte, doch Fenella und Hugo wirkten sichtlich verlegen. Und ich fühlte mich echt mies.

Während wir die Treppe hinabstiegen, zupfte Molly Großvater am Ärmel und ich hörte sie sagen: »Keine Angst, ich lass nicht zu, dass sie dich runterspülen. In der Garage steht ein großer Karton, in dem die Waschmaschine war. Da tu ich dich rein.«

Während die anderen in den Salon weitergingen, stahl ich mich davon, um nach dem Engel Gabriel und König Balthasar zu sehen und ihnen noch mal zu versprechen, dass ich ihnen bei der Suche helfen würde, sobald ich konnte. Sie machten sich garantiert schon schreckliche Sorgen.

Ich klopfte sachte und öffnete die Tür.

Und dann schnappte ich entgeistert nach Luft. Laut.

Der Engel Gabriel saß auf dem geschlossenen Klodeckel, hatte die Füße in einem Fußbad und eine Maske im Gesicht.

An der Badewanne war der Duschvorhang zugezogen.

Ich schloss die Tür hinter mir und zischte: »Was macht ihr da? Habt ihr …?«

Der Vorhang wurde zurückgerissen.

»Eine wunderbare Zeit!«, verkündete Balthasar.

»Du weißt schon, dass man vorher eigentlich die Kleider auszieht?«, fragte ich.

Er zuckte mit den Schultern und hielt mir eine uralt aussehende Flasche mit Badezusatz entgegen. »Was ist das für eine magische Tinktur? Was sind das für herrlich duftige Wölkchen? Ich habe mich noch nie so sauber gefühlt!«

Mir hatte es für einige Augenblicke die Sprache verschlagen. Schließlich fand ich sie wieder und sagte: »Das ist nur ein Lavendelschaumbad.«

»Dann soll dieses *Nur-Ein-Lavendelschaumbad*«, er betrachtete die Flasche, als sei sie das Großartigste, was er je gesehen hatte, »mein Geschenk zur Geburt unseres Herrn Jesus Christus sein!«

»Ein Schaumbad?«, fragte ich. »Für Jesus? Wie bitte, was?«

»Das ist ein viel kostbarerer Schatz als Gold oder Weihrauch! Verleihen die einem zarte, geschmeidige Haut und …« Er las von dem Etikett auf der Rückseite ab. »Und geben sie einem das Gefühl, als würde man sich auf einer Decke im hohen Gras ausstrecken und die warme Sommerluft genießen, in der ein Hauch von Lavendel liegt?«

»Vermutlich nicht, nein«, antwortete ich.

»Ganz genau! Das perfekte Geschenk!«

Währenddessen saß der Engel Gabriel mit geschlossenen Augen zurückgelehnt auf dem Klo. Immerhin trug er noch die Schiebermütze, sodass sein Heiligenschein nicht wie ein Warnlicht alle in der näheren Umgebung auf seine Anwesenheit aufmerksam machte.

»Himmlisch«, schwärmte er. »Davon wird mein strahlender Teint sogar noch strahlender!«

»Und wenn sich jemand damit auskennt, dann er!«, fügte Balthasar hinzu. Dann setzte er sich einen großen Haufen Schaum auf den Kopf und fing an, seine Kopfhaut zu massieren.

»Alles klar … dann lass ich euch mal allein. Ich komm später wieder, dann können wir weiter nach Maria, Josef und diesem Hirten suchen.«

»Steve, sein Name ist Steve«, sagte der Engel Gabriel mit einem wohligen Seufzer.

»Okay, bleibt einfach hier und macht, was auch immer ihr da macht. Ich geh zurück zu den anderen und nachher suchen wir Maria, Josef und Steve.«

Balthasar erwiderte: »Nur keine Eile«, und ließ sich unter Wasser gleiten. Sein Gewand wogte um ihn herum.

Ich schloss die Tür hinter mir und machte mich auf den Weg zu Großmutters Probe. So ganz konnte ich immer noch nicht fassen, wo ich da hineingeraten war. Und ich hatte auch weiterhin keine Ahnung, wie wir diesen ganzen weihnachtlichen Schlamassel beheben sollten. Doch eins wusste ich genau: Auch wenn der Engel Gabriel und König Balthasar ganz anders waren als alle, die ich kannte, fing ich langsam echt an, sie zu mögen. Ich wollte Weihnachten nicht mehr nur meinetwegen retten, sondern auch für sie.

13

Still, still, still …

… weil Großmutter proben will

Im Salon stand Großmutter mit einem Zeigestock in der Hand neben einem Flipchart. Die Frau meinte es ernst, das war offensichtlich.

»Bitte setzt euch«, sagte sie und deutete mit dem Zeigestock auf die Sofas. »Es gibt schrecklich viel zu besprechen. Marigold, würde es dir etwas ausmachen, dein Telefonat zu beenden?«

Tante Marigold verdrehte die Augen, seufzte und gehorchte äußerst widerstrebend, wobei sie den armen Marcus vor dem Auflegen noch einmal anschrie.

Wir ließen uns auf den diversen Sofas und Sesseln nieder. Molly machte es sich auf dem Boden bequem.

»Ich bin der festen Überzeugung, dass unser diesjähriges Krippenspiel noch lange im Gedächtnis bleiben wird«, begann Großmutter.

Großvater ging zu ihr, nahm ihre Hand und küsste sie. »Mit dir am Steuer wird es ein voller Erfolg, daran habe ich keinen Zweifel.«

Großmutter errötete leicht und zog ihre Hand nicht gleich weg. Die beiden sahen einander an, als hätten sie vergessen, dass wir mit im Raum waren. Jetzt erst ging mir auf, wie sehr sie einander liebten. Es war ein richtig schöner Moment.

Bis Molly ihn plötzlich mit einem ohrenbetäubenden »MÄÄÄÄÄÄH!« ruinierte.

Alle blickten sie überrascht an.

»Ich will ein Schaf aus der Bibel sein«, erklärte sie und fing an, auf allen vieren auf dem Teppich umherzukrabbeln.

Großmutter presste die Hand aufs Herz. »Dieses Geräusch, das du da eben von dir gegeben hast, lässt sich selbst mit größter Vorstellungskraft nicht als biblisch beschreiben.«

Molly hörte auf zu krabbeln und schaute verwirrt hoch.

»Ich glaube, den Traum vom Schaf kannst du dir abschminken, Molls«, übersetzte ich.

Sie schien sich das einen Moment durch den Kopf gehen zu lassen. Dann richtete sie ihre großen Kulleraugen auf Großmutter und stieß ein hoffnungsvolles »Roooo-arrr?« aus.

»Welches Tier an der Krippe soll das denn sein?«, prustete Hugo.

»Ein Kamel natürlich!«, verkündete Molly.

»Kamele brüllen nicht, Liebling. Jedenfalls nicht so«, sagte Mum.

Großmutter blätterte die erste Seite an der Flipchart um. Dort stand nun: *Besetzungsliste.* Sie zeigte mit ihrem Zeigestock auf Mollys Namen und schüttelte den Kopf. »Keine Tiere. Du bist als Engel vorgesehen, genau wie Fenella und Hugo.«

Molly schnaubte entrüstet und verschränkte die Arme vor der Brust. Begeisterung sah anders aus. Wenn ich ehrlich bin, war mein erster Gedanke, dass sie all ihr schauspielerisches Talent brauchen würde, damit man ihr den Engel abkaufte.

Ich ließ den Blick über die Liste schweifen, bis ich meinen Namen fand. »Hirte!«, sagte ich.

»Eine außerordentlich wichtige Rolle. Ich bin mir sicher, dir gelingt eine überzeugende Darstellung«, meinte Großvater und zwinkerte mir zu.

Viel wichtiger war es, dass wir den echten Hirten fanden, aber insgeheim freute ich mich schon, statt Tierfutter diesmal einen echten Menschen spielen zu dürfen.

»Habe ich auch Text?«, fragte ich.

»Dir sind tatsächlich ein paar Zeilen zugeteilt – ob du sie auch vortragen darfst, hängt von deiner Einstellung während der Proben ab. Ein Schauspieler muss sich das Recht zu sprechen erst verdienen, Oscar«, antwortete Großmutter.

»Wie ich sehe, bist du der Engel Gabriel, Mutter.« Dad schenkte Mum ein freches Grinsen.

»Korrekt. Und die Erzählerin. Dieses Jahr verzichte ich auf die Rolle der Maria.«

»Weil du eine uralte Frau bist und Maria eine wunderschöne Eselprinzessin war?«, fragte Molly.

»Maria war nichts dergleichen! Sie war die Heilige Mutter Gottes! Und mit dem Alter hat das nichts zu tun, Kind!«, empörte sich Großmutter. »Eine gute Schauspielerin kann eine Vielzahl verschiedener Charaktere darstellen, egal ob alt oder jung. Meine Maria wurde in der Dorfzeitung als mitreißend und überzeugend beschrieben. Nein, dieses Jahr verzichte ich auf den Part, weil deine Tante Camilla schwanger ist und dies der Rolle noch mehr Authentizität verleihen wird. Wer weiß, vielleicht bringt sie ihr Kind ja während der Aufführung zur Welt!«

»Du lieber Himmel, das will ich doch wirklich nicht hoffen«, sagte Dad und ich glaube, so sehr habe ich ihm noch nie bei irgendetwas zugestimmt.

»Christopher, du bist ebenfalls ein Hirte. Reginald, James und Geoffrey, der Gärtner, sind natürlich die Heiligen Drei Könige. Als Camillas Partner habe ich Patryk für die Rolle des Josef vorgesehen – hoffen wir, dass er der Aufgabe gewachsen ist. Marigold spielt den Herbergswirt und ich glaube, das ist alles.«

»Ich habe keinen Part«, warf Mum ein. Obwohl sie die ganze Zeit nur über das Krippenspiel gemeckert hatte, klang sie doch ein bisschen verärgert.

»Cathy, du übernimmst die Statistenrollen.«

»Statisten*rollen?* Plural?« Mum zog eine Augenbraue hoch.

»Ja, die anderen Herbergswirte, vielleicht noch ein Hirte, nichts allzu Herausforderndes. Ich weiß ja, dass die kreativen Künste nicht deine Stärke sind.«

»Sie kann echt gut backen«, sagte ich. »Ich kenne niemanden, der so schwere Kuchen hinbekommt wie sie.«

»Mag sein. Aber leider gibt es in der Weihnachtsgeschichte keine Bäckerin«, erwiderte Großmutter. Sie öffnete eine Schublade an ihrem Schreibtisch, nahm einen Stapel Rollenhefte heraus und verteilte sie. »Eure erste Aufgabe wird es sein, euch mit eurem Text vertraut zu machen. Margaret hat euch die entsprechenden Passagen angestrichen. Es ist überaus wichtig, dass ihr euren gesamten Text in- und auswendig kennt, damit ich euch entsprechend anweisen kann.«

Nachdem wir alle unsere Rollenhefte hatten, stellte sich Großmutter in der Mitte des Salons auf. Dann senkte sie den Kopf und schloss die Augen.

Was war denn jetzt los? Sie sah aus, als wäre ihre Batterie leer.

Plötzlich breitete sie die Arme aus und sagte mit donnernder Stimme: »Es begab sich aber zu der Zeit, dass ein Gebot von dem Kaiser Augustus ausging, dass alle Welt geschätzt würde …« Ich erschrak fast zu Tode. Eventuell machte ich mir auch ein winziges bisschen in die Hose, aber das bleibt gefälligst unter uns.

»Was macht sie da?«, raunte ich Dad zu.

»Ich glaube, sie spielt ihre Rolle, Osky.«

»Ah, okay. Mir war nicht klar, dass es so laut werden würde.«

In dem Moment meldete sich Molly zu Wort. »So klingt der Engel Gabriel überhaupt nicht! Kann es sein, dass du ihn verwechselt hast, Großmutter? Spielst du den Engel der Würmer oder den Engel des Felsbrockens?«

Dad hob sie vom Boden auf und sagte: »Jetzt sind wir einfach mal still und hören Großmutter zu, ja?«

Auch wenn es unser Glück war, dass alle immer glauben, Molly denke sich die Sachen nur aus, tat sie mir fast ein bisschen leid.

Großmutter ließ sich davon nicht beeindrucken und fuhr mit ihrer Darbietung fort. »Und diese Schätzung war die allererste und geschah zur Zeit, da Quirinius Statthalter in Syrien war …«

Ich sah in mein Rollenheft – Großmutters Text war endlos. Dad bemerkte meinen Gesichtsausdruck und flüsterte: »Mach's dir gemütlich, Kumpel. Das dauert eine Weile.«

Mum gähnte herzhaft, womit sie Tante Marigold zum

Kichern brachte. Die gab sich zwar alle Mühe, es zu verbergen, doch zu spät: Sie hatte Mum bereits angesteckt. Großmutter bekam nichts davon mit – sie ging voll in ihrer Rolle als Verkündigungsengel auf.

Sie ließ sich auch nicht aus dem Konzept bringen, als Margaret ziemlich aufgelöst hereinplatzte.

»Lady Cuthbert-Anderson«, unterbrach Margaret ihren Monolog. Ziemlich tapfer, wie ich finde.

»Was gibt es, Margaret?«, fragte Großmutter, genervt, dass sie zum zweiten Mal gestört wurde.

»Lady Cuthbert-Anderson, George Budwell steht vor der Tür.«

»Der Bauer?«, erwiderte Großmutter. »Was um alles in der Welt will der denn hier?«

»Er bringt Ihren Preis«, antwortete Margaret. »Den Sie bei der Landfrauentombola zur Finanzierung des Kirchendachs gewonnen haben.«

Großmutter klatschte in die Hände. »Ach, das ist ja wundervoll. Bitte führen Sie den armen Mann herein. Sie können ihn doch nicht draußen vor der Tür stehen lassen. Na los, bringen Sie ihn her.«

»Ich denke, Sie sollten lieber zur Tür kommen, Lady Cuthbert-Anderson«, beharrte Margaret. Ich glaube, in dem Moment bewunderten wir sie alle für ihren Mut.

»Das denken Sie also, ja?« Großmutter zog eine Augenbraue hoch.

Margaret schluckte hörbar. »Ja, das denke ich, Lady Cuthbert-Anderson.«

Großmutter nickte. »Nun gut, Margaret. Dann wollen wir doch mal sehen, was all die Aufregung zu bedeuten hat.«

Mir war es ziemlich egal, was all die Aufregung zu bedeuten hatte – Hauptsache, die Probe war damit beendet. Es gab immer noch einen Steve, eine werdende Mutter und ihren Ehemann zu finden, und zwar pronto. Ich musste einfach darauf vertrauen, dass es zu schaffen war, auch wenn die Zeit erbarmungslos gegen uns lief.

14

Eine Muh, eine Mäh

(Aber wie klingt eigentlich ein Truthahn?)

Ich glaube, wir waren alle neugierig, warum Margaret ein Gesicht machte, als seien wir dem Untergang geweiht, und so folgten wir Großmutter gemeinsam zur Eingangstür, wo George Budwell wartete. Eigentlich hätte ich die Gelegenheit nutzen sollen, um nach dem Engel Gabriel und König Balthasar zu schauen, aber ich dachte, es würde bestimmt nicht lange dauern. Und was konnten die beiden in einem Badezimmer schon Schlimmes anstellen?

George Budwell nahm die Schiebermütze ab, als er Großmutter erblickte. »Lady Cuthbert-Anderson.« Dann entdeckte er Molly und mich und sagte: »Ach, hallo, ihr zwei.«

Ich fürchtete, Mum und Dad würden wissen wollen, woher er uns kannte, doch anscheinend waren sie wie alle anderen viel zu gespannt, was Großmutter wohl gewonnen hatte.

Großmutter erwiderte: »Es ist mir eine Freude, Sie zu sehen, Mr Budwell. Margaret sagte, Sie hätten einen Preis für mich?«

Margarets Gesichtsausdruck ließ erahnen, dass es sich bei dem Preis eher nicht um einen Geschenkkorb handelte. Oder um einen Oktopus, wie Molly auf dem Weg zur Tür vermutet hatte. Weiß der Geier, wie sie darauf wieder gekommen war.

Mr Budwell trat einen Schritt zur Seite. »Hier ist er. Ist er nicht eine Schönheit?«

Fenella schrie auf und versteckte sich hinter Tante Marigold. Wenn ich sie richtig verstand, hatte sie Angst vor großen Vögeln.

Großmutter schnappte geräuschvoll nach Luft, presste die Hand aufs Herz und sagte: »Da liegt doch gewiss ein Fehler vor.« Womit sie, glaube ich, aussprach, was wir alle dachten.

Also, alle außer Molly. Die krähte: »Das ist ja noch viel besser als ein Oktopus!«

Großmutter sah sie ganz komisch an. Molly merkte nichts davon, denn sie ging schnurstracks auf den Käfig zu, der hinter Mr Budwell auf dem Boden stand, und verkündete: »Und was für eine Schönheit! Ich werd ihn für immer lieb haben. Hat er auch einen Namen?«

»Einen Namen?« Mr Budwell wirkte ein wenig verdattert. »Nicht, dass ich wüsste …«

»Ich frag ihn!« Molly bückte sich und machte ein kollerndes Geräusch. Dann verkündete sie: »Oh, das ist ja traurig. Er sagt, er hat gar keinen Namen. Dann nenne ich ihn einfach ›Großmama‹, weil er genauso einen faltigen Hals hat wie sie.«

Tante Marigold und Mum prusteten los.

Großmutter bekam davon nichts mit. Sie war offenbar zu überwältigt von ihrem Preis.

»Ich habe einen Truthahn gewonnen? Einen lebenden Truthahn?«, fragte sie mit entsetzter Miene. »Sagen Sie mir doch bitte, Mr Budwell: Was soll ich Ihrer Meinung nach mit einem lebenden Truthahn anfangen?«

»Weihnachten steht vor der Tür, Lady Cuthbert-Anderson. Ich bin mir sicher, Ihnen fällt schon was ein.« Mr Budwell setzte seine Mütze wieder auf. »Ich muss los, die Bauern-WhatsApp-Gruppe steht schon den ganzen Tag nicht still. Sieht aus, als wäre ein Schafdieb unterwegs. Jemand wurde beobachtet, wie er sich auf den Feldern rumgedrückt hat. Gestohlen wurde wohl noch keins. Dafür wurden sie angeblich gefüttert, aber niemand weiß, von wem …« Gedankenverloren brach er ab. »Ich frage mich, ob das derselbe Rumtreiber ist, der bei mir durchs Dach gefallen ist.«

Niemand interessierte sich für einen Schafdieb, der keine Schafe stahl. Wir waren zu sehr mit dem riesigen, ein wenig beängstigend aussehenden Truthahn beschäftigt, der unerwartet vor dem Haus stand. Irgendwelche Rädchen müssen in meinem Kopf aber trotzdem in Bewegung geraten sein, denn etwas später, während einer eher ungewöhnlichen Therapiesitzung, wurde mir die Bedeutung von George Budwells Worten plötzlich klar.

Nun stieg er jedoch in seinen Truck und fuhr davon. Zurück blieb der Käfig mit der Truthahnversion von Großmutter.

»Was sollen wir mit einem lebenden Truthahn anfangen?«, wiederholte Großmutter verzweifelt.

»Er kann bei uns in der Kinderstube schlafen«, bot Molly an. »Das Badezimmer unten ist schon besetzt. Da wohnen der Heilige König und der Engel.«

»Nein, er kann nicht in der Kinderstube schlafen«, widersprach Mum entschlossen.

»Das ist Großmutters Haus, sie entscheidet«, sagte Molly, legte die Hände wie zum Gebet zusammen und machte große, bettelnde Welpenaugen.

Wenig überraschend hatte sie bei Großmutter keinen Erfolg damit. »Kommt nicht infrage. Geflügel hat im Haus nichts zu suchen, es sei denn, es wird mit hausgemachter Preiselbeersoße serviert. Reginald, ich fürchte, du musst Mr Budwell zurückholen und ihm sagen, dass er das Vieh auf der Stelle wieder mitnehmen soll!«

»Ich rufe ihn nachher an, aber bis dahin schlage ich vor, dass wir ihn einer der leeren Boxen im Stall unterbringen.«

»Am besten neben Donald, dann können sie Freunde werden und sind nicht so allein«, sagte Molly.

Großvater klatschte in die Hände. »Eine wundervolle Idee, Molly-Kind.«

»Dahinter steckt garantiert Mrs Tadworth.« Großmutters Augen blitzten erbost. »Wer kommt denn bitte auf die Idee, dass ein lebender Truthahn ein angemessener Preis für eine Tombola ist!«

Onkel James, Dad und Großvater hoben zu dritt den Käfig an und trugen ihn zum Stall, während Molly ihnen im Hopserlauf folgte. Onkel James und Dad waren sich nicht ganz einig, wer vorne gehen sollte und welcher Weg der beste war, weshalb sie nur im Zickzack vorwärtskamen.

Kurze Zeit später keuchte Großvater: »Absetzen. Absetzen!«

Ich dachte erst, er hätte genug vom Gezanke der beiden, doch dann beugte er sich vor und hielt sich den Bauch.

Die Erwachsenen gerieten in Panik. Mum rief: »Christopher, dein Dad!«, und Onkel James entfuhr ein: »Oh, verflixt!« Selbst Tante Marigold hielt einen Moment mit Telefonieren inne und sah ziemlich erschrocken aus.

Großmutter eilte zu ihm, wobei sie aus vollem Hals »Reginald! Reginald! Mein Reginald!« schrie. Es klang echt dramatisch.

Großvater richtete sich auf – oder versuchte es jedenfalls. »Ist schon gut, mein Liebling. Mach dir keine Sorgen. Nur ein kleines Zwicken. Kein Grund zur Beunruhigung.« Doch ich sah sein Gesicht und war nicht sicher, ob ich ihm glaubte.

»Reginald, was um alles in der Welt hast du dir dabei

gedacht?«, schimpfte Großmutter. »Was musst du auch einen Truthahn über das Grundstück schleppen? Christopher, warum hast du das zugelassen?«

Ich fand nicht, dass mein Dad etwas dafürkonnte, doch er widersprach nicht. Er sagte überhaupt nichts. Er stand bloß da, betrachtete meinen Großvater und wirkte plötzlich sehr, sehr besorgt.

»Margaret!«, donnerte Großmutter. »Ruf Dr. Percival an und sag ihm, er soll sofort herkommen! Es handelt sich um einen Notfall! Ich lasse nicht zu, dass mein Mann durch die Hand eines Truthahns stirbt!«

Margaret stürmte ins Haus, während Großmutter sich weiter in ihre Aufregung hineinsteigerte.

Molly sah mich stirnrunzelnd an. »Osky, haben Truthähne Hände?«

»Nein, Molly«, flüsterte ich.

»Aber Großmutter hat doch gesagt ...«

»Jetzt nicht, Molly«, raunte ich und deutete mit einem Kopfnicken auf Großmutter, die sich mit einer Hand frische Luft zufächelte, während sie sich am Truthahnkäfig abstützte.

»Grundgütiger«, schnaufte Großmutter. »Ich stehe ja völlig neben mir. Das ist doch alles etwas viel!«

»Mummy«, fragte James. »Geht es dir gut?«

»Mir ... ist ... ein ... bisschen ... komisch«, brachte sie keuchend hervor.

Auf einmal machten sich alle Sorgen um Großmutter. Nur Mum nicht. Ich sah, wie sie Augen verdrehte und den

Kopf schüttelte, wie sie es immer tut, wenn ich keine Lust habe, mein Zimmer aufzuräumen, oder Molly einen Heulanfall kriegt, weil sie ihr Giraffenkostüm nicht zur Vorschule anziehen darf.

Sogar Großvater erkundigte sich, ob mit ihr alles in Ordnung war, dabei war er derjenige, der starb.

Großmutter antwortete nicht. Sie rang nur lautstark nach Luft, was komischerweise fast genauso klang wie die Geräusche, die der Truthahn in seinem Käfig von sich gab.

»Sie hyperventiliert«, rief Tante Marigold und eilte auf sie zu.

Augenblicklich hörte Großmutter auf zu keuchen und blaffte: »Ich hyperventiliere nicht! Ich atme lediglich schneller als normal!« Sie fuhr fort, sich Luft zuzufächeln. »Das ist wahrscheinlich mein Blutdruck.«

»Mein Liebling, geht es dir gut?«, fragte Großvater aus seiner vornübergebeugten Position.

Onkel James schnauzte Dad an: »Steh da nicht so rum, *Christopher!* Geh und hol Mummy etwas Wasser!«

Dad erwiderte: »Warum gehst du nicht, *James?*«

Dann fingen sie an, sich richtig zu streiten.

Gleich darauf brach Molly in Tränen aus, weil Hugo ihr gesagt hatte, dass wir Großmutter, den Truthahn, zu Weihnachten essen würden. Ich gab Hugo einen Schubs, was er echt mal verdient hatte. Dann gab Fenella mir einen Schubs, weil sie wohl fälschlicherweise davon ausging, dass ich einen verdient hatte. Daraufhin gab Molly ihr einen Schubs und rief: »Lass meinen Osky in Ruhe!« Fenella, die offenbar nicht damit gerechnet hatte, dass so viel Kraft in so einer kleinen Molly steckte, fiel auf den Hintern und kreischte aus vollem Hals.

Tante Marigold kam angerannt, klaubte die schniefende Fenella vom Boden auf und brüllte meine Mum an, dass sie gefälligst ihre »kleinen Monster« im Zaum halten sollte. Anscheinend ist Mum aber wohl die Einzige, die uns ihre »kleinen Monster« nennen darf – jedenfalls verklickerte sie das Tante Marigold.

Als Margaret schließlich aus dem Haus kam, um uns mitzuteilen, dass der Doktor auf dem Weg war, herrschte draußen in der Auffahrt ein ziemliches Chaos.

Das sich jedoch sehr schnell wieder legte, als Hugo rief: »Leute! Sie hat den Truthahn freigelassen!«

Zur selben Zeit rief Molly: »Flieg, Großmama, **FLIEG!**«

15

Nun singet und seid froh ...

... obwohl draußen ein Truthahn und ein Schafdieb ihr Unwesen treiben

Als Doktor Percival in Barlington Hall eintraf, hatte sich Großmutters Blutdruck wieder normalisiert. Was erstaunlich war, sagte sie, wo doch ein Truthahn frei auf dem Anwesen herumlief.

Doktor Percival schärfte uns ein, Großvater nicht zu überanstrengen und gut auf ihn aufzupassen. Großvater versicherte, er fühle sich schon viel besser und es gehe ihm blendend.

»Ihr müsst den Waschmaschinenkarton also noch nicht gleich rausholen, Molly-Kind!«, sagte er schmunzelnd. Ich bemühte mich mitzulachen, war aber vor allem traurig und besorgt um ihn.

Großmutter ging auf ihr Zimmer, um sich ein wenig auszuruhen, damit wir später zusammen im Dorf Weihnachtslieder singen gehen konnten. Das sei eine gute Gelegenheit, die Lieder zu üben, die wir später beim Krippenspiel zum Besten geben würden, sagte sie. Mum teilte Molly und mir mit, dass sie anschließend mit uns Mince-Pies und Plätzchen backen wollte, mit denen wir den Baum schmücken konnten. So wie wir es zu Hause auch immer machten.

Ich versuchte, mich davor zu drücken. »Müssen wir wirklich?«

»Ja, müsst ihr. Das ist eine Familientradition und nur weil wir hier sind, heißt das nicht, dass wir darauf verzichten. Mir ist egal, was im Probenplan steht. Das ist mein Ding und es wird gemacht, ob es euch gefällt oder nicht. Und ich rate euch, dass es euch lieber gefällt.«

Die Erwachsenen zogen sich zurück, um irgendwelche Erwachsenendinge zu machen, während der armen Margaret die Aufgabe zukam, Großmama, den Truthahn, zu fangen. Ich nutzte die Gelegenheit, in den ungenutzten Teil des Hauses zu schleichen, um nachzusehen, wie die Lage im Badezimmer war. Außerdem wollte ich dem Engel Gabriel und König Balthasar von meinem Plan erzählen, wie wir Steve, den Hirten, finden konnten. Wir würden am nächsten Morgen ins Dorf gehen und uns aufteilen. Zugegeben, es war kein besonders ausgefeilter Plan, aber besser als nichts.

Zum Glück hatten Balthasar und der Engel Gabriel ihre Schönheitsbehandlung inzwischen beendet. Balthasar hatte sich in etwas voller Rüschen und Schleifen gehüllt, das wie ein uralter Morgenmantel von Großmutter aussah. Der Engel Gabriel lag mit der Schiebermütze auf dem Kopf und geschlossenen Augen in der leeren Badewanne. Sie schienen mitten in einer Art Therapiesitzung zu stecken.

Ich öffnete den Mund, um zu fragen, was hier abging, doch Balthasar hob die Hand und schüttelte den Kopf, also klappte ich ihn wieder zu.

»Nur weiter, Gabriel«, sagte Balthasar. »Ich habe das Gefühl, wir stehen kurz vor einem Durchbruch.«

»Ich schätze, ich habe einfach Angst, Ihn zu enttäuschen, verstehst du? Wir sprechen hier immerhin von Gott – da will man sich natürlich von seiner besten Seite zeigen.«

Balthasar nickte. »Und wozu hat dich die Angst geführt, Ihn zu enttäuschen, Gabriel?«

»Sie hat mich dazu verleitet, mit meinen Engelskräften zu übertreiben und versehentlich einige äußerst wichtige Personen in die Zukunft zu versetzen. Dadurch habe ich die planmäßige Geburt Jesu gefährdet und womöglich den Lauf der Welt dramatisch verändert.«

»Ich denke, du solltest dieses Gefühl, nicht gut genug zu sein, abschütteln. Denn du bist gut, so wie du bist«, sagte Balthasar. »Arbeite daran, deinen inneren Frieden zu finden. Schluss mit dem ganzen Feuer-und-Schwefel-Kram, hm?«

»Du bist ein wirklich weiser König.« Der Engel Gabriel setzte sich auf und wischte eine Träne weg.

»Prima«, sagte ich. »Nun, da das geklärt ist, können

wir vielleicht daran arbeiten, Frieden auf Erden zu finden? Ich frage mich: Wo würdet ihr hingehen, wenn ihr ein Hirte wärt?«

»Wenn es eine Urlaubsreise sein soll«, antwortete Balthasar, »fände ich den See Genezareth sehr verlockend. Wie ich gehört habe, soll es dort im Frühling ganz wundervoll sein.«

Ich versuchte zu erkennen, ob das sein Ernst war. Seinem Gesichtsausdruck nach zu urteilen, ja. Offenbar hatten Könige vor zweitausend Jahren auch schon keine Ahnung vom Leben der einfachen Leute.

»Ich meinte, wo würdet ihr hingehen, wenn ihr ein Hirte wärt, der zufällig nach Chipping Bottom versetzt wurde?«

»Das weiß ich nicht. Die örtlichen Sehenswürdigkeiten sind mir nicht bekannt«, sagte Balthasar. »Gibt es irgendwelche Sandstrände in der Nähe? Könnte er einen Ausflug dorthin gemacht haben?«

Langsam wurde es lächerlich. So begriffsstutzig konnte doch niemand sein, oder?

»Ich glaube, wenn ich Steve wäre«, fuhr ich fort, »wäre ich nach dieser Erfahrung bestimmt verängstigt, vielleicht sogar traumatisiert. Wahrscheinlich würde ich mich irgendwo verstecken wollen.« Ich schlug mir mit der flachen Hand gegen die Stirn, denn dies war der Augenblick, in dem meine Gedanken endlich an dem Punkt eintrafen, den mein Gehirn schon vor einer Weile erreicht hatte. »Natürlich! Das ist es!«

Die beiden guckten mich fragend an.

»George Budwell, der Bauer, bei dem wir waren, meinte vorhin, hier in der Gegend sei ein Schafdieb gesichtet worden.«

»Konzentration, Oscar!«, mahnte der Engel Gabriel. »Wir müssen uns überlegen, wo Steve sein könnte. Da können wir uns nicht von George Budwell und irgendwelchen Schafdieben ablenken lassen.«

Ich holte tief Luft, wie meine Lehrerin, wenn sie mir zum hundertsten Mal Prozentrechnung erklären muss. »Nein, ich meine: Wenn ich Steve wäre, würde ich mir einen Ort suchen, an dem ich mich zu Hause fühlen kann. Zum Beispiel eine Schafweide.«

»Ach, du meine Güte«, erwiderte der Engel Gabriel. »Steve muss vorsichtig sein! Dort draußen treibt ein Schafdieb sein Unwesen!«

»Steve *ist* der Schafdieb! Nur dass er keine Schafe stiehlt. Ich glaube eher, er … hängt mit ihnen ab.«

»Preiset den Herrn! Damit könntest du recht haben«, sagte der Engel Gabriel. »So wie ich die Hirten kenne, lieben sie es, über ihre Herde zu wachen. Sogar nachts! So habe ich Steve auch vorgefunden, als ich ihm erschienen bin.«

»Mit Glanz und Gloria, richtig?«, erwiderte ich.

»Selbstverständlich, so gehört sich das schließlich für eine Verkündigung. Nur habe ich es damit halt ein bisschen … übertrieben und deswegen sind wir jetzt hier.«

»Wie dem auch sei, ich finde, wir sollten morgen früh …«

»Warum nicht jetzt gleich?«, fragte der Engel Gabriel.

»Weil wir heute Abend von Haus zu Haus ziehen und Weihnachtslieder singen sollen. Und danach will Mum mit uns Mince-Pies backen …«

»Aber natürlich. Wir wollen uns von der Tatsache, dass Jesus Christus in Chipping Bottom zur Welt kommen könnte, doch nicht von unseren Mince-Pies abbringen lassen, richtig?«, ätzte der Engel Gabriel.

»Ich weiß, das ist nicht ideal. Glaubt mir, ich würde auch lieber mit euch auf die Suche gehen, aber ich komme aus der Nummer nicht raus. Was das angeht, kennt Mum keine Gnade. Dafür machen wir uns morgen ganz früh auf den Weg und klappern alle Schafweiden ab. Ich besorge uns eine Karte. Mein Gefühl sagt mir, dass es hier einige Weiden gibt, die wir abgrasen müssen.«

»Vielleicht sollten wir Donald, den Esel, nehmen, um unsere Beine zu schonen?«, schlug Balthasar vor.

Ich lächelte. »Nein, nicht Donald. Ich habe eine bessere Idee.«

Wenig später trafen auch Onkel Patryk und Tante Camilla ein. Sie kamen in einem knallermäßigen Sportwagen angebraust.

Patryk, der in seinem grünen Pulli und der roten Hose zwar sehr weihnachtlich aussah, aber gerade auch ziemlich gestresst, sprang heraus und rannte um den Wagen herum zur Beifahrertür. Er mühte sich ab, Camilla beim Aussteigen zu helfen, doch die schien festzustecken.

Mit etwas Ziehen und Zerren und unter anhaltenden Beschwerden meiner Tante gelang es ihm schließlich. Sie flutschte aus dem Auto wie ein Korken aus einer Flasche. Dann stapfte sie erst mal eine Weile auf und ab und rieb sich den dicken Bauch und den Rücken.

»Wenn das Baby da ist, werdet ihr was Größeres brauchen, Millie.« Dad deutete auf den Sportwagen.

»Ja, ich weiß, Christopher«, antwortete sie und gab Dad einen Kuss. »Ich bin furchtbar traurig darüber – tatsächlich wird es in meiner nächsten Kolumne darum gehen.«

»Besorg dir einen Range Rover«, sagte Onkel James und gab ihr ebenfalls einen Kuss. »Damit machst du nichts falsch.«

Tante Camilla stöhnte auf und rieb sich den Bauch. »Warum muss Schwangerschaft so unbequem sein?«

Unbequem? Dann sollte sie mal versuchen, fünfeinhalb Stunden mit einem tonnenschweren Weihnachtskuchen auf dem Schoß im Auto zu sitzen.

»Hut ab, dass du so kurz vor dem Geburtstermin noch herkommst«, meinte Mum.

»Absolut«, pflichtete Tante Marigold ihr bei. »Als ich mit den Zwillingen schwanger war, habe ich mich geweigert, irgendwo hinzufahren.«

»Ich konnte nicht anders. Es geht doch um Daddy«, antwortete Tante Camilla und nickte. Dann brüllte sie zu

Patryk rüber: »Bring das Gepäck rein«, und watschelte die Stufen hinauf. Sie verkündete, dass sie dringend aufs Klo musste und Onkel Patryk auf sie hätte hören sollen, als sie an der letzten Tankstelle noch mal anhalten wollte. Er war schließlich nicht derjenige, auf dessen Blase das Gewicht einer Bowlingkugel lastete.

»Wie schön, dich zu sehen, Camilla!«, rief Großvater ihr nach. »Du strahlst regelrecht!«

Molly hopste auf Onkel Patryk zu und erklärte: »Du bist Josef, aber nicht der, der in Chipping Bottom rumläuft. Den müssen wir erst noch finden.«

Onkel Patryk grinste und erwiderte: »Ist das so?« Er setzte den riesigen Koffer ab, den er soeben aus dem Auto gewuchtet hatte, ging vor Molly in die Hocke, bis sie auf einer Höhe waren, und streckte die Hand aus. »Hallo, Molly, schön, dich wiederzusehen.«

Molly betrachtete Onkel Patryks Hand einen Moment, dann beugte sie sich vor und küsste sie. Manchmal wüsste ich echt gern, was in ihrem kleinen Kopf vorgeht.

»Weißt du noch, wer ich bin?«, fragte Patryk. »Ich habe dich seit unserer Hochzeit vorletzten Sommer nicht mehr gesehen. Du bist ganz schön groß geworden.«

»Das kommt, weil ich echt gut wachsen kann. Du bist noch genauso groß. Ich weiß, wer du bist, weil du so schöne Haare hast. Und tolle Zähne.« Sie zwang ihn, den Mund zu öffnen, um sich die Zähne genauer ansehen zu können. »Sie glänzen fast so sehr wie der Heiligenschein vom Engel Gabriel!«

Nachdem sich Patryk und Camilla in ihrem Zimmer eingerichtet hatten, teilte Großmutter die Zettel mit den Liedtexten aus und wir hüllten uns in unsere Mützen und Schals. So warm eingemummelt machten wir uns auf den Weg ins Dorf. Wir hatten mit vereinten Kräften versucht, Großvater zu überzeugen, dass er zu Hause bleiben und sich ausruhen sollte, doch er hatte darauf bestanden, uns zu begleiten. Molly bekam eine Weihnachtsmütze in die Hände gedrückt, in der sie Spenden für das Kirchendach einsammeln sollte. Sie wirkte sichtlich stolz, doch als wir wenig später die Auffahrt entlangliefen, zupfte sie an meinem Mantel und sah mich mit großen, sorgenvollen Augen an.

»Was ist los, Molls?«, fragte ich.

»Osky, ich kann die Wörter auf dem Zettel noch gar nicht lesen!«

»Ist nicht schlimm. Einige Lieder kennst du bestimmt schon und wenn nicht, singst du einfach La-la-la, so gut du kannst.«

»Okay! La-la-la kann ich!«

Das erste Haus, an dem wir anhielten, gehörte einer Mrs Tricia Pennyworthy, die das örtliche Postamt leitete. Um zu ihrer Tür zu kommen, mussten wir uns durch ein regelrechtes Minenfeld aus Weihnachtsdeko kämpfen.

»Das sieht wunderschön aus!«, staunte Molly und ich fand, damit hatte sie absolut recht.

Die Porzellantiere, die Mrs Pennyworthys Vorgarten zierten, trugen allesamt Weihnachtsmützen. Außerdem gab es einen großen aufblasbaren Elf mit langen, wedelnden Armen und **JEDE MENGE** blinkende Lichterketten.

Bevor sie nach dem Türklopfer griff, ermahnte uns Großmutter: »Denkt dran, laut und deutlich zu singen. Mrs Pennyworthy hat nicht nur keinerlei Geschmack, was Gartengestaltung angeht, sondern hört auch schlecht.«

Mrs Pennyworthy machte uns mit Lockenwicklern im Haar auf. Sie trug einen Pulli mit der Aufschrift *Fro-ho-ho-he Weihnachten!* und rief: »Oooh, das ist ja toll! Darf ich mir was wünschen? Dann hätte ich gern etwas, das richtig fetzt!« Ihr könnt euch vorstellen, wie das bei meiner Großmutter ankam.

Stattdessen stimmten wir »Macht hoch die Tür, die Tor macht weit« an, was Molly ganz offensichtlich nicht kannte. Sie gab sich jedoch alle Mühe, die Worte aufzuschnappen, und schmetterte aus vollem Hals »La-la-la« und »Ein großes Tier, das Borstenschwein«, wann immer sie fand, dass es gerade passte. Dad und ich versuchten vergeblich, nicht jedes Mal loszukichern, wenn wir sahen, wie Großmutter dabei das Gesicht verzog.

Mum und Tante Marigold hielten sich im Hintergrund und sangen halbherzig mit, während Camilla an der Gartenmauer lehnte und Patryk ihr den Rücken massierte. Fenella und Hugo konnten natürlich auch noch richtig gut singen, sofern man auf dieses jammernde Genöle steht. Großvater war ebenfalls überraschend gut – er hatte eine supertiefe, brummende Stimme, die einen so richtig durchrüttelte, bis es sich anfühlte, als könnten einem jeden Moment die Zähne aus dem Kopf fallen. Als er Molly vom Borstenschwein singen hörte, übernahm er kurzerhand ihre Version, was mich irgendwie total glücklich machte. Großmutter wiederum wähnte sich offenbar auf einer Opernbühne, denn wenn sie nicht gerade Molly anfunkelte, bot sie ihren Part »mit viel Verve« dar, wie sie es mir später beschrieb.

Was nicht ganz die Worte waren, die mir dazu eingefallen wären.

Als wir fertig waren, gestand Mrs Pennyworthy, dass sie nicht das Geringste verstanden hatte, weil sie vergessen hatte, ihr Hörgerät einzuschalten. Dann trat Molly mit ihrer Mütze vor und Mrs Pennyworthy warf eine Zehn-Pfund-Note hinein.

Onkel Patryk trug Molly huckepack zum nächsten Haus. Unterwegs lobte Großvater: »Das war ganz hervorragend, Herrschaften. Gut gemacht.«

»Ihr habt wunderschön gesungen, Fenella und Hugo«, ergänzte Großmutter. »Oscar und Molly: wirklich interessanter Ansatz. Das nächste Haus ist das von Mrs Tadworth, da würde ich mir doch eine etwas sauberere Darbietung wünschen. Catherine, Marigold, bitte versteckt euch nicht hinter den anderen. Glaubt nicht, das wäre mir entgangen. Und Reginald?«

»Ja, mein Liebling?«

»Bitte halte dich an den richtigen Text.«

Großvater zwinkerte Molly und mir zu. »Aber natürlich, mein Engel.«

Mrs Tadworth lebte in einem hübschen, alten Häuschen mit Reetdach und einem makellosen Garten. Eine Frau mit total aufgebauschten Haaren, die von einem grünen Samthaarreif im Zaum gehalten wurden, öffnete uns die Tür. Das musste Mrs Tadworth höchstpersönlich sein.

Molly brüllte: »Frohes Fest! Bereit für ein Weihnachtslied?«

Mrs Tadworth tastete nach ihrer Perlenkette und sagte: »Grundgütiger, ich weiß nicht, ob ich das bin.«

»Achte nicht auf meine Enkelin, sie hat ihre Begeisterung nicht immer ganz im Griff«, sagte Großmutter.

»Araminta«, erwiderte Mrs Tadworth, »wie schön, dich zu sehen. Ich hoffe doch sehr, Mr Budwell hat inzwischen deinen Preis vorbeigebracht.«

»Das hat er in der Tat. Wir haben uns außerordentlich darüber gefreut, nicht wahr, Reginald?«

Großvater nickte. »O ja. Außerordentlich.«

Nachdem wir »Es ist ein Ros' entsprungen« zum Besten gegeben hatten, klatschte Mrs Tadworth ein paar Mal kurz in die Hände und meinte: »Na, das war doch schon ganz nett. Ich bin mir sicher, bis zum Krippenspiel habt ihr die nötige Bühnenreife.«

Molly marschierte auf sie zu, hielt ihr die Weihnachtsmütze unter die Nase und forderte: »Dann mal her mit der Kohle.«

Mrs Tadworth zog die Augenbraue hoch und legte eine Münze hinein.

Als wir zum nächsten Haus weitergingen, hörte ich, wie Großmutter sich beschwerte: »Ein Pfund, Reginald. Sie hat nur ein Pfund gespendet!«

Großvater erwiderte: »Die Frau würde eine gute Vorstellung nicht mal erkennen, wenn sie ihr direkt ins Gesicht springen würde.«

Das nächste Haus war etwas großzügiger und Großvaters ehemaliger Golfpartner Mr Chandra gab uns sogar ganze zwanzig Pfund zum Dank für unsere »wundervolle und interessante Interpretation von ›Herbei, o ihr Gläub'gen‹.«

Als wir allen Menschen in Chipping Bottom etwas vorgesungen hatten, die bereit waren, uns die Tür aufzumachen, machten wir uns auf den Heimweg. Ich hätte mich gern ein bisschen hingesetzt und ausgeruht, doch Mum kannte kein Erbarmen. Wie angekündigt, war jetzt Zeit, Mince-Pies und Plätzchen für den Baum zu backen. Anfangs hatte ich überhaupt keine Lust darauf, aber dann machte es eigentlich richtig Spaß. Gut, die Plätzchen waren ein bisschen unförmig und als ich den Zuckerguss auftragen wollte, war kaum noch welcher da, weil Molly fast alles ausgetrunken hatte, als Mum mal kurz nicht hingesehen hatte. Aber wir hatten sie zusammen gebacken und dadurch schmeckten sie noch mal so gut, sagte Mum.

Während wir die Plätzchen an den Baum hängten, ließen wir die anderen unsere Mince-Pies probieren. Alle fanden, dass sie echt lecker schmeckten – sogar Großmutter, die ihren Pie misstrauisch beäugt hatte, als Molly ihn ihr in die Hand gedrückt hatte. Anschließend wurden wir Kinder ins Bett geschickt. Was ich ehrlich gesagt gar nicht so schlimm fand, denn nachdem ich den ganzen Tag auf den Beinen gewesen war, um Weihnachtslieder zu singen und Engeln, Heiligen Königen und Truthähnen hinterherzurennen, war ich echt müde. Großmutter kündigte an, dass das Frühstück am nächsten Morgen »nichts Besonderes« sein würde. Margaret würde einen Teller mit Gebäck für uns rausstellen und wir konnten uns daran bedienen, wann immer wir Hunger hatten. Sie selbst musste am Vormittag einige Dinge erledigen, erwartete jedoch, dass wir bei ihrer Rückkehr vollzählig anwesend waren, um unseren Text zu proben.

Das waren ausgezeichnete Neuigkeiten, denn dadurch hatten Molly und ich Zeit, die Schafwiesen nach Steve abzusuchen, ohne dass uns jemand vermisste.

16

Weihnachtszeit, schöne Zeit

(Nur nicht unbedingt, wenn man ein Truthahn ist)

Am folgenden Morgen wachte ich schon sehr, sehr früh auf. Uns blieben nur noch zwei Tage bis zu Großmutters Krippenspiel und drei Tage, in denen ich dafür sorgen musste, dass Jesus vor zweitausend Jahren in Bethlehem auf die Welt kam und nicht im einundzwanzigsten Jahrhundert in Chipping Bottom. Drei Tage, um mich zu retten, Weihnachten und … na ja, ihr wisst selbst, was auf dem Spiel stand. Ich hatte also einen ganzen Geschenkesack voller Probleme.

Auf Zehenspitzen schlich ich zu Molly ans Bett und schüttelte sie sanft. »Zieh dich an, aber sei leise. Wir gehen Steve suchen, bevor alle wach werden.«

Molly reckte und streckte sich gähnend, dann strampelte sie sich aus ihrer Bettdecke und sagte: »Alles klar, Stevie-puh, wir kommen und holen dich!« Sie tapste zum

Fenster, wahrscheinlich um nachzusehen, ob es schneite. Tat es nicht.

Molly hatte sich gerade in ihr Astronautenkostüm gezwängt, mitsamt Helm, lila Stulpen und Tutu, als Fenella plötzlich senkrecht in die Höhe fuhr. Molly und ich erschraken fast zu Tode.

Fenella riss sich die Seidenschlafmaske vom Kopf, warf blinzelnd einen Blick auf die Uhr und funkelte uns daraufhin bitterböse an.

»Was treibt ihr denn da? Es ist nicht mal sechs Uhr!«

»Wir gehen Steve, den Hirten, suchen«, antwortete Molly.

»Was habt ihr *wirklich* vor?«

»Spazieren gehen. Möchtest du mitkommen?«, erwiderte ich. Natürlich wollte ich *nicht,* dass sie mitkam, aber erstens war ich mir sicher, dass sie ablehnen würde, und zweitens brauchte ich irgendeine Begründung, warum wir um diese Zeit nach draußen wollten. Ich konnte ihr ja schlecht sagen, dass Molly recht hatte und wir planten, die gesamte Gegend nach einem Hirten aus der Bibel zu durchkämmen.

Fenella ließ sich zurück aufs Kissen fallen und setzte die Schlafmaske wieder auf. »Auf keinen Fall. Und jetzt verschwindet, hier gibt es Menschen, die noch schlafen wollen.«

»Falls jemand fragt, wo wir sind, sag einfach, wir sind nicht weit weg und kommen bald wieder.«

»Ja, ja – Ruhe jetzt!«

Ich hatte eigentlich vorgehabt, Balthasar ein paar von Dads Klamotten mitzubringen. Seine Gewänder waren garantiert noch nass von seinem Bad und gehörten außerdem offensichtlich nicht in diese Zeit. Doch dafür hätte ich ins Zimmer meiner Eltern schleichen müssen und riskiert, sie aufzuwecken. Also fischte ich stattdessen ein paar von Großvaters Sachen aus dem Trockner im Erdgeschoss.

Als wir ins Badezimmer kamen, lag Balthasar stöhnend auf dem Boden und hielt sich den Bauch.

»Geht es ihm gut?«, erkundigte ich mich, während ich Molly hereinzog und die Tür zumachte.

»Ich habe ihn gewarnt, aber er wollte nicht auf mich hören.« Der Engel Gabriel saß auf dem Klodeckel und blätterte gelangweilt durch eine uralte Ausgabe von *Haus & Garten*.

»Ich hatte solchen Hunger und das roch alles so ... verführerisch«, stöhnte Balthasar.

»Wovon redet er?«, fragte Molly.

»Hunger. Der ultimative Schwachpunkt aller Sterblichen«, antwortete der Engel Gabriel.

Oje! Ich hatte vergessen, dem König etwas zu essen zu bringen. Ein ganz klares Versehen meinerseits. »Was hat er denn gegessen?«

Mit zitterndem Finger zeigte Balthasar auf einen Korb mit altem, staubigem Potpourri und danach auf eine mindestens ebenso alte und jetzt leere Zahnpastatube.

»Ich bin mir sicher, das wird schon wieder«, beschwichtigte ich und zog ihn hoch. »Als Wiedergutmachung besorge ich dir nachher ein Eiersandwich.«

»Ich wette, deine Pupse duften fantastisch!« Molly klatschte verzückt in die Hände.

»Hier, zieh das an«, sagte ich und gab Balthasar eine himbeerrote Cordhose von Großvater und einen Pullover, der, wie ich jetzt erst erkannte, geblümt war und eigentlich Großmutter gehörte.

Er betrachtete sich im Spiegel. »Nicht schlecht, nicht schlecht.«

Dann stöhnte er auf, krümmte sich und ließ einen angenehm nach Aprikosen duftenden Furz los. Molly hatte also mal wieder recht behalten.

Es war noch dunkel, als wir durch die Hintertür in den Garten und von dort weiter zu den Stallungen schlichen.

»Seid ihr sicher, dass es keine Kamele oder Pferde gibt?«, fragte Balthasar. »Ich finde einfach, ein Esel ist meines Standes nicht würdig.«

»Wenn er gut genug für Maria, die Mutter unseres Herrn, ist, dann ja wohl auch für dich«, erwiderte der Engel Gabriel.

»Da hat er nicht ganz unrecht«, sagte ich. »Aber wir nehmen auch gar nicht den Esel.«

»Nicht?« Molly war sichtlich enttäuscht.

»Nein, wir nehmen den Aufsitzrasenmäher.«

Das heiterte sie wieder etwas auf.

»Den was?«, fragten der Engel Gabriel und König Balthasar wie aus einem Mund.

Ich deutete auf den Rasenmäher, an dem sie gerade in diesem Moment lehnten. »Eigentlich schneidet man damit das Gras, aber ich sehe keinen Grund, warum wir ihn nicht als Transportmittel nutzen können.«

Die beiden sprangen auf und beäugten den Rasenmäher, als handle es sich um das sonderbarste Ding der Welt.

»Dieses metallene Monstrum kann sich bewegen?«, fragte Balthasar.

»Klar, man muss nur den Schlüssel drehen und los geht's«, antwortete ich und hoffte, dass es stimmte.

»Du weißt, wie man ein solches Gefährt bedient?«, erkundigte sich der Engel Gabriel.

»Klar«, wiederholte ich. »Also, theoretisch.«

In Wahrheit war ich noch nie mit einem gefahren, aber mal ehrlich, wie schwer konnte das schon sein? Es war bestimmt auch nicht anders als damals im Jeep, als Großvater mir erklärt hatte: *Du musst einfach nur in die gewünschte Richtung lenken, den Rest macht er von selbst.* Ich wusste natürlich, dass ich damit unter normalen Umständen riskierte, von der Liste der *artigen* Kinder gestrichen zu werden. Das Ganze war nämlich nicht nur gefährlich, sondern auch äußerst *ungezogen*. Aber ich machte das alles nur, um Weihnachten zu retten. Da konnte der Weihnachtsmann doch sicher mal ein Auge zudrücken, oder?

Molly und ich zwängten uns zusammen auf den Fahrersitz, während der Engel Gabriel und König Balthasar in dem kleinen Anhänger Platz nahmen, den Geoffrey normalerweise zum Transport von Feuerholz benutzt.

Ich drehte den Schlüssel im Zündschloss und der Rasenmäher erwachte stotternd zum Leben. Dann trat ich mit dem Fuß auf das Gaspedal und zu unserer großen Freude fuhren wir tatsächlich los. Na ja, was heißt »Freude« – Balthasar stieß einen kleinen Schreckensschrei aus und der Engel Gabriel hielt sich die Augen zu. Aber ich glaube, insgeheim hatten sie auch Spaß dabei.

Am Anfang hatte ich so meine Mühe mit der Steuerung, wodurch der Rasenmäher so stark hin und her wackelte, dass ich vom Fahrersitz fiel und hinterherrennen musste, um wieder aufzuspringen. Was bei meinen neuen biblischen Freunden für einige Unruhe sorgte. Aber schließlich hatte ich den Bogen raus und wir tuckerten geschwind auf die Felder hinter dem Haus zu. Ich will ja nicht angeben oder so, aber ich war ein echtes Aufsitzrasenmähernaturtalent!

Nachdem ich uns fachmännisch durch das Tor manövriert hatte, gab ich etwas mehr Gas und wir brausten in halsbrecherischem Tempo los. So fühlte es sich jedenfalls an. In Wahrheit waren wir vermutlich nicht viel schneller als ein halbwegs trainierter Jogger.

»Das ist das reinste Kinderspiel! So haben wir Steve im Handumdrehen gefunden!«, rief ich zu den anderen nach hinten.

Und das dachte ich wirklich.

Ich hatte jedoch nicht mit Großmama Truthahn gerechnet, der aus der Dunkelheit hervorschoss und sich uns in den Weg stellte.

Ich werde den Ausdruck tiefster Entschlossenheit in den Augen dieses Vogels nie vergessen.

Seit damals habe ich viel darüber nachgegrübelt. Ich weiß, alle glauben, Truthähne seien nicht besonders clever, aber etwas an diesem Überraschungsangriff gab mir das Gefühl, dass er genau wusste, was er tat.

Denkt doch mal drüber nach ... **Mission Rettet Weihnachten ...**

Was aus Sicht von Großmama Truthahn sicher nicht die beste Zeit des Jahres war. Er hatte also offensichtlich gute Gründe, unsere Pläne vereiteln zu wollen.

Jedenfalls gab es ein **RUMMS**.

Ein **KU-RAAAH!**.

Ein lautes **»NEEEEEEIIIIN!«** von Molly.

Einen Schauer aus Federn, der auf uns herabrieselte.

Dann folgte ein weiterer Schrei von Molly: **»OSCAR!** Du hast Großmama überfahren!« Als wäre das irgendwie meine Schuld.

Ich schaltete den Motor aus und wir stiegen vom Rasenmäher. Der Engel Gabriel nahm seine Schiebermütze ab, um uns mit seinem Heiligenschein zu leuchten, und so standen wir um den reglosen Körper von Großmama Truthahn herum.

»O nein«, sagte Balthasar.

»Oje«, sagte der Engel Gabriel.

»Eine kurze Schweigeminute?«, schlug ich vor.

Molly kniete sich neben Großmama und klappte das Visier ihres Astronautenhelms hoch. »Ist er tot? So wie Harold?«

Ich wollte gerade antworten: »Ich fürchte, ja«, als Großmama Truthahn sein dunkles Vogelauge aufschlug und mich zutiefst entrüstet anstarrte. Was mir angesichts der Tatsache, dass er derjenige war, der sich auf mich gestürzt hatte, nicht ganz gerechtfertigt erschien.

Molly hingegen war überglücklich. Sie rief: »Großmama lebt!«. und sprang auf, um einen kleinen Trut-

hahnfreudentanz aufzuführen, der aus sehr viel Kopfgewackel und Truthahngegacker bestand.

Großmama Truthahn rappelte sich auf. Er wirkte weitestgehend okay, aber eins seiner Beine hatte etwas abbekommen. Das tat mir echt leid. Auch wenn es genau genommen nicht meine Schuld war.

»Wir müssen ihn zurück in den Stall bringen und gesund pflegen«, verkündete Molly. Dann schlug sie sich mit der flachen Hand gegen den Helm und ergänzte: »Aber das geht nicht. Weil unsere echte Großmutter ihm dann eine Zitrone in den Popo stecken und ihn zu Weihnachten essen will.«

»Vielleicht sollten wir ihn einfach hierlassen?«, schlug ich vor.

»Nein!« Molly stampfte mit dem Fuß auf. »Hier wird er von Dachsen gefressen.«

»Ich glaube nicht, dass Dachse Truthähne fressen, Molls«, entgegnete ich.

»Wenn, dann sind es die Wölfe«, warf Balthasar ein, was nicht besonders hilfreich war.

Also sagte ich schnell: »Hier gibt es keine Wölfe, höchstens Füchse.« Was auch nicht hilfreicher war, wie ich feststellte, als ich Mollys Gesicht sah.

»Ich will nicht, dass er von Dachsen oder Wölfen oder Füchsen oder Großmutter gegessen wird!« Molly fing an zu weinen. »Osky, du musst ihm helfen. Immerhin hast du ihn mit dem Aufsitzrasenmäher überfahren.«

Und weil ich wegen des Truthahnverkehrsunfalls ein

schlechtes Gewissen hatte und es nicht ertragen kann, wenn Molly weint, und weil ich außerdem nicht dafür verantwortlich sein wollte, dass ein Truthahn von irgendwelchen wilden Tieren zerfleischt wurde, sagte ich wider besseres Wissen: »Okay, Molly, ich glaube, ich habe eine Idee.«

17

Fröhliche Weihnacht überall …

… nur hier ist davon nichts zu spüren

Ich beschloss, dass es das Beste war, Großmama Truthahn erst mal mitzunehmen und ihn bei den anderen im Badezimmer unterzubringen, bis sein Bein verheilt war oder ich jemanden fand, der bereit war, ihn bei sich aufzunehmen. Ein Gnadenhof oder so was. Kurz hatte ich überlegt, George Budwell anzurufen, damit er ihn abholt, aber davon wollte Molly nichts hören. Sie schüttelte so heftig den Kopf, dass ihr Astronautenhelm runterfiel, und verkündete: »Dann gibt er ihn einer anderen Familie, die ihm eine Zitrone in den Popo steckt und ihn aufisst.« Womit sie vermutlich recht hatte.

Wir stellten uns rings um Großmama Truthahn auf und ich erteilte die Anweisungen. »Okay, bei drei packt sich jeder eine Ecke und hebt ihn hoch.«

»Haben Truthähne Ecken?«, fragte der Engel Gabriel.

»Haltet ihn einfach irgendwo fest und hebt ihn bei drei hoch«, erwiderte ich und fing an zu zählen.

Bei drei wuchteten wir ihn mit vereinten Kräften in die Höhe, auch wenn ich das Gefühl hatte, dass der Großteil seines Gewichts – wenn nicht sogar alles – auf mir lastete.

Behutsam trugen wir ihn zum Anhänger und setzten ihn darin ab. Währenddessen brabbelte Balthasar die ganze Zeit: »Ogottogottogott, ich fasse das Vieh an!«, und der Engel Gabriel gab ein angewidertes »Iiiiiiiiiih« von sich.

Die beiden waren nicht gerade begeistert, ihre vorübergehende Unterkunft mit verletztem Geflügel teilen zu müssen, doch ich versicherte ihnen, dass es ja nicht für lange war. Wir mussten nur noch Steve einsammeln und Maria und Josef aufspüren, dann konnten wir sie ruck, zuck alle wieder dorthin zurückschicken, wo sie hingehörten.

Wahrscheinlich.

Hoffentlich.

Es gab halt noch das *klitzekleine* Problem, dass ich keinen blassen Schimmer hatte, wo ich mit der Suche nach Maria und Josef anfangen sollte.

So fuhren wir weiter. Molly sang ein Gute-Besserungs-Lied für Großmama Truthahn, dessen Text sie sich spontan ausdachte, während der Engel Gabriel und König Balthasar jedes Mal aufkreischten, wenn ihnen der Vogel zu nahe kam.

Mitten auf der ersten Wiese blieb ich stehen und schaltete den Motor aus. Dann hielt ich meine Hände wie einen Trichter vor den Mund und rief: »Steve! Steve, der Hirte, bist du da? Geht es dir gut? Wir sind gekommen, um dich nach Bethlehem zurückzubringen!«

»Ähm, Entschuldigung? Hast du etwa gerade unsere Ankunft verkündigt?« Der Engel Gabriel wirkte nicht erfreut. »Denn wenn ich mich recht erinnere, bin *ich* hier der Verkündiger. Haben wir uns verstanden?«

»Weil das beim letzten Mal ja so gut geklappt hat …«, murmelte ich vor mich hin.

Allerdings haben Engel wohl so eine Art Supergehör, denn er erwiderte: »Du solltest nicht vergessen, dass ich meine Kräfte zurückbekomme, wenn das hier vorbei ist.«

»Und? Drohst du jetzt wieder mit Feuer und Schwefel? Ich habe nämlich nachgeguckt und das war Gott, nicht du.«

Ha! Erwischt!

»Lass uns einfach weiter nach Steve suchen«, meinte der Engel Gabriel betont würdevoll und ein wenig herablassend.

»Nur damit du es weißt: Genau das tue ich gerade. Mit meinen eigenen Augen!«, entgegnete ich, ebenfalls betont würdevoll und ein wenig herablassend.

»Aber guckst du auch, so fest du kannst, Osky?«, fragte Molly. »Ich sehe nämlich keinen Hirten. Nicht mal, wenn ich die Augen ganz weit aufreiße.«

»Sie hat recht«, pflichtete Balthasar ihr bei. »Hier ist er nicht.«

»Okay, dann alle zurück zum Rasenmäher.« Ich startete den Motor. »Fahren wir zur nächsten Wiese.«

»In Ordnung. Aber damit das klar ist und wir weitere unangenehme Situationen wie eben vermeiden, möchte ich an dieser Stelle noch einmal darauf hinweisen, dass *ich* unsere Ankunft verkündige«, sagte der Engel Gabriel.

»Äh, warum?«, fragte ich.

»Weil du es vollkommen falsch gemacht hast. Ich beginne normalerweise mit etwas Positivem, um die Menschen auf meine Seite zu holen. Mal sehen … für gewöhnlich fange ich ungefähr so an: ›Fürchtet euch nicht! Siehe, ich verkündige euch große Freude.‹ Außerdem bin *ich* der professionelle Verkündiger.«

Ich starrte ihn ungläubig an. »Du weißt aber schon noch, wie wir überhaupt erst in dieser Situation gelandet sind?«

Er reckte die Nase in die Luft, als gefiele es ihm gar nicht, daran erinnert zu werden, und sagte ziemlich schnippisch: »Fahr los!«

Gute zwei Stunden fuhren wir so durch die Gegend, klapperten eine Schafweide nach der anderen ab und hörten zu, wie der Engel Gabriel mit großer Freude (aber auch zunehmendem Frust) einer weiteren desinteressierten Schafherde unsere Ankunft verkündigte. Einmal auch einem etwas *zu* interessiert dreinblickenden Bullen, der uns von der anderen Seite eines Zauns beobachtete. Nur keinem Hirten.

Es fing an zu dämmern und Molly beklagte sich, dass ihr Magen knurrte. Ich konnte es ihr nicht verdenken; ich hatte auch Hunger. Ich sah auf meine Armbanduhr.

»Verflixt! Wir müssen langsam zurück, bevor die anderen merken, wie lange wir schon weg sind, und einen Suchtrupp losschicken. Dann müssen wir eben später weiter nach Steve suchen. Vielleicht haben wir mit den Weiden auf der anderen Seite des Dorfes mehr Glück. Und in der Zwischenzeit höre ich mich mal um, ob dieser Schafdieb wieder irgendwo gesichtet wurde.«

»Ach, Menno«, schmollte Molly. »Ich wollte den Hirten echt gern fangen.«

»Das ist wirklich außerordentlich enttäuschend«, stimmte der Engel Gabriel ihr zu.

War es auch. Um ehrlich zu sein, fühlte es sich wie eine mittelschwere Katastrophe an. Wir hatten den ganzen Morgen gesucht und noch immer keine Spur von dem Hirten. Donald, der Esel, und Balthasar waren leicht zu finden gewesen. Steve erwies sich als deutlich kniffliger und uns lief die Zeit davon. Das wussten die anderen auch.

»Bist du absolut sicher, dass wir alle brauchen? Könnten wir nicht einfach mit Maria und Josef weitermachen, wenn wir Steve schon nicht finden?«, fragte ich, als wir wieder auf den Rasenmäher stiegen.

Der Engel Gabriel schüttelte den Kopf. »Es müssen alle zurückkehren. Jeder und jede von ihnen hat eine festgeschriebene Rolle.«

»Okay, gut. Keine Sorge, heute ist erst der zweiundzwanzigste Dezember, uns bleiben also noch fast drei Tage. Das ist jede Menge Zeit.« War es *nicht*. Ich sagte das auch nicht, weil ich mir keine Sorgen machte, sondern weil die Stimmung auf dem Aufsitzrasenmäher ziemlich gedrückt war. Irgendjemand musste neue Zuversicht schaffen. Manch einer würde behaupten, dass dies die Aufgabe eines Engels sei, doch der wirkte noch niedergeschlagener als alle anderen.

Wenigstens schien Großmama Truthahn seinen Spaß zu haben. Jedes Mal, wenn ich den Motor startete, reckte er den Kopf aus dem Anhänger und kollerte leise. Ich könnte schwören, dass ich ihn lächeln sah, als der Wind ihm auf der Rückfahrt durch das Gefieder strich.

Kurz vor neun waren wir wieder am hinteren Tor von Barlington Hall. Da es kein gemeinsames Familienfrühstück gab, glaubte ich nicht, dass uns schon irgendjemand vermisste. Wir parkten den Rasenmäher vor den Stallungen, dann schnappte sich wieder jeder eine Ecke vom Truthahn und so taumelten wir zurück ins Haus und durch den Flur ins Badezimmer.

Während der Engel Gabriel und König Balthasar flach an die Wand gepresst dastanden und jedes Mal wimmerten, wenn sich ihnen Großmama näherte, sauste ich schnell in die Küche, um etwas Truthahnfutter und eine Wasserschüssel zu besorgen.

Ganz sicher war ich mir nicht, was Truthähne fressen, aber ich nahm an, dass eine Schachtel von Großmutters teurem Müsli und eine Schachtel zarte Haferflocken fürs Erste ausreichen sollten. Ich flitzte aus der Küche und schaffte es gerade so um die Ecke, ohne dass mich Großmutter bemerkte, die in der Eingangshalle stand und

Margaret Anweisungen bezüglich der bevorstehenden Probe gab.

Zurück im Badezimmer steckte ich den Stöpsel in die Wanne und kippte die Haferflocken und das Müsli hinein. Ich füllte die Schüssel am Wasserhahn auf, damit Großmama etwas zu trinken hatte, und zeigte dann mit strengem Blick auf den kleinen Kosmetikeimer in der Ecke. »Wenn du mal musst, gehst du da drauf, okay?«, sagte ich zu Großmama.

Der Truthahn reagierte nicht. Er hatte sich auf das teure Luxusfrühstück gestürzt und für alles andere keine Beachtung mehr.

»Er hat also daran gedacht, den Truthahn zu füttern«, meinte Balthasar mit einem spitzen Unterton.

Ich deutete auf die Badewanne. »Bitte, bedien dich.« Er sah mich entsetzt an. Ich lächelte. »Keine Sorge, ich habe dich nicht vergessen.« Ich gab ihm eine Banane und ein Stück von Mums Weihnachtskuchen. »Davon solltest du erst mal satt werden.«

Er nahm einen Bissen von dem Kuchen. Kaute. Und kaute. Und kaute. Schließlich schluckte er mit etwas Mühe runter und meinte: »Ungewohnt, aber nicht schlecht.«

Molly und ich schlichen zurück in den Hauptteil des Hauses. In der Eingangshalle trafen wir Großvater.

»Guten Morgen, ihr zwei! Wie geht es euch an diesem wunderschönen, segensreichen Tag?«, fragte er. »Seid ihr bereit für die Probe? Ich hoffe, ihr seid voller Energie und scharrt schon mit den Hufen!«

Ich war nicht voller Energie und scharrte kein bisschen mit den Hufen. In Wahrheit war ich nach der ganzen Truthahnschlepperei und Hirtensuche echt müde. Trotzdem antwortete ich: »Und wie!«

Am Ende des Flurs steckte Großmutter den Kopf aus der Tür zum Salon und klatschte in die Hände. »Nun beeilt euch! Die Zeit ist auch so schon knapp und wir haben viel zu tun!«

Damit hatte sie allerdings recht. Ich musste:

→ Maria, Josef und einen Hirten namens Steve suchen
→ ein neues Zuhause für einen Truthahn finden
→ einen Engel und einen König verstecken
→ und, was am allerunwichtigsten war (auch wenn ich das Großmutter natürlich niemals sagen würde), für ein Krippenspiel proben

Ich begann, mich zu fragen, ob das überhaupt alles zu schaffen war, und spürte, wie Panik in mir hochblubberte. Das war viel zu viel für einen einzelnen Jungen. Wie sollte ich das jemals bewältigen? Ich würde versagen, Maria und Josef würden nicht nach Bethlehem zurückkehren und dann würde es kein Weihnachten und keine Geschenke geben *und* Mum und Dad würden einander niemals begegnen – denn warum sollte er als Rentier verkleidet von Haus zu Haus ziehen und Weihnachtslieder singen, wenn es kein Weihnachten gab? Dadurch würde ich nie geboren werden und konnte all die Dinge nicht tun, für die ich vorgesehen war. Vielleicht würde es auch keinen Jesus geben und nach allem, was ich aus dem Religionsunterricht wusste, hatte der auch jede Menge zu tun. Außerdem könnte ich den Engel Gabriel dann nicht um den Gefallen bitten, um den ich ihn bitten wollte, und …

»Oscar«, fragte Großvater. Er sah mich voller Wärme an. »Geht es dir gut? Du bist ziemlich blass geworden.«

»Ich … ich … Es ist einfach alles zu viel. Der Hirte und die Aufführung und Großmama …«, platzte ich heraus.

Großvater legte mir eine Hand auf die Schulter. »Lampenfieber – ich verstehe. Hör mal, du musst das nicht machen, wenn du nicht willst.«

Wir sprachen zwar von verschiedenen Dingen, aber in dem Moment, in dem er das sagte, wurde mir klar, dass Aufgeben nicht infrage kam. Ich schüttelte den Kopf. »Nein, ist schon okay. Ich schaff das. Ich muss.«

»Also, ich habe jedenfalls vollstes Vertrauen in dich, Oscar«, erwiderte Großvater und so, wie er mir dabei in die Augen blickte, wusste ich, dass er es absolut ernst meinte. »Du bist einer von diesen Menschen, die alles erreichen können, wenn sie nur voll dahinterstehen. Das sehe ich dir an.«

Er hatte natürlich keine Ahnung, womit ich es zu tun hatte, aber allein dadurch, dass er an mich glaubte, gab er mir das Gefühl, dass ich vielleicht doch eine Chance hatte. Mit etwas Glück konnte ich Weihnachten retten und all die Horrorszenarien verhindern, von denen der Engel Gabriel ständig redete. **Mission Rettet Weihnachten** war bereit für den nächsten Schritt.

18

Kommet, ihr Hirten …

… wobei uns einer für den Anfang schon reichen würde

Das Gebäck, das Margaret bereitgestellt hatte, war restlos aufgegessen, daher holten Molly und ich uns ein paar von unseren fantastischen Mince-Pies aus der Küche. Das war zwar kein klassisches Frühstücksessen, aber rund um Weihnachten gelten bei so was andere Regeln. Wir gingen weiter in den Salon, wo sich die Familie versammelt hatte und auf den Beginn der Proben wartete. Tante Camilla lag auf dem Sofa und rieb sich mit kreisförmigen Bewegungen den Bauch – wenn sie so weitermachte, würde das Baby mit einem ordentlichen Drehwurm auf die Welt kommen. Onkel Patryk saß mit nachdenklicher Miene neben ihr und ging leise seinen Text durch. Fenella und Hugo hatten sich auf den Fußhockern niedergelassen, von wo aus sie ihre sorgfältig frisierten Haare und kerzengeraden Rücken zur Schau stellten. Ich wette, Tante Marigold hat ihnen noch nie vorgeworfen, sie hätten die Haltung eines Shrimps.

Onkel James und Tante Marigold teilten sich ihr Sofa mit Mum, die aussah, als wäre sie am liebsten ganz woanders. Dad saß in einem Lehnsessel und blätterte sein Textheft durch, während sich Geoffrey, der Gärtner, und Margaret ein wenig verunsichert am hinteren Ende des Salons herumdrückten – bis Großvater sie aufforderte, auf einem der Sofas Platz zu nehmen. Wer beim Krippenspiel der Cuthbert-Andersons mitmachte, gehörte offiziell zur Familie, sagte er.

»Da fällt mir ein«, fügte er hinzu, als Geoffrey und Margaret sich setzten, »ihr habt nicht zufällig den Truthahn gesehen, den unsere kleine Molly so ins Herz geschlossen hat?«

Molly und ich wechselten einen erschrockenen Blick.

»Nicht eine Feder«, antwortete Geoffrey zu unserer Erleichterung. »Ist wahrscheinlich aus dem Stall ausgebüxt und längst über alle Berge.«

Ich hatte so meine Mühe, mich auf die Probe zu konzentrieren, denn mir ging die ganze Zeit im Kopf herum, was ich noch alles zu tun hatte – zum Beispiel den Hirten zu finden, und zwar bald. Ich spielte mit dem Gedanken, eine Art Hirtenfalle zu errichten, hatte aber keine Ahnung, was sich als Köder eignen würde. Oder wie man so etwas baute. Oder wo ich sie aufstellen sollte. Das war also eher eine Schnapsidee.

Zum Glück war es vollkommen egal, dass ich nicht bei

der Sache war, denn wir kamen erst gar nicht bis zu meinem Part.

Großmutter hat extrem hohe Ansprüche. Fenella und Hugo sagten ihren Text natürlich perfekt auf. Dad sprach zu schnell und seine Darbietung war »einen Hauch zu monoton«. Margaret war zu leise. Molly gab dem Ganzen ihren eigenen Dreh: »Und so zogen Maria und Josef nach Bethlehem, weil die Engel sie sonst mit Feuer und Würfeln bestrafen würden.«

Großmutter tadelte sie: »Du meine Güte, Molly, so etwas würde ein Engel nie sagen!«

Molly widersprach: »Das würde ein Engel *wohl* sagen. Wenn es nämlich nicht so läuft, wie er will.« Das stimmte, aber es hatte keinen Sinn, Großmutter das erklären zu wollen.

Obwohl sie selbst im neunten Monat schwanger war, ließ Tante Camillas Darstellung einer Schwangeren offenbar zu wünschen übrig.

»Ich glaube einfach nicht, dass die Gesegnete Jungfrau Maria, Mutter unseres Herrn Jesus Christus, so plump umherwatscheln würde, Camilla«, merkte Großmutter an, während sie sichtlich unzufrieden beobachtete, wie Tante Camilla und Onkel Patryk im Salon auf und ab gingen. Patryk tat dabei so, als würde er einen unsichtbaren Esel führen, was er erstaunlich überzeugend rüberbrachte.

Tante Camilla war nicht besonders glücklich darüber, dass sie sich anhören musste, sie würde plump umherwatscheln, doch ich konnte sehen, wie Dad und Onkel James hinter ihren Textheften kicherten.

»Mummy, ich kann meine Füße nicht mehr sehen, ich kann kaum noch Auto fahren, aber wenn es etwas gibt, das ich gerade *kann,* dann ist das, mich haargenau wie eine schwangere Frau zu verhalten!«

»Eine schwangere Frau, ja. Aber wie jemand, der die gesegnete Frucht unseres Herrn im Leib trägt? Ich fürchte, da musst du noch etwas mehr aus dir rausholen, Liebes.«

»Aus mir rausholen? Was gibt es denn da rauszuholen?«, schnauzte Tante Camilla.

Bevor Großmutter antworten konnte, meldete sich Patryk zu Wort. »Soll ich es vielleicht mal vormachen?«

Dann legte Patryk die beste Darstellung von Maria hin, die ich je gesehen habe. Es war das exakte Gegenteil von plump, genau die Anmut, die Großmutter gesucht hatte.

Ich glaube, wir waren alle ein wenig verblüfft, aber Großmutter am meisten.

»Wie? Wie hast du das gemacht?«, fragte sie und wedelte mit ihrem Textheft.

»Als ich jünger war, habe ich in dem einen oder anderen Stück mitgespielt«, erklärte Patryk.

»Sag deinen Text«, verlangte Großmutter, als würde sie einen Beweis fordern.

Patryk nahm Camillas Hand, blickte ihr in die Augen und sprach: »Fürchte dich nicht, mein Liebling. Auch wenn der Weg weit ist, ich bin bei dir. Bei jedem einzelnen Schritt.«

Er war brillant! Ich glaube, selbst Tante Camilla hatte eine Träne im Auge, die sie jedoch hastig wegwischte und auf ihre Schwangerschaftshormone schob.

Molly stand auf und fing an zu klatschen. »Onkel Patryk, verbeug dich! Du bist der allerallerbeste Schauspieler, den ich kenne!«, rief sie, was Großmutter irgendwie zu treffen schien.

»Wundervoll, Patryk!«, lobte Großvater. »Das ist ja ein Ding! Wir haben einen echten Schauspieler in der Familie.«

Großmutter hüstelte vernehmlich.

»*Noch* einen echten Schauspieler«, korrigierte sich Großvater. »War er nicht toll, Minty?«

»Ja, das war er«, räumte Großmutter ein. Sie wandte sich an den Rest von uns. »Habt ihr gesehen, wie viel Gefühl er in seine Darbietung gelegt hat? Daran könnt ihr euch alle ein Beispiel nehmen. Camilla, du weißt jetzt, was zu tun ist. Aber vielleicht fällt es dir leichter, deine Rolle mit etwas mehr Eleganz und Authentizität auszufüllen, wenn du erst mal auf dem Esel sitzt.«

»Dem Esel? Was für einem Esel?«, fragte Tante Camilla entsetzt.

Das war dann auch mehr oder weniger das Ende der Probe, denn Camilla, die jetzt erst von Donald erfuhr, war alles andere als begeistert, dass sie auf einem echten Esel in die Kirche reiten sollte. Zwischen ihr und Großmutter entwickelte sich eine »hitzige Diskussion«, wie Großvater es nannte. Ich fand eher, dass es wie ein ausgewachsener Streit aussah. Jedenfalls beschlossen wir, die beiden erst mal in Ruhe zu lassen.

Ich nahm Molly huckepack und als ich glaubte, dass wir allein waren, sagte ich: »Komm, wir holen die anderen und suchen diesen Hirten!«

»Was für einen Hirten?«, fragten zwei Stimmen hinter uns.

Ich wirbelte herum und entdeckte Fenella und Hugo. Sie hatten die Arme vor der Brust verschränkt und guckten uns prüfend an.

»Ähm … den Hirten in mir … den ich für das Stück wachrufen will«, antwortete ich etwas unsicher.

»Welche anderen? Was habt ihr vor?«, bohrte Fenella weiter.

»Nichts«, antwortete ich, wobei ich mich bemühte, so unschuldig wie möglich auszusehen.

»Hmmmmm«, brummte Hugo. »Wir beobachten euch. Fenella hat mir von eurem Spaziergang heute früh erzählt. Wir glauben, dass ihr irgendwas im Schilde führt. Hab ich recht, Nella?«

»Genau. Hab ich recht, Hugo?«

»Ja, genau. Das habe ich doch *gerade eben* gesagt.«

»Bitte sehr, beobachtet uns ruhig«, erwiderte ich und blieb vor ihnen stehen, damit sie uns beobachten konnten. Und zwar lange. Während wir absolut nichts taten. Außer dazustehen. Und uns beobachten zu lassen.

Irgendwann wurde es ihnen entweder zu langweilig oder zu unangenehm oder sie kamen sich ein bisschen albern vor, denn sie stießen beide gleichzeitig ein entrüstetes Schnauben aus, machten auf dem Absatz kehrt und stolzierten davon. Hugos Tolle und Fenellas Locken wippten im Takt ihrer Schritte.

»Wir finden es schon noch raus, wenn ihr was im Schilde führt«, rief uns Fenella über die Schulter hinweg zu. Es klang wie beiläufig, aber irgendwie auch bedrohlich.

Das hatte mir gerade noch gefehlt. Als wären die Dinge nicht schon stressig genug, auch ohne dass die beiden uns hinterherspionierten! Aber jetzt waren sie erst mal weg, was uns die Gelegenheit gab, ein paar Nachforschungen im Fall des vermissten Hirten anzustellen. Mein Bauchgefühl sagte mir, dass Geoffrey, der Gärtner, genau der richtige Ansprechpartner dafür war. Er wusste doch bestimmt mehr über diesen »Schafdieb«. Mit Molly auf dem Rücken lief ich nach draußen in den Vorgarten, um ihn danach zu fragen.

»Immer noch auf freiem Fuß, soweit ich weiß«, sagte Geoffrey und schaltete den Laubbläser aus. »Ich glaube, als

Letztes hat ihn jemand auf den Feldern hinter Mrs Tadworths Haus gesehen, aber das kann auch bloß ein Wanderer gewesen sein. Warum wollt ihr das unbedingt wissen?«

»Ach, nur so«, antwortete ich. Vielleicht war es wirklich bloß ein Wanderer, aber fürs Erste war es der einzige Hinweis, den wir hatten.

»Wir führen nichts im Schilde«, verkündete Molly urplötzlich, wodurch es klang, als führten wir *definitiv* etwas im Schilde.

»Hmmmm«, machte Geoffrey, also ließen wir ihn weiter Laub blasen und gingen schnell wieder nach drinnen. Zeit nachzusehen, wie es im Badezimmer stand.

Als ich die Tür aufmachte, fielen mir sofort zwei Dinge auf:

Großmama Truthahn hatte eindeutig nicht zugehört, als ich ihm den Kosmetikeimer gezeigt hatte, in dem er sein Geschäft verrichten sollte.

Der Engel Gabriel und König Balthasar waren keine großen Truthahnfans. Ich zog den Duschvorhang zurück und fand sie zusammengekauert in der müsligefüllten Badewanne, während Großmama im Raum umherstolzierte, als gehörte ihm der Laden.

»Kommt mit«, sagte ich. »Wir versuchen noch mal, Steve zu finden. Es gab eine Sichtung nicht weit von hier, was gut ist, weil wir es nicht riskieren können, bei Tageslicht mit dem Rasenmäher rumzufahren.«

Die beiden schoben sich an Großmama Truthahn vorbei und wir schlichen durch den Flur zur Hintertür.

Wenig später stapften ein Engel (der sich immer noch über seine scheuernden Bloßjeans beschwerte), ein König, eine Astronautin im Tutu und ich den Hügel hinter Mrs Tadworths Haus hinauf in der Hoffnung, dass uns niemand beobachten würde.

»Ich glaube, diesmal finden wir Steve«, verkündete Molly. »Es fühlt sich wie ein Steve-Finde-Tag an, merkt ihr das auch?«

»Das hoffe ich sehr, Molls«, sagte ich, doch als wir oben auf dem Hügel ankamen und ich die Landschaft sah, die sich in alle Richtungen erstreckte, wurde mir klar, wie gering unsere Chancen waren, hier irgendwo zufällig über einen biblischen Hirten zu stolpern.

Wir legten eine kurze Pause ein, um die Aussicht zu genießen und wieder zu Atem zu kommen.

»Stellt euch nur mal vor: Irgendwo da draußen laufen Maria, Josef und ein Hirte namens Steve rum«, meinte Molly.

Balthasar schüttelte den Kopf. »Aber wie sollen wir sie jemals finden?«

Während ich den Blick über die Felder und Wiesen schweifen ließ, wurde mir zunehmend schwerer ums Herz. Es schien nahezu unmöglich. Ich weiß, Weihnachten ist nicht immer perfekt. Familien streiten sich, man isst viel zu viel und manchmal ist man enttäuscht, wenn man schon wieder einen Schlafanzug bekommt, obwohl man sich ein Computerspiel gewünscht hat. Aber was wirklich zählt, ist doch eigentlich etwas ganz anderes. Es geht darum, zusammen zu sein und eine magische Zeit zu feiern, in der wir Kinder an das Unmögliche glauben können. Um es mit Mollys Worten zu sagen: Das Gefühl, wenn man am Abend vor Weihnachten ins Bett geht, ist … wirklich magistätisch.

Weihnachten war es wert, gerettet zu werden.

Und ich auch. Ich musste einfach an das Unmögliche glauben.

»Ich weiß es!«, rief Molly. »Ich frag die Schafe da drüben beim Baum, ob sie was gesehen haben.« Und schon marschierte sie auf die kleine, dicht zusammengedrängte Herde zu.

Während Molly loszog, um so zu tun, als würde sie mit Schafen reden, suchten der Engel Gabriel, Balthasar und ich die umliegenden Felder und Wiesen weiter nach irgendwelchen Hinweisen ab. Es schien hoffnungslos. So viel Fläche. Und kein Steve weit und breit.

Doch dann hörten wir Molly schimpfen: »So was Unhöfliches!«

»Wie bitte, Molls?«, rief ich.

»Das Schaf da ist echt unhöflich«, sagte sie und zeigte darauf. »Ich glaube, mit ihm stimmt was nicht.«

Ich ging zu ihr rüber. »Molls, dafür haben wir jetzt keine Zeit.«

»Es hat gesagt, ich soll abhauen! Das gehört sich nicht!«

»Molly.« Ich klappte das Visier ihres Astronautenhelms hoch und erklärte so freundlich und geduldig, wie ich konnte: »Du kannst nicht wirklich mit Tieren reden.«

»Also, mit dem da will ich auch gar nicht reden. Das ist ein großer, flauschiger Fiesling.«

Ich wunderte mich ein bisschen, was Molly ausgerechnet gegen diese eine Schaf hatte. Für mich sah es genau wie alle anderen Schafe aus.

»Dabei hab ich es einfach nur nach Steve gefragt!«

»Hau ab!«

»*Siehst du?* Total unhöflich.«

Ich stutzte. Runzelte die Stirn. Hatte es … Nein – das war doch absurd … Ich schüttelte den Kopf. Es hatte bestimmt nicht gesprochen. Schafe sprechen nicht. Und sie sagen einem erst recht nicht, dass man abhauen soll.

»Lasst mich in Frieden.«

»Wie heißt das Zauberwort?«, entgegnete Molly.

»UAAAAAAH!«, schrie ich, denn wie reagiert man sonst, wenn man ein Schaf sprechen hört?

Dadurch erschrak das Schaf und brachte sich am Ende der Herde in Sicherheit. Zurück blieb ein Mann, der sich dahinter ganz eng zusammengerollt hatte.

»Guck mal!«, rief Molly. »Da war ein Mann hinter dem sprechenden Schaf!«

Der Mann trug schlammverkrustete Sachen, Sandalen und sah alles in allem, nun ja, recht hirtenmäßig aus.

»Steve?«, fragte ich. »Steve … sind Sie das?«

Steve antwortete nicht.

Ich ging in die Hocke. »Geht es Ihnen gut?«

Steve antwortete immer noch nicht. Stattdessen fing er an, sich vor- und zurückzuwiegen, wohl Nein hieß.

Balthasar und der Engel Gabriel tauchten neben mir auf.

»Ah, es ist Steve, der Hirte, welch wunderbare Fügung! Ich bin es, der Engel Gabriel!«, verkündete der Engel Gabriel mit donnernder Stimme.

Steve schrie auf und krabbelte rückwärts. »Geh weg! Lass mich in Frieden!«

»Steve hat Angst«, sagte Molly.

Steve musterte Molly von Kopf bis Fuß und fragte dann mit einer Stimme, die kaum mehr als ein Hauchen war: »Was *bist* du?«

»Heute bin ich eine Astronautenballerina«, antwortete sie.

»Das ist Molly, meine Schwester«, erklärte ich.

»Keine Sorge, Steve«, ergänzte Balthasar fröhlich. »Wir sind hier, um dir zu helfen.«

»Du musst mit uns kommen. Du hast eine außerordentlich wichtige Aufgabe zu erfüllen!«, sagte der Engel Gabriel.

»Das hast du letztes Mal auch gesagt und dann bin ich hier gelandet!«

Ehe wir ihn daran hindern konnten, war Steve aufgesprungen und rannte davon. Seine schmutzigen Kleider und sein Bart wehten hinter ihm her.

Warum konnte er nicht einfach hier sitzen bleiben und geduldig über die Schafe wachen, wie es sich für einen Hirten gehörte? Wieso musste es so schwierig sein, Weihnachten zu retten?

19

O laufet, ihr Hirten

(Wir kriegen dich trotzdem, Steve!)

Ich glaube, wir hatten alle nicht damit gerechnet, dass Steve die Flucht ergreifen würde. Und das auch noch mit einem Affenzahn, was angesichts des Untergrunds und seines Schuhwerks durchaus überraschend war.

»Jemand sollte ihm vermutlich nachlaufen«, meinte Balthasar.

»Ja, vermutlich«, pflichtete ihm der Engel Gabriel bei. Wir sahen einander an und rannten dann los.

Molly fiel schon nach kurzer Zeit zurück, also hob Balthasar sie kurzerhand auf und klemmte sie sich unter den Arm. Damit war es an dem Engel Gabriel und mir, Steve dingfest zu machen.

»Stehen … bleiben … bitte!«, rief ich keuchend. »Sonst … sind wir … alle … verdammt!«

»VERDAAAAAMMT!« wiederholte Molly mit be-

bender Stimme, weil sie unter Balthasars Arm ziemlich durchgeschüttelt wurde.

»Tu doch was!«, schrie ich den Engel Gabriel an. »Er entkommt!«

Der Engel Gabriel rief: »Steve, der Hirte, ich befehle dir, stehen zu bleiben!«

Das brachte nichts. Wenn überhaupt, rannte Steve danach noch schneller.

»Stopp, sonst ... lässt er Feuer ... und Schwefel ... auf dich ... herabregnen!«, ergänzte ich. »Und dann ... hetzt er dir ... seine Engelskumpel ... mit Felsen und Würmern ... auf den Hals!«

Das brachte auch nichts. Steve blickte über seine Schulter und rief: »Ihr kriegt mich nie!«

Taten wir doch. Nur wenige Sekunden später. Denn Hochmut kommt vor dem Fall – und zwar in Gestalt eines äußerst desinteressiert wirkenden Schafes.

Steve war so auf uns fixiert, dass er das Schaf übersah, das ihm in aller Seelenruhe vor die Füße geschlendert war. Er flog in hohem Bogen durch die Luft, wobei er sich mehrfach überschlug. Ehrlich gesagt sah es ziemlich beeindruckend aus. Wären wir bei einem Turnwettkampf gewesen, hätte ich ihm dafür volle zehn Punkte gegeben.

Wir blieben vor ihm stehen und blickten auf ihn herab, während er sich stöhnend die Seite hielt. »Warum sind die Schafe hier so robust?« Er rappelte sich mühsam auf und sah dem langsam davontrottenden Schaf mit einer Mischung aus Bewunderung und Ärger nach. »Die sind wirklich unglaublich stabil. Im Vergleich dazu sind die, die wir zu Hause haben, geradezu mickrig.«

»Das liegt daran, dass du zweitausend Jahre in der Zukunft gelandet bist«, sagte Balthasar. »Hier ist alles ein bisschen anders. Erinnere mich daran, dass ich dir von dem Lavendelschaumbad erzähle. Es ist sensationell!«

»I… i… ich bin wo?«, stammelte Steve.

»Auf einer anderen Schäfchenwiese. Hinter Mrs Tadworths Haus. Chipping Bottom. Hampshire. England. Britische Inseln. Vereinigtes Königreich. Erde«, verkündete Molly triumphierend.

»Es ist so«, erklärte ich. »Der Engel Gabriel hier hat sich damals im Jahr null – das ist die Zeit, aus der du stammst – *mächtig* ins Zeug gelegt, als er auf die Erde gekommen ist, um dir die Geburt Jesu zu verkündigen. Dabei hat er die Power ein bisschen zu sehr aufgedreht und dich, Balthasar, Maria, Josef und einen Esel namens Donald durch Zeit und Raum hierher nach Chipping Bottom katapultiert.«

»Ich kenne diese Leute nicht. Aber ich erinnere mich an einen Lichtblitz.« Steve fasste sich mit einer Hand an den Kopf und schloss die Augen. »Ja, ich war auf meinem Feld.«

»Nachts? Bei deiner Herde?«, fragte ich.

»Ja! Woher weißt du das?«

»Ach, nur so ein Gefühl.«

»Wie gesagt, da war ein Lichtblitz. Und dann kam eine Stimme …«

»Eine donnernde Stimme?«, fragte Molly.

»Ja, schon.«

»Ich glaube, was du meinst, ist ›Ehrfurcht gebietend‹«, warf der Engel Gabriel ein.

»Sie sagte: ›**Fürchtet euch ni… oh … oh … oh, oh … zu viel … nein … o NEEEEEEEEIIIIN!**‹ Dann gab es einen lauten Knall und ich bin hier, auf dieser Wiese voll herrlich flauschiger Schafe aufgewacht.« Er warf ihnen einen bewundernden Blick zu. »Sie waren mir ein großer Trost.«

»Ach ja?«, fragte ich.

»Nachts«, flüsterte er, »wenn es kalt und dunkel wird, kuschle ich mit ihnen.«

»Okaaayyyy. Weiter im Text. Die Sache ist die, Steve: Wir müssen dich, Balthasar, Maria und Josef zurück nach Bethlehem bringen, sonst geht das Ganze für uns alle nicht gut aus. Und vor allem für mich.«

»Wer muss wohin?«

»Du! Und Balthasar, das ist einer von den Königen, und Maria und Josef«, antwortete Molly.

»Wartet mal … ich habe gestern eine Maria und einen Josef getroffen.«

»WAS? WANN? WO?« Der Engel Gabriel packte Steve am Arm und schüttelte ihn. »Sag es uns, sofort! Ich befehle es!«

»Also, mit ›getroffen‹ meine ich, ich habe sie gesehen, als ich zwischen meinen Schafen saß.«

»Woher weißt du, dass sie es waren?«, hakte ich nach.

»Weil sie einander Maria und Josef genannt haben. Warum sind die beiden so wichtig? Was geht hier vor? Ich bin total verwirrt. Kann ich zurück und mit meinen Schafen kuscheln?«

»Nein, du kannst jetzt nicht mit deinen Schafen kuscheln«, antwortete ich.

»Ach so, ja«, sagte der Engel Gabriel. »Ich bin nicht bis zum Ende meiner Verkündigung gekommen. Maria trägt ein Kind im Leib. Der Sohn Gottes wird in einem Stall in Bethlehem geboren.«

»Waaaaaaaaas?«, entfuhr es Steve. »Der Sohn Gottes?«

»Jepp, der echte Sohn vom echten Gott«, versicherte Molly.

»Und dieser Josef, dem macht das nichts aus?«, erkundigte sich Steve.

»Er ist außer sich vor Freude. Sein Kind wird der Messias!« Der Engel Gabriel klatschte in die Hände.

»Was ist ein Messias?«, wollte Molly wissen, worüber ich ganz froh war, weil ich mich das auch schon gefragt hatte.

»Der Auserwählte, der Gottes Willen auf Erden ausführen wird«, erklärte der Engel Gabriel, bevor er sich wieder Steve zuwandte. »Und als ich aus dem Himmelreich herniederkam, um die Geburt Jesu zu verkündigen, wollte ich dich einladen, zu besagter Geburt zu kommen.«

»Ich bin zu einer *Geburt* eingeladen? Aber warum?«

»Ich meine natürlich nicht die Geburt an sich. Du sollst hinterher vorbeigehen, kurz in dem ärmlichen Stall vorbeischauen, gratulieren und dein Geschenk abgeben. So was eben.«

»Nein, ich meinte: Warum *ich?*«

»Weil Jesus für alle da ist.« Der Engel Gabriel hob die Arme. »Für die Armen, die Schwachen, die Niedersten der Gesellschaft. Nicht nur für wohlhabende Könige wie unseren Freund Balthasar.«

»He! Hast du mich gerade arm, schwach und einen Niedersten der Gesellschaft genannt?«, protestierte Steve.

»Verbringst du deine Nächte draußen auf dem Feld und kuschelst mit Schafen?«, hielt der Engel Gabriel dagegen.

Steve zuckte mit den Schultern. »Das gehört zum Job! Aber gut, du hast schon irgendwie recht. Trotzdem – ich glaube, ich verzichte lieber.«

»Das kannst du nicht! Dir kommt eine äußerst wichtige Rolle zu!«

»Eine äußerst wichtige Rolle, hm?« Steve plusterte sich auf.

»Unverzichtbar«, betonte ich. »Ohne dich kann das alles nicht stattfinden.«

»Unverzichtbar, sagst du?«

»Ja, du sollst als Mensch gewordene Metapher für Jesu Wirken auf Erden dienen, glaube ich. Zumindest hat das meine Lehrerin gesagt. Glaube ich.«

»Eine Mensch gewordene Metapher? Ich habe zwar

keine Ahnung, was das sein soll, aber wenn ich *unverzichtbar* bin, bin ich natürlich dabei! Oh! Ihr hattet was von einem Geschenk gesagt! Was soll ich ihm besorgen? Gibt es eine Wunschliste?«

»Geschenke sind eine knifflige Angelegenheit.« Balthasar nickte wissend. »Aber du bist doch ein Hirte und auch ziemlich arm, oder? Wie wäre es da mit … ich weiß auch nicht … einem Lamm vielleicht?«

»Oder …« Steve strahlte. »Eins von diesen superwolligen Schafen!«

»Ich würde ihm eine **Waschbär-Piraten-Puppe** schenken«, sagte Molly.

»Niemand bringt irgendwem Geschenke mit, wenn wir nicht bald Maria und Josef finden. Uns bleiben nur noch etwas mehr als zwei Tage, um Weihnachten zu retten!«, warf ich ein. »In welche Richtung sind sie gegangen? Hast du irgendwas gehört?«

»Da lang.« Steve deutete in Richtung Dorf. »Sie wollten den restlichen Weg nach Bethlehem zu Fuß gehen.«

»Zu Fuß nach Bethlehem?«, fragte ich. »Das nenne ich ehrgeizig.«

»Sie haben erwähnt, dass sie die Wegbeschreibung von dort hatten.« Er zeigte auf das Postamt.

»Sie haben eine Wegbeschreibung nach Bethlehem vom Postamt? Wie kann ihnen jemand die ganze Strecke erklärt haben … es sei denn …« Mir kam ein Gedanke. »Hmmm, das wäre durchaus möglich. Aber das muss ich erst abklären.«

»Was ist, Osky? Deine Stirn ist ganz knitterfaltig«, fragte Molly.

»Weißt du noch, wie wir beinahe nach Hampshire in Amerika gefahren wären? Was, wenn es ein zweites Bethlehem in England gibt? Ich dachte, vielleicht sind sie versehentlich dorthin unterwegs.«

»Noch ein Bethlehem? **NIEMALS!«**, rief Molly.

»Möglich wäre es. Kommt, wir gehen zum Postamt und fragen nach.« Ich lief los. Nach wenigen Schritten blieb ich stehen und schlug mir mit der flachen Hand gegen die Stirn. »Ach, Mist! Heute ist Sonntag, da ist es garantiert geschlossen. Wir können erst morgen hin.«

Ich verspürte plötzlich eine irrationale Wut auf meine Eltern, weil sie sich geweigert hatten, umzudrehen und mein Handy zu holen, nachdem sie überhaupt erst vergessen hatten, mich daran zu erinnern. Hätte ich es dabeigehabt, hätte ich an Ort und Stelle nachschauen können.

»Okay, keine Panik«, sagte ich. »Wir gehen zurück zum Haus und ich suche im Internet, ob es noch andere Bethlehems gibt. Ich meine, ich hätte in der Bibliothek einen Computer – wenn man das so nennen kann – gesehen. Steve, du kommst mit. Wie stehst du eigentlich zu Truthähnen?«

20

Ich steh an deiner Krippen hier ...

... nur leider nicht wie geplant
in der Kirche

Es dauerte eine Weile, Steve zu überzeugen, die Schafe auf der Weide zurückzulassen. Er sagte, er könne es einfach nicht mit sich vereinbaren, eine Herde unbeaufsichtigt zu lassen. Es gelang mir, ihm zu klarzumachen, dass ihnen nichts passieren konnte konnte – es gab keine Löwen oder Bären hier! – und so zogen wir zusammen über die Felder und Wiesen zurück nach Barlington Hall.

Ärgerlicherweise war Geoffrey dort mit Gartenarbeit zugange, was es nicht gerade leichter machte, ungesehen in unser Badezimmerversteck zu schleichen.

Molly verkündete: »Ich mach das, Osky.« Sie hüpfte auf Geoffrey zu und zwang ihn, sich eine laute Darbietung von »O Tannenbaum« anzusehen. Während sie aus vollem Hals den Text schmetterte, führte sie ihren etwas eiernden Radschlag vor und ließ die Beine wie eine Can-

Can-Tänzerin fliegen. Es war eine ausgezeichnete Ablenkung, dank derer wir es tatsächlich unbemerkt ins Haus schafften.

Mit Molly, dem Engel Gabriel, Balthasar, Steve, Großmama und mir waren wir nun jedoch mindestens ein Truthahn zu viel. Ich musste dringend einen Ort finden, wo wir ihn unterbringen konnten, ohne dass er mit einer **Zitrone im Popo** enden würde.

Ich rechnete damit, dass Großmama Truthahn ziemlich erbost darüber sein würde, dass er sich sein Zuhause mit noch einem fremden Menschen teilen musste, aber er schien Steve auf Anhieb zu mögen.

Molly redete in ihrer Truthahnsprache mit ihm und meinte dann: »Alles klar, Steve, ich habe dich Großmama vorgestellt.«

Steve presste die Handflächen aufeinander, blickte Großmama in die Augen und sagte: »Hallo, Großmama, was für eine erstaunliche Kreatur du doch bist.« Er setzte sich im Schneidersitz auf den Boden. Großmama stolzierte auf ihn zu, ließ sich neben ihn plumpsen und legte den Kopf auf sein Knie. Offenbar ist es kein so großer Unterschied, ob man Schafe oder Truthähne hütet.

Molly und ich liefen mehrmals in Küche, um Balthasar und Steve mit Essen zu versorgen. So schnell habe ich noch nie zwei Leute eine Familienpackung Softcakes mit Orangenfüllung verputzen gesehen.

»Wie nennen sich diese unbeschreiblichen Gaumenfreuden?«, fragte Balthasar, während er einen hochhielt, um ihn sich von allen Seiten anzusehen. »Ist das ein Keks oder ein Kuchen?«

»Das«, antwortete ich, »ist eines der größten Rätsel unserer Zeit.«

»Ich hab euch die hier mitgebracht«, verkündete Molly und überreichte ihnen stolz die mehr als reichlich verzierten Plätzchen, die sie mit Mums Hilfe gebacken hatte. »Guckt mal, das sind ein Engel, ein König und ein Hirte.«

»Das soll *ich* sein?«, fragte der Engel Gabriel sichtlich unbeeindruckt. Ich warf ihm einen finsteren Blick zu, woraufhin er hastig ergänzte: »Prächtig!« Molly strahlte über das ganze Gesicht.

Außerdem hatte ich noch ein paar von Dads Klamotten für Steve stibitzt, damit er nicht mehr ganz so wie ein Hirte aussah. Sein neuer Strickpullover mit dem Christmas-Pudding vorne drauf verlieh ihm etwas richtig Weihnachtliches.

Dann mussten Molly und ich uns sputen, um rechtzeitig zum Mittagessen mit der ganzen Familie zu kommen. Es gab Hirtenpfanne und Molly rührte ihren Teller erst an, als ich ihr glaubhaft versichert hatte, dass darin keine echten Hirten wie Steve verarbeitet waren. Hinterher schlichen wir zurück ins Badezimmer, um uns zu vergewissern, dass dort alles in Ordnung war, und erwischten den Engel Gabriel und König Balthasar bei einer Runde »Ich sehe was, was du nicht siehst«.

»Scheint, als hättet ihr einen Weg gefunden, euch zu beschäftigen. Ich habe euch trotzdem etwas mitgebracht,

damit euch nicht langweilig wird«, sagte ich und überreichte dem Engel Gabriel einen Satz Uno-Karten. Ich dachte, wenn sie abgelenkt waren, würden sie nicht so schnell irgendwelchen Unfug anstellen. So konnte ich in Ruhe meine Nachforschungen anstellen und rausfinden, wo sich Maria und Josef aufhielten, um mir anschließend einen Plan zu überlegen, wie wir sie zurückholen konnten.

Nachdem ich mir sicher war, dass sie alles hatten, was sie brauchten, und ich ihnen zum gefühlt dreitausendsten Mal die Uno-Regeln erklärt hatte, warf ich ihnen allen, auch Großmama, einen strengen Blick zu und sagte: »Wir kommen später wieder, wenn wir mehr wissen. Ihr bleibt hier und rührt euch nicht von der Stelle. Ich suche eine Lösung für den Truthahn und bemühe mich rauszukriegen, wo Maria und Josef stecken könnten. Hoffentlich sind sie noch nicht allzu weit gekommen. Übermorgen ist schon Heiligabend – wir haben nicht mehr viel Zeit.«

Wir fanden uns zur letzten Probe des Tages im Salon ein.

Mum, Dad, meine Tanten und Onkel und Großvater waren damit beschäftigt, Schneeflocken und Sterne aus Papier zu basteln, mit denen sie die Kirche dekorieren wollten. Mum winkte uns kurz zu, als wir hereinschlichen. Ich setzte mich vor den Kamin und Molly ließ sich zu Mums Füßen nieder. Fenella trug gerade ihren Text vor und Großmutter nickte ihr anerkennend zu.

»Superb«, lobte Großmutter, als sie fertig war. »Molly, Oscar Charles, ich hoffe, ihr nehmt euch ein Beispiel an Fenellas exzellenter Aussprache.«

Als Nächstes war Hugo an der Reihe. Er grummelte vor sich hin, dass er keine Lust hatte, einen Engel zu spielen, doch Großmutter wollte nichts davon hören. Und ganz ehrlich, wenn er wirklich kein Engel sein wollte, hätte er sich bei seiner Darbietung vielleicht etwas weniger ins Zeug legen sollen. So versicherte ihm Großmutter, dass er absolut überzeugend wirkte, und beglückwünschte sich selbst zu ihrer ausgezeichneten Besetzung.

»Jetzt du«, sagte sie und bedeutete mir aufzustehen.

Mum und Dad hielten mit Schnippeln inne. Mum schenkte mir ein Lächeln und Dad reckte beide Daumen in die Höhe.

Offen gestanden war ich ein bisschen nervös, denn bei all dem Trubel hatte ich bisher kaum eine Gelegenheit gehabt, mich mit meinem Text zu befassen. Aber wenn ich schon im Familienkrippenspiel mitspielte, wollte ich meine Sache auch ordentlich machen. Es half allerdings nicht gerade, dass Fenella und Hugo so gut gewesen waren.

»Ich gebe dir den Einsatz vor«, kündigte Großmutter an. »Du hörst die letzte Strophe von ›Kommet, ihr Hirten‹ und dann siehst du eine Ehrfurcht gebietende Erscheinung – das bin ich. Bereit?«

Bevor ich Ja sagen konnte, stimmte sie bereits eine *sehr* laute und opernhafte Version des Liedes an.

»Wahrlich, die Engel verkündigen heut
Bethlehems Hirtenvolk gar große Freud:
Nun soll es werden Friede auf Erden,
den Menschen allen ein Wohlgefallen:
Ehre sei Gooooooooooooott!«

Sie hielt den letzten Ton unglaublich lange und wartete dann, bis wir begriffen, dass wir klatschen sollten. Nachdem sie unseren Applaus entgegengenommen hatte, baute sie sich irgendwie bedrohlich vor mir auf, was wahrscheinlich der Grund war, weshalb ich sagte: »Warum bist du? Und wer bist du hier?«

Großmutter war sichtlich enttäuscht. »Nein, nein, nein! Das stimmt so nicht. Versuch es noch mal. Und könntest du dich bitte an meine Bühnenanweisungen halten? Hier steht schwarz auf weiß, dass du dir die Augen zuhalten und vor Angst zittern sollst, wenn ich auf dich zukomme.«

»Ich glaube, das kriege ich hin«, antwortete ich. Großmutter war als Engel Gabriel echt Furcht einflößend, da kam das Zittern fast von allein.

»Na, dann los«, sagte sie ungeduldig. »Oder soll ich die letzte Strophe noch mal ansingen?«

Das musste nun wirklich niemand mehr hören. »Ich schaff das schon«, versicherte ich. »Bau dich einfach wieder bedrohlich vor mir auf.«

»Bedrohlich? Der Engel Gabriel ist nicht bedrohlich! Was für eine Vorstellung!«

»Aber er mag Fußbäder«, meldete sich Molly zu Wort.

Großmutter ignorierte sie. »Ich schwebe, umfangen von himmlischem Glanz, auf dich zu und du zitterst und sagst deinen Text.«

Ich nickte und Großmutter schritt auf eine Weise auf mich zu, die wohl von himmlischem Glanz umfangen wirken sollte, sich für mich aber immer noch ziemlich bedrohlich anfühlte. Ich zitterte und fragte: »Du bist wer? Und hier bist du warum?« Schon während ich es sagte, merkte ich, dass da irgendwas nicht richtig klang.

Großmutter blickte zur Decke und murmelte etwas darüber, dass eine gute Regisseurin imstande war, auch die größten Herausforderungen zu meistern.

Großvater zwinkerte mir zu, erhob sich in einem Schauer aus Papierschnipseln aus seinem Sessel und meinte: »Was haltet ihr von einer Pause? Soll ich mal schauen, ob ich uns einen schönen, warmen Kakao herbeizaubern kann?«

Sofort sprangen alle auf – sogar Tante Camilla, die wegen ihres Bauchs sonst nicht die Allerschnellste war. Großmutter blieb also keine andere Wahl, als eine Pause einzulegen.

Dad strubbelte mir durchs Haar. »Keine Sorge, Kumpel, wenn es so weit ist, haust du alle von den Socken!«

Mum drückte mir einen Kuss auf den Scheitel. »Ich fand, du hast das toll gemacht.«

Molly und ich waren gerade mit den Bäuchen voll Kakao und Marshmallows auf dem Rückweg in den Salon, als es an der Tür klingelte. Margaret öffnete und Mrs Tadworth kam hereingerauscht.

»Ah, Mrs Tadworth. Werden Sie von Lady Cuthbert-Anderson erwartet?«

»Ich fürchte, ich bringe schlimme Nachrichten in Bezug auf die Kirche.«

Großmutter erschien im Flur. »Vivian, welch freudige Überraschung.« Sie lächelte, machte aber nicht den Eindruck, als würde sie sich freuen.

»Araminta, furchtbare Neuigkeiten. Es tut mir schrecklich leid, dir das mitteilen zu müssen, aber das Kirchendach ist eingestürzt – auf äußerst spektakuläre Weise, muss ich zugeben.«

Großmutter presste sich die Hand aufs Herz. »Aber das Krippenspiel!«

»Ja, das ist wirklich bedauerlich, aber ich glaube, die

Gemeinde wird dieses Jahr in St. Augustus in West Farthington feiern müssen.«

»Aber die haben ihr eigenes Krippenspiel.«

»Das stimmt. Ich weiß, es ist ein schwerer Schlag für dich, aber wir werden die Cuthbert-Anderson-Aufführung dieses Jahr wohl absagen müssen.«

»Nein … das kann nicht wahr sein! Dieses Jahr ist unglaublich wichtig! Ich habe sogar schon einen Esel organisiert!« Großmutters Gesicht war so grau wie ihre Cashmere-Strickjacke geworden.

Bevor Mrs Tadworth nachhaken konnte, was sie damit meinte, spazierte Großvater in die Eingangshalle. »Ah, Vivian! Frohe Festtage! Ich muss sagen, unsere Minty stellt diesmal ein wahres Meisterwerk auf die Beine. Wenn du mich fragst, hat sie sich selbst übertroffen.«

»Reginald, schön, dich zu sehen, aber ich fürchte, ich überbringe schlechte Nachrichten, was das diesjährige Krippenspiel angeht. Araminta kann dir alles erklären, ich muss leider weiter. Tüdelü!«

Mrs Tadworth verließ das Haus mit einem Lächeln auf den Lippen. Sie wirkte äußerst zufrieden mit sich.

»Minty, altes Mädchen, was ist los?«

Großmutter schluckte schwer. »Das Krippenspiel – es wurde abgesagt.«

»Und dabei hatte sie sogar schon einen Esel!«, ergänzte Molly.

»Minty, wie kann das sein?«, fragte Großvater.

Großmutter hatte einen abwesenden Blick in den Augen. »Das Kirchendach ist eingestürzt. Wisst ihr, was? Ich glaube, ich muss mich ein wenig hinlegen. Es … es tut mir leid, Reginald. Ich weiß, wie viel es dir bedeutet hat.«

Dann stieg sie ganz langsam die Treppe hinauf, vorbei an Onkel James, Hugo und Fenella, die gerade nach unten kamen.

»Sagt mal«, erkundigte sich Onkel James, »ist mit Mummy alles in Ordnung? Sie sah ja echt zum Fürchten aus.«

»Sie hat leider schlechte Nachrichten erhalten«, antwortete Großvater bedrückt.

»Das Krippenspiel wurde abgesagt«, erklärte ich.

»Und dabei hatte sie sogar schon einen Esel!«, wiederholte Molly.

Obwohl ich dadurch mehr Zeit hatte, Maria und Josef zu finden, machte mich die Absage echt traurig. Für Großmutter und für mich. Auch wenn ich bei der Probe keine besonders gute Figur abgegeben hatte, muss ich gestehen, dass ich mich wirklich darauf gefreut hatte, Teil dieser Familientradition sein zu dürfen.

»Um Himmels willen«, sagte Onkel James und machte auf der Stelle kehrt. »Ich gehe ihr nach. Mummy, warte!«

»Oh, Großvater, das tut mir leid«, sagte Fenella. »Ich weiß, dir hat es auch viel bedeutet.«

»Das Krippenspiel ist mir egal! Ich mache mir lediglich Sorgen um eure Großmutter!«

»Aber wir dachten, das Krippenspiel wäre dir so wichtig«, erwiderte Hugo. »Das sagt Großmutter andauernd.«

Großvater blickte uns der Reihe nach an. »Ich verrate euch jetzt was, aber ihr müsst mir versprechen, dass das *entre nous* bleibt. Ihr alle.«

Molly runzelte die Stirn. »Ontre nuh?«

»Das heißt unter uns«, erklärte Fenella.

»Unsere Lippen sind versiegelt«, beteuerte ich. »Habe ich recht?«

»Du kannst dich auf uns verlassen, Großvater«, ergänzte Hugo. Ich war mir da zwar nicht hundertprozentig sicher, doch Großvater schien es zu genügen.

»Das hier verrate ich nur euch, meine allerliebsten Enkelkinder. Wenn mich jemand danach fragt, werde ich bestreiten, dass diese Worte jemals über meine Lippen gekommen sind, und ihr müsst selbst zusehen, wie ihr mit den Folgen fertig werdet.«

»Was denn? Jetzt sag schon!«, drängte ich.

Er sah mich an und seine Augen funkelten verschmitzt. »Ich mache mir nicht viel aus dem Krippenspiel.«

Fenella schnappte entsetzt nach Luft. »Aber Großvater, Großmutter hat uns alle nur deinetwegen herbestellt! Ich glaube, wir machen uns alle nicht viel aus dem Krippenspiel. Stattdessen hätten wir in den Skiurlaub fahren können! Wir machen das nur, weil sie gesagt hat, dass es dir so viel bedeutet und weil das dein letztes …«

Fenella verstummte abrupt, doch wir wussten alle, was sie sagen wollte: dass es Großvaters letztes Weihnachtsfest sein konnte.

Bevor irgendwer näher darauf eingehen konnte, durchbrach Molly zum Glück die unangenehme Stille: »Aber ich liebe das Krippenspiel! Ich werde ein Engel sein! Hört mal, wie gut ich bin!« Sie reckte das Kinn in die Luft und donnerte: »Ich bin ein Engel! Verneigt euch vor mir, sonst bekommt ihr meinen Zorn zu spüren!« Großvater gluckste belustigt.

Dann sagte er: »Na, egal aus welchem Grund ihr gekommen seid: Ich freue mich von ganzem Herzen, dass ihr alle da seid.«

»Es tut mir so leid!«, rief Fenella. Sie schien den Tränen nahe. »Ich weiß nicht, warum ich das gesagt habe! Das mit dem Skiurlaub war nicht so gemeint. Ich freue mich auch, hier zu sein. Ich war einfach nur überrascht. Ich … ich …«

Großvater lächelte voller Wärme. »Zerbrich dir darüber nicht den Kopf, Fenella. Ich weiß doch, was du fühlst.«

»Aber magst du das Krippenspiel wirklich nicht, Großvater?«, wollte ich wissen.

»Ich stolziere nicht gern vor dem ganzen Dorf im Kostüm herum, nein.«

»Warum machst du es dann?«, fragte ich.

»Weil es eurer Großmutter wichtig ist. Und ich habe gelernt, was eurer Großmutter wichtig ist, ist mir auch wichtig.«

»Also machen wir das mit dem Krippenspiel alle nur, um Großmutter bei Laune zu halten?«, meinte Hugo.

Großvater hob eine seiner buschigen Augenbrauen. »Wäre euch eine schlecht gelaunte Lady Cuthbert-Anderson lieber?«

Wir alle schüttelten vehement den Kopf. Niemand mochte die Vorstellung einer schlecht gelaunten Lady Cuthbert-Anderson.

»Das dachte ich mir«, fuhr Großvater fort. »Und darum nehmen wir alle brav am Krippenspiel teil! Ich sage euch, dieses Krippenspiel wird stattfinden, in welcher Form auch immer. Dafür werde ich sorgen! Cuthbert-Andersons geben niemals auf!«

Ich wusste, wir hatten nicht ganz dasselbe Ziel – Großvater wollte die gespielte Geburt Jesu retten und ich die echte. Obwohl von meiner Mission deutlich mehr abhing, gab mir seine kurze, aber mitreißende Ansprache den Glauben daran zurück, dass ich es schaffen konnte. Ich hatte schon einen Engel, einen Esel, einen Heiligen König und einen Hirten gefunden. Nun würde ich Maria und Josef aufspüren und sicherstellen, dass sie wieder dorthin kamen, wo sie hingehörten.

21

Bethlehem ist überall

(Sogar in Wales und London)

Großvater eilte durch den Flur davon und Molly und ich blieben mit Fenella und Hugo in der Eingangshalle zurück.

»Was habt ihr jetzt vor?«, wollte Hugo wissen.

Die Antwort lautete: in die Bibliothek gehen, um nach Bethlehems und Gnadenhöfen für Truthähne zu suchen, aber das sagte ich ihm nicht. Stattdessen erwiderte ich: »Nichts.«

»Wo wart ihr vorhin? Wir konnten euch nicht finden«, fragte Fenella.

»Nirgendwo.«

Sie machte ein verkniffenes Gesicht. »Ihr müsst ja wohl *irgendwo* gewesen sein.«

»Ach, so hier und da.« Ich zuckte mit den Schultern. »Ist ein großes Anwesen.«

Hugo verengte die Augen zu Schlitzen. »Hmmm. Wir glauben immer noch, dass ihr was im Schilde führt, hab ich recht, Nella?«

»Genau und wir kriegen auch raus, was.«

»Okay, viel Glück dabei, wir führen nämlich wirklich nichts im Schilde, hab ich recht, Molly?«

Molly schüttelte energisch im Kopf und sagte: »Genau! Und ihr werdet es niemals rauskriegen, weil wir nämlich echt gut aufpassen!«

Ich blickte zur Decke und schloss einen Moment die Augen. Sie war echt ein Sicherheitsrisiko. »Sie weiß selbst nicht, was sie da redet.« Ich nahm ihre Hand und machte mich auf den Weg in die Bibliothek, bevor uns Hugo und Fenella weiter ausfragen konnten.

Molly stand an der Tür Wache, während der antike Computer quälend langsam zum Leben erwachte. Nachdem ich gefühlt Tage dabei zugesehen hatte, wie sich dieser kleine Kreis drehte und drehte, während sich der Computer abmühte, eine Verbindung zum Internet herzustellen, konnte ich endlich *Bethlehem* in das Suchfeld eingeben. Dann lehnte ich mich zurück und wartete wieder, bis die Liste mit den Suchergebnissen auftauchte.

»Bingo!«, sagte ich. »Es gibt noch ein Bethlehem! Zwei sogar!«

Molly kam herübergehopst. »Osky, du bist so schlau!«

»Danke.« Ich fühlte mich auch ziemlich schlau. »Guck mal, hier ist das eine, ein winziges Bauerndorf in der Grafschaft Carmarthenshire in Wales. Und das hier – ist ein Krankenhaus in London.«

Molly kratzte sich am Kopf. »Glaubst du, sie sind nach Wales gegangen oder nach London?«

»Ich glaube, wenn ich eine schwangere Frau wäre, würde ich mich eher für das Krankenhaus-Bethlehem entscheiden als für das winzige Bauerndorf-im-Tywi-Valley-Bethlehem. Und es liegt östlich von hier, das könnte auch mit reinspielen. Wir müssen einfach morgen auf dem Postamt nachfragen und hoffen, dass es London ist. Das ist näher und wir haben nicht mehr viel Zeit.«

Anschließend gab ich *Truthahngnadenhöfe in der Nähe von Chipping Bottom* ein und lehnte mich weitere drölfzighundert Minuten zurück, während die Suchergebnisse luden.

»Es gibt eine Igelrettungsstation und ein Tierheim für Hunde und Katzen, aber die sind beide mehr als vierzig Kilometer von hier entfernt. **Ooooh, DAS HIER!** Haus Zum Truthahn! Nein ... warte, das ist ein Ferienhäuschen.« Ich scrollte weiter. »Nein, hier in der Gegend gibt es wirklich nur Lady Assters Eselgnadenhof drüben hinter George Budwells Hof.«

Molly sah ein winziges bisschen erfreut aus. »Dann müssen wir Großmama eben so lange im Badezimmer verstecken. Und wenn wir wieder fahren, schmuggeln wir ihn in Colin mit nach Hause.«

»Wir können ihn nicht mit nach Hause nehmen, Molly! Wo sollen wir ihn denn unterbringen?«

»In meinem Spielhaus im Garten natürlich!«

»Molly, wir müssen etwas finden, wo wir Großmama jetzt abgeben können. Es ist nicht gut für ihn, so lange mit dem Engel Gabriel, Balthasar und Steve im Badezimmer eingesperrt zu sein. Wir bringen ihn zu Lady Assters Eselgnadenhof. Dort wird er glücklich sein, versprochen.«

Das alles sagte ich so überzeugend, wie ich konnte, obwohl ich in Wahrheit keine Ahnung hatte, ob der Eselgnadenhof überhaupt Platz für einen Truthahn hatte. Uns blieb wohl nichts anderes übrig, als hinzugehen und das Beste zu hoffen. Die Leute dort waren doch bestimmt Tierfreunde. Sie würden Großmama garantiert nicht abweisen, vor allem nicht an Weihnachten.

Vor dem Abendessen ging ich noch einmal ins Badezimmer, um nachzusehen, wie die Dinge dort standen, und um die anderen in meinen Zwei-Stufen-Plan für den kommenden Tag einzuweihen. Zwei Stufen klangen machbar, beschloss ich, auch wenn es sich ganz und gar nicht so anfühlte.

Stufe 1 bestand darin, Großmama früh am Morgen auf den Eselgnadenhof zu bringen.

Stufe 2 folgte direkt im Anschluss: aufs Postamt gehen und rauskriegen, ob Maria und Josef auf dem Weg nach Wales oder nach London waren.

Als ich reinkam, lagen Steve und Großmama aneinandergekuschelt in der Badewanne und schliefen. Währenddessen herrschte zwischen dem Engel Gabriel und König Balthasar Funkstille, weil sie sich über eine heiß umkämpfte Partie Uno in die Haare gekriegt hatten.

Ich teilte ihnen mit, dass wir früh am nächsten Morgen aufbrechen und wahrscheinlich eine ganze Weile unterwegs sein würden. Vor uns lag eine große Herausforderung, die wir nur bewältigen konnten, wenn wir als Team an einem Strang zogen. Sie sollten also zusehen, dass sie ihre Streitigkeiten bis dahin beilegten, sonst wäre ich sehr, *sehr* enttäuscht von ihnen. Ich beschlagnahmte die Spielkarten und ging erst, nachdem sie mir versprochen hatte, dass sie sich benehmen würden.

Großmutter kam als Allerletzte zum Abendessen. Sie betrat den Raum mit einem tiefen Seufzer und sah unglaublich niedergeschlagen aus. Es schien sie nicht mal zu stören, dass Tante Marigold am Esstisch telefonierte oder dass Molly als Feuerwehrfrau verkleidet war.

»Alles in Ordnung, Mummy?«, erkundigte sich Onkel James. »Du scheinst ein bisschen neben dir zu stehen.«

»Ich bin einfach nur so enttäuscht wegen des Krippenspiels, mein Schatz. Ich habe mit St. Augustus telefoniert, um nachzufragen, ob wir dort auftreten können, aber die Leute bestanden darauf, ihre eigene kleine ›Aufführung‹ zu zeigen.« Als sie »Aufführung« sagte, malte sie mit den Fingern Anführungszeichen in die Luft. Ich glaube, sie hielt nicht besonders viel von den Darstellern in St. Augustus.

»Wie schade«, meinte Mum, obwohl sie nicht allzu enttäuscht darüber wirkte.

Tante Marigold steckte ihr Handy weg. »Ja, das ist es wirklich.«

»Ich habe gehört, dass sie letztes Jahr Popmusik gespielt haben. Wusstet ihr das? Was für eine abstoßende Vorstellung. Dieses neumodische Geplärre im Haus des Herrn!« Großmutter verzog das Gesicht.

»Hab keine Angst, Minty, altes Mädchen! Noch ist nicht alles verloren!«, verkündete Großvater. »Patryk und ich haben einen gewitzten Plan!«

Großmutter warf Patryk einen verwirrten Blick zu. »Wie ist das bitte zu verstehen?«

»Wir haben beschlossen, das diesjährige Krippenspiel draußen aufzuführen.«

Großmutter zog eine Augenbraue hoch. »Draußen?«

»Patryk ist unser ganz persönlicher Stararchitekt und wie sich zeigt, kann es äußerst nützlich sein, ein derartiges Talent in der Familie zu haben! Wenn er einen Wolkenkratzer errichten kann, schafft er es auch, auf die Schnelle eine Bühne zusammenzuzimmern, nicht wahr, Patryk? Ich bin mir sicher, dass wir das an einem Tag hinkriegen!«

»Ich denke, wenn wir alle mitanpacken, sollte es problemlos möglich sein, auf dem Dorfplatz eine Bühne aufzustellen«, antwortete Onkel Patryk. »Wir Schauspieler,

Araminta, finden immer einen Weg, unsere Kunst mit der Welt zu teilen.«

»Marigold ist eine wahre Expertin im Umgang mit dem Hammer, nicht wahr, Liebling?«, fragte Onkel James.

»So sagt man«, bestätigte Tante Marigold.

»Prima!« Großvater nickte begeistert. »Das Wetter soll schön werden, also dachte ich, warum nicht? Ein paar Lichterketten, ein paar Stühle, mehr braucht es nicht. Und dadurch wird es doch erst recht etwas Besonderes, meinst du nicht auch? Bestimmt würden auch einige Mitglieder der Gemeinde mithelfen. Wer will schon auf eine Darbietung von Araminta Cuthbert-Anderson verzichten?«

Eine Weile sagte Großmutter kein Wort.

Dann brach sie in Tränen aus und sagte: »Oh, das klingt ganz wundervoll! Und Patryk, bitte nenn mich Minty.«

Großvater legte seine Hände auf ihre. »Das finde ich auch! Damit wäre das geklärt. Wir fangen gleich morgen mit der Arbeit an! Wir werden alle Hände voll zu tun haben, aber ich denke, wir können es schaffen!«

Molly sprang auf ihren Stuhl und krähte: **»UND SO SOLL ES GESCHEHEN! WIR HABEN EIN KRIPPENSPIEL!«**

Ich konnte mir ein »Halleluja!« nicht verkneifen.

Großmutters Lächeln fiel in sich zusammen. »Christopher, bitte nimm deine Tochter augenblicklich da runter. Sie kann ja wirklich keine Minute still sitzen. Eine derartige Geringschätzung für antikes Mobiliar ist mir im Leben noch nicht untergekommen.«

»Komm her, du kleines Monster.« Dad hob Molly vom Stuhl und setzte sie sich auf den Schoß.

Tante Camilla hörte kurz damit auf, sich den Bauch zu massieren, und verkündete: »Das heißt aber nicht, dass ich mich auf diese vierbeinige Todesfalle setze.«

»Du bist eine Cuthbert-Anderson, Himmel noch eins. Reiß dich gefälligst zusammen!«, erwiderte Großmutter.

Tante Camilla verdrehte genervt die Augen, riss ein Stück von ihrem Brot ab, steckte es in den Mund und brummte: »Na schön, von mir aus.«

»Vielen Dank, Camilla.« Großmutter nickte triumphierend.

»Dieses Krippenspiel wird das Beste, das es je gab«, sagte Großvater. »Außer vielleicht die echte Geburt Christi. Die ist schwer zu toppen!«

Wenn es denn überhaupt dazu kommt, dachte ich. Denn wenn ich Maria und Josef nicht fand, würde es die echte Geburt Christi nicht geben und dann hatten wir noch *ganz andere* Probleme. Aber etwas Gutes hatte die Sache vielleicht: Wenn alle damit beschäftigt waren, eine Bühne zu bauen, war das unsere Chance, unbemerkt zu verschwinden und uns auf die **Suche nach der Heiligen Jungfrau Maria und ihrem Mann** zu machen.

22

Schlittenfahrt, Schlittenfahrt

(Nur halt mit dem Aufsitzrasenmäher)

An diesem Abend kam Margaret zu uns in die Kinderstube. Sie wollte, dass wir unsere Kostüme für das Krippenspiel anprobierten, und zwar noch vor dem Zubettgehen, damit sie sie, wenn nötig, ändern konnte.

Ich hielt mein Hirtenkostüm hoch, damit die anderen es bewundern konnten. Mir gefiel besonders der lange, buschige braune Bart, der dazugehörte. »Sieht richtig biblisch aus, findet ihr nicht?« Tatsächlich kam es dem, wie wir Steve vorgefunden hatten, erstaunlich nahe. Nur ohne Matsch und Schafköttel.

Hugo nickte. »Was hast du erwartet? Wir reden hier immerhin von Großmutter. Wahrscheinlich hat sie sich die Baumwolle direkt aus Nazareth liefern lassen.«

Molly war total begeistert über ihr weißes Gewand mit dem goldenen Saum, den goldenen Heiligenschein und die

Flügel aus echten Federn. Als Fenella ihr Kostüm anzog, hörte Molly auf, in der Kinderstube auf und ab zu flattern, und sagte: »Wow! Du bist ein wunderschöner Engel, Fenella. Der allerallerschönste. Ich glaube, der Engel Gabriel wäre richtig neidisch, wenn er dich so sehen könnte.«

Fenella errötete und versuchte, sich ein Lächeln zu verkneifen. Dann erwiderte sie: »Und du siehst auch ganz zauberhaft aus, Molly. Ein wahrer Traum.«

Hugo streifte sein Engelsgewand über und fragte unglücklich: »Und ich?«

Lächerlich, war die ehrliche Antwort. »Engelsgleich.«

Fenella kicherte. »Wie schön, dass du dir mal nicht zu schade dafür bist, Hugo!«

»Ich mach das nun mal für Großmutter. Und damit genau genommen auch für Großvater, wenn es nach seiner Logik geht.«

Er schnallte seine wirklich sehr großen Flügel um und drehte sich, um sich von hinten im Spiegel zu betrachten. »Ich wünschte trotzdem, ich könnte ein Hirte sein. Ich glaube, so ein Bart würde mir echt stehen.«

Molly legte ihm eine Hand auf den Arm und nickte mitfühlend. »Das kann ich verstehen, Hugo. Ich wünschte, ich könnte ein Schaf sein.«

Er sah mich hoffnungsvoll an und fragte: »Tauschen wir?«

»Vergiss es.«

»Ja, okay, ich kann's dir nicht mal übel nehmen.« Er seufzte und ließ sich auf sein Bett plumpsen.

Ich grinste. Irgendetwas hatte sich an diesem Abend zwischen uns geändert. Ich schätze, so was passiert manchmal, wenn sich Familien für einen größeren Zweck zusammenraufen. Und darum geht es doch letztlich an Weihnachten: um die Familie und die Menschen, die man am liebsten hat.

Wir gingen nach unten, um Großmutter zu zeigen, wie wir aussahen. Sie wies Margaret an, Mollys Gewand eine Winzigkeit zu kürzen und meinen Bart etwas zu stutzen. »Aber nicht zu sehr. Er soll immer noch wie ein hart arbeitender Hirte aussehen, nur eben gerade ordentlich genug, damit er würdig erscheint, an die Krippe unseres Erlösers gerufen zu werden«, erklärte sie. Dann schickte sie uns zurück nach oben ins Bett.

Ich stellte meinen Wecker auf sechs Uhr früh. Morgen war bereits der dreiundzwanzigste Dezember, womit uns ab da noch zweiundvierzig Stunden blieben, um Weihnachten zu retten. Was wirklich nicht mehr viel war. Überhaupt nicht viel.

Unsere erste Aufgabe war es, Großmama bei Lady Asster abzugeben. Dann ging es weiter zum Postamt. Und danach hoffentlich auf den Weg zu Maria und Josef. Ich wusste also, dass uns ein großer Tag bevorstand. Wie groß er am Ende allerdings werden würde, konnte ich da noch nicht ahnen.

Einige Stunden später wurde ich vom Vibrieren meiner Armbanduhr geweckt. Ich stand auf, zog mich leise an und versuchte, das flaue Gefühl in meinem Magen zu ignorieren. Dann schüttelte ich Molly sanft, trug ihr auf, sich anzuziehen, und sagte, dass wir uns unten im Badezimmer treffen würden.

Auf Zehenspitzen schlich ich die Treppe hinunter, durch das Labyrinth aus Fluren und zur Hintertür hinaus. Ein Schwall kalter Luft schlug mir entgegen. Der Himmel wirkte grau und drückend, als könnte es tatsächlich noch schneien. Ich rief mir ins Gedächtnis, dass es hier an Weihnachten nie schneite. Die Kälte weckte ein aufgeregtes Kribbeln in mir, als ich durch den Garten rannte, um den Aufsitzrasenmäher zu holen. Ich stieg auf und fuhr ihn vor die Hintertür, wobei ich inständig hoffte, dass niemand den Motor hören würde. Nachdem ich ihn geparkt hatte, öffnete ich den Anhänger, damit wir Großmama ohne große Probleme aufladen konnten.

Molly war bereits im Badezimmer und schwang ihr Cape, während sie drei sehr verwirrten Gesichtern erklärte, wer Mothgirl war.

Wir hatten gerade alle eine Ecke des friedlich schlafenden Truthahns gepackt und trugen ihn über den Teppich zur Tür, als diese plötzlich aufflog und Hugos Stimme ertönte: »Was macht ihr zwei hier drinnen?!«

Mir rutschte das Herz in die Hose und von dort weiter bis zu meinen Knöcheln.

»Ich kann das erklären!«, rief ich, obwohl ich nicht die geringste Ahnung hatte, wo ich damit anfangen sollte.

Zum Glück kam ich gar nicht erst dazu, mir irgendwelche Ausflüchte einfallen zu lassen, denn Fenellas Blick wanderte von mir zu Molly und zum Engel Gabriel, dann weiter zu Steve und Balthasar und landete zu guter Letzt auf dem schlafenden Truthahn in unseren Armen.

Ich konnte zusehen, wie sich ihre Augen mit Entsetzen füllten. Sie war eindeutig kein Truthahnfan.

Sie öffnete den Mund weiter, als ich je für möglich gehalten hätte, und schrie. Und wie sie schrie.

Es war ein sehr lauter und sehr schriller Schrei – so einer, der richtig in den Gehörgängen juckt.

Großmama Truthahn wurde jäh aus seinem Schlummer gerissen. Er entdeckte Fenella und Hugo und beschloss, dass die beiden eine unmittelbare Bedrohung darstellten. Seine Überlebensinstinkte sprangen an und er stürzte sich kreischend und flatternd auf die Zwillinge.

Fenella wartete nicht lange ab.

Hastig stolperte sie in den Flur hinaus und rannte davon. Hugo folgte ihr dicht auf den Fersen.

»Ich würde mich freuen, wenn ihr das mit keinem Wort erwähnen würdet!«, rief ich ihnen nach und schob ein hoffnungsvolles »Bitte?« hinterher.

»Oh, oh!«, sagte Molly. »Sie haben uns gesehen.«

»Möglich, Molly, durchaus möglich«, erwiderte ich. »Schnell, verschwinden wir von hier, bevor der Rest der Familie auftaucht.«

Großmama Truthahn lief wild kollernd im Flur auf und ab. Ich versuchte, ihn einzufangen, doch dadurch wurde seine Aufregung nur noch größer. Zum Glück packte Hirte Steve seine Fähigkeiten im Truthahnhüten aus. Er blickte Großmama geradewegs in beide Augen, was bei einem Tier, dessen Augen seitlich am Kopf sitzen, schon eine beeindruckende Leistung ist.

Dann hob er eine Hand und befahl: »Beruhige dich. Sitz.«

Und das tat er! Ich fragte mich, ob das auch bei unserer menschlichen Großmutter funktionieren würde.

Steve sagte: »Geh«, und er stand auf, schritt den Flur entlang und STIEG VON SELBST IN DEN ANHÄNGER!

»Das war unglaublich!«, versicherte ich, als wir unsere Plätze auf dem Rasenmäher einnahmen. Aber gut, was sollte man auch anderes von dem zweitberühmtesten Hirten nach Schweinchen Babe erwarten?

Gerade als ich den Motor anließ, ging über uns in einem der Fenster das Licht an. Ich trat das Gaspedal durch, bevor uns jemand aufhalten konnte, und wir schossen los, quer durch den Garten, in Richtung von Lady Assters Eselgnadenhof.

Es war ein bisschen eng auf dem Rasenmäher und ich musste im Stehen lenken, weil Molly auf dem Fahrersitz hockte. Das war alles andere als ideal, vor allem, als mir ihr Mothgirl-Cape ins Gesicht wehte und ich nicht mehr sehen konnte, wo ich hinfuhr. Unter panischem Geschrei versuchte ich, es wegzureißen, kam dabei aber irgendwie versehentlich an den Hebel, der das Mähwerk absenkte.

Als ich mich schließlich von Mollys Cape befreit hatte, wollte ich das Mähwerk wieder einfahren, riss bei all dem Chaos und aufgrund meiner offenbar gewaltigen Muskeln jedoch zu fest an dem Hebel, sodass er stattdessen einfach abbrach.

Im Licht des über uns hängenden Mondes fuhr ich trotzdem tapfer weiter, wobei ich einen sauber gemähten Streifen hinter uns in die Landschaft zog und meine Passagiere mit Grasabfällen überhäufte.

Am Ende der zweiten Wiese mussten wir das kleine Sträßchen hinter St. Bartholomäus nehmen, um zu Lady Assters Eselgnadenhof zu kommen. Die Klingen des Mähwerks machten auf dem steinernen Untergrund einen ohrenbetäubenden Lärm und ich war froh, als wir endlich wieder Gras unter den Reifen hatten.

Einige Felder weiter hielten wir vor einem Gebäude, an dem ein Schild mit einem großen, lächelnden Esel hing, und ich schaltete den Motor aus. Jetzt erst merkte ich, dass ich vor lauter Aufregung völlig außer Atem war.

Der Engel Gabriel kletterte mit wackligen Knien aus dem Anhänger, spuckte eine Ladung Grasschnitt aus und verkündete: »Das war grauenhaft! Ich glaube, etwas Schlimmeres habe ich noch nie erlebt.«

Molly sprang vom Fahrersitz und landete breitbeinig vor mir. Dann stemmte sie die Hände in die Hüften und schaute sich um. »Ja, hier ist es toll! Gefällt es dir, Großmama?«

Soweit ich feststellen konnte, zeigte Großmama keinerlei Reaktion, doch Molly verkündete: »Er sagt, er liebt es!«

Ich wies den Engel Gabriel, König Balthasar und Steve an, hinter einem Gebüsch in Deckung zu gehen, damit sie nicht gesehen wurden. Den Rest der Truthahnlieferung würden Molly und ich allein übernehmen.

Sie hatten sich gerade versteckt, als die Besitzerin von Lady Assters Eselgnadenhof – die, wie ich wenig später zu meiner Überraschung erfuhr, nicht Lady Asster hieß, sondern Shenice Rose – aus dem Haus kam. Sie wirkte ziemlich verdattert, was ich durchaus nachvollziehen konnte.

»Na, das ist ja mal ein unerwarteter Anblick«, meinte sie und wischte sich die Hände an ihrer Latzhose ab. »Ein Junge und ...« Shenice legte den Kopf schief und musterte Molly von oben bis unten.

»Mothgirl!«, rief Molly und reckte die Faust in die Luft.

Shenice lächelte, sah aber verständlicherweise immer noch ein bisschen ratlos aus. »Ein Junge und *Mothgirl* auf einem Rasenmäher. Und das um sieben Uhr morgens!«

Ihre Verwirrung wurde, glaube ich, nicht unbedingt kleiner, als Großmama den Kopf aus dem Anhänger steckte.

Nicht-Lady-Asster sah von Großmama zu mir, dann wieder zu Großmama und zurück zu mir. »Was haben wir denn da?« Sie strich sich eine verirrte Locke aus dem Gesicht und ich konnte sehen, dass sie gütige Augen hatte. Das gab mir Hoffnung, dass sie sich anhören würde, was ich zu sagen hatte.

Ich setzte ein, wie ich hoffte, beruhigendes Lächeln auf und antwortete: »Lassen Sie es mich erklären.«

23

Morgen kommt der Weihnachtsmann ...

… kommt mit einem Truthahn

Also, es ist so«, begann ich, während ich vom Rasenmäher stieg. Meine Füße summten von dem ganzen Gerüttel und Geschüttel, aber ich glaube, ich schaffte es, einigermaßen selbstbewusst auf sie zuzugehen.

»Lady Asster«, sagte ich, weil ich da noch dachte, dass das ihr Name sei. »Wir sind gekommen, um Sie um Hilfe zu bitten, so von Tierfreunden zu Tierfreundin. Wir haben hier einen Truthahn …«

»Den allerprächtigsten Truthahn auf der Welt«, warf Molly ein.

Nicht-Lady-Asster antwortete: »Mein Name ist Shenice Rose, nicht Lady Asster, und ich sehe selbst, dass ihr einen Truthahn dabeihabt. Mir ist nur nicht ganz klar, was das mit mir zu tun hat.«

Bevor ich mit meinen sorgfältig zurechtgelegten, überzeugenden und mitreißenden Ausführungen fortfahren konnte, warum sie sich um Großmama Truthahn kümmern sollte, platzte Molly heraus: »Wir wollen, dass er hier lebt, damit …« Sie hielt sich eine Hand vor den Mund und flüsterte, um zu vermeiden, dass Großmama sie hörte, »… ihm niemand eine Zitrone in den Popo steckt und ihn aufisst.«

»Ihr wollt, dass ich diesen *Truthahn* bei mir aufnehme?«, fragte Shenice Rose, als sei das der absurdeste Vorschlag der Welt.

»Jepp«, bestätigte Molly. »Machst du das? Sein Leben hängt davon ab.«

»Aber das hier ist ein Gnadenhof für Esel.« Shenice Rose deutete auf das große Schild mit dem Esel drauf.

»Unterscheidet sich ein Truthahn denn so sehr von einem Esel?«, wandte ich ein.

Der Blick, den mir Shenice Rose daraufhin zuwarf, lässt sich nur schwer in Worte fassen.

»Biiiiiiiiiiitte«, flehte Molly und presste die Hände zusammen.

»Ihr wollt, dass er hier, bei mir, lebt?«, fragte Shenice Rose noch einmal.

»Nein, eigentlich will ich, dass er zu Hause in meinem Spielhaus wohnt, aber Oscar hat Nein gesagt. Also muss das hier reichen«, erklärte Molly.

»Ein Truthahn? Hier?«, fragte Shenice Rose erneut.

»Ja, ein Truthahn. Hier.« Ich bemühte mich, nicht allzu ungeduldig zu klingen, aber ich musste noch zum Postamt und Maria und Josef finden, bevor jemandem auffiel, dass wir weg waren. »Also, was sagen Sie?«

»Ich verrate dir, was ich zu sagen habe, junger Mann«, meldete sich eine Stimme hinter mir zu Wort. »Und zwar: Was um alles in der Welt ist hier los?«

»Dad?« Ich wusste, dass er es war, schon bevor ich mich umdrehte.

Er machte ein Gesicht, das ich als nicht besonders festlich beschreiben würde, vor allem verglichen mit seinem Pulli, auf dem bunte Weihnachtsbaumkugeln blinkten. Großvater war ebenfalls gekommen, sah aber eher erstaunt als wütend aus.

»Woher wusstest du, dass wir hier sind?«, fragte ich.

»Woher ich wusste, dass ihr hier seid?«, schimpfte Dad. »Wir sind der Spur aus frisch gemähtem Gras gefolgt! Fenella und Hugo haben das ganze Haus aufgeweckt. Sie behaupten, ihr hättet sie mit einem Truthahn angegriffen! Ist das wahr?«

Wie aufs Stichwort stieß Großmama ein sehr lautes, stolzes Kollern aus.

Dad sprang erschrocken zurück. »Grundgütiger, es stimmt! Was um alles in der Welt macht ihr mit einem Truthahn?«

»Was für ein Truthahn?«, fragte Molly unschuldig. »Ich sehe keinen Truthahn.«

Großmama schien das als Aufforderung zu verstehen, ihre Existenz zu beweisen. Sie flatterte vom Anhänger und stellte sich kollernd zwischen uns.

»DIESER TRUTHAHN!«, schrie Dad.

»Ich glaube, sie wollen, dass ich ihn bei mir aufnehme«, sagte Shenice Rose. *Endlich* hatte sie es begriffen.

»Was?«, fragte Dad.

»Ist das der Truthahn, den wir bei der Tombola gewonnen haben?«, meinte Großvater. »Der, der auf einmal verschwunden war, Molly-Kind? Der, den du … ›Großmama‹ getauft hast?« Sein Tonfall und das verräterische Glitzern in seinen Augen gaben mir das Gefühl, dass er nicht etwa sauer war, sondern sich prächtig amüsierte.

»Oscar hat ihn mit dem Rasenmäher überfahren, aber jetzt geht es ihm wieder gut. Er ist ein wirklich lieber Truthahn. Sehr gut erzogen. Er tut alles, was Steve ihm sagt. Hab ich recht?« Molly strich Großmama über den Kopf.

»Wer?«, fragte Dad.

»Niemand«, antwortete ich.

»Außergewöhnlich«, bemerkte Großvater.

»Bitte sag, dass du ihn aufnimmst, Lady Asster«, fuhr Molly fort. »Ich finde echt, du solltest Ja sagen. Weil ich nicht will, dass er stirbt.« Dann sah sie Großvater an und ergänzte: »Ich will nicht, dass überhaupt jemand stirbt.« Und dann brach sie in Tränen aus. Womit, glaube ich, niemand gerechnet hatte.

»Ach, Molly.« Dad hob sie hoch, nahm ihr die Mothgirl-Maske ab und wischte ihr die Tränen aus den Augen. »Mein armes, liebes, wundervolles Mädchen.«

»Ähm, ich bin derjenige, der gefahren ist«, warf ich ein, weil ich dachte, dass ich dafür vielleicht auch ein kleines Lob bekommen würde. Dads Gesichtsausdruck belehrte mich schnell eines Besseren.

»Ich bezahle«, verkündete Großvater. »Für Futter und Unterbringung des Truthahns. Großzügig.«

»Du tust *was?«*, fragte Dad.

»Es scheint mir, als läge die Zukunft dieses Truthahns meinen Enkeln sehr am Herzen, und damit liegt sie rätselhafterweise nun auch mir sehr am Herzen.«

Molly rief: »Oh, Großvater, du bist ein Held!«

Shenice Rose sagte noch immer nichts. Um ehrlich zu sein, wirkte sie ziemlich überfahren.

Schließlich schüttelte sie den Kopf, lachte und warf die Arme in die Luft. »Na gut! Nicht zu fassen, dass ich mich darauf einlasse, aber der Truthahn darf hier einziehen. Es ist immerhin Weihnachten. Bringt ihn nach hinten, ich weiß, wo wir ihn unterbringen können.«

Molly sprang von Dads Arm, umklammerte Shenice Rose' Beine und verkündete: »Du bist meine Heldin und eine wirklich nette Frau.«

Shenice Rose blickte in Mollys tränenverschmiertes, aber strahlendes Gesicht und erwiderte: »Und du bist ein echt heldenhaftes Mädchen, aber etwas anderes hätte ich von Mothgirl auch nicht erwartet.«

Es war ein schöner Moment, bis die Realität wieder zuschlug, und das gleich dreimal.

Das erste Mal, als Dad sagte: »So und jetzt ab nach Hause mit euch. Wir müssen mal ausführlich über euer Verhalten reden. Eure Mutter war außer sich vor Sorge, als uns klar wurde, dass ihr mit dem Rasenmäher abgedüst seid. Wenn es nach ihr geht, habt ihr bis nächstes Weihnachten Hausarrest und im Moment sieht es ganz danach aus.«

Das zweite Mal, als ich begriff, dass wir den Engel Gabriel, König Balthasar und Steve im Gebüsch zurücklassen mussten.

Und das dritte Mal, als mir aufging, dass wir unsere Suche nach Maria und Josef womöglich vergessen konnten.

Während Dad Molly in den Anhänger setzte und Großvater den Hebel für das Mähwerk reparierte, drehte ich mich zum Gebüsch um und formte mit den Lippen *Wartet hier.* Ich betete, dass sie es gesehen hatten. Irgendwie musste ich einen Weg finden, zu ihnen zurückzukommen. Und zwar schnell.

Als Großvater den Motor aufheulen ließ und »Abfahrt!« rief, hatte ich bereits beschlossen, dass ich mich von nichts und niemandem aufhalten lassen würde. Dafür stand zu viel auf dem Spiel.

24

Höchste Zeit ...

... alles für die gute Sache zu tun,
selbst wenn man dafür
ein wenig flunkern muss

Während der Rasenmäherfahrt zurück wuchs meine Sorge, wie der Engel Gabriel, König Balthasar und Steve alleine zurechtkommen würden. Sie waren einfach nicht für die moderne Welt gemacht. Ich meine, Balthasar hat Potpourri gegessen! Ich musste unbedingt zu ihnen, und zwar schnell.

Hugo und Fenella warteten schon am Fuß der Treppe, als Dad uns ins Haus führte. Ihre Schadenfreude war kaum zu übersehen. Wahrscheinlich weil sie wussten, dass uns der Anpfiff aller Anpfiffe bevorstand. Unter normalen Umständen hätte es mir, ehrlich gesagt, auch tierisch Bauchschmerzen bereitet, so kurz vor Weihnachten einen derartigen Ärger zu kriegen. Immerhin bestand das Risiko, dass ich deswegen keine Geschenke bekommen würde. Doch jetzt gerade konnte ich nur daran denken, dass es **NIEMALS WIEDER** Weihnachten für **IRGENDWEN** geben würde, wenn Jesus nicht zur vorgesehenen Zeit am vorgesehenen Ort geboren wurde. Und vielleicht würde es **MICH** dann auch nicht mehr geben. Ich musste schleunigst einen Weg finden, **Mission Rettet Weihnachten** fortzusetzen.

»Wir sind zurück!«, rief Dad, woraufhin alle in die Eingangshalle strömten. Ich nehme an, sie wollten unbedingt wissen, was wir angestellt hatten.

»Was um alles in der Welt hat euch geritten, einen Truthahn im Badezimmer zu verstecken?«, schrie Mum. »Habt ihr mal den Saustall darin gesehen?«

»Ich kann es einfach nicht fassen!«, sagte Großmutter. Sie musterte uns oben bis unten, fasste sich an die Stirn und wiederholte: »Ich kann es einfach nicht fassen!«

Hugo trat vor. »Wer waren diese Leute, die mit euch im Badezimmer waren?«

»Was für Leute? Da waren keine Leute«, antwortete ich im selben Moment, als Molly verkündete: »Der Engel Gabriel, der Hirte Steve und König Balthasar.«

Mum runzelte die Stirn. »Oscar, was geht hier vor?«

»Da war niemand im Badezimmer«, log ich.

Was soll ich sagen? Ja, ich lüge meine Eltern an. Ich könnte behaupten, dass ich es nicht tue, aber das stimmt nicht. Ich lüge ständig. Über alles Mögliche. Hausaufgaben (die ich meistens nicht gemacht habe), was ich in der Schule gegessen habe (immer Käsepommes und *nie* die gesunde Alternative), was ich gerade mache (Computerspiele zocken, nicht lesen), ob ich mir die Zähne geputzt habe (manchmal), ob ich mir nach dem Klo die Hände gewaschen habe (wenn ich dran denke, schon).

Doch von allen Lügen, die ich jemals erzählt hatte, war diese mit Abstand die wichtigste. Nichts Geringeres als die Rettung von Weihnachten hing davon ab. Es war also eigentlich gut, dass ich so viel Übung hatte. »Das haben sie sich bestimmt nur eingebildet. Ihr wisst schon … bei der ganzen Aufregung um den Truthahn und so.«

Ich warf Hugo einen Blick zu, mit dem ich ihn anflehte, nichts mehr zu sagen. Er runzelte die Stirn, schwieg aber.

Tante Marigold, die zur Abwechslung mal nicht am Handy klebte, mischte sich ein. »Die arme Fenella ist völlig traumatisiert. Sie hat schreckliche Angst vor großen Vögeln. Was habt ihr dazu zu sagen? Ich finde, ihr solltet euch bei Hugo und ihr entschuldigen.«

»Es tut uns leid, dass wir euch mit einem Truthahn angegriffen haben?«, sagte ich unsicher.

Fenella schniefte. »Ist schon okay.«

»Na, das will ich doch hoffen«, meinte Tante Marigold.

»Die Vorgehensweise war vielleicht ein wenig unkonventionell«, begann Großvater, während er die Mütze abnahm und auf die Garderobe legte. »Aber ich versichere euch, die Kinder haben rein aus altruistischen Motiven gehandelt. Nicht wahr, Oscar?«

Ich hatte nicht den blassesten Schimmer, was »altruistisch« hieß, doch es klang irgendwie gut. »O ja, sehr altruistische Motive.«

»Sie hatten bei alldem nur das Beste für den Truthahn im Sinn«, ergänzte Großvater.

»Aber bestimmt nicht das Beste für mich! Mich haben sie traumatisiert!«, klagte Fenella dramatisch.

Mum entgegnete: »Ich bin mir sicher, du wirst dich erholen. Es war ein Truthahn, kein Tyrannosaurus Rex.«

»Ja!«, pflichtete Molly ihr bei. »Und außerdem steckt dir niemand eine Zitrone in den Popo, um dich an Weihnachten aufzuessen, oder? Komm mal wieder runter!«

Fenella fiel die Kinnlade runter. Es hatte ihr offensichtlich die Sprache verschlagen. Als sie sie schließlich wiederfand, wischte sie sich die Nase am Ärmel ab und antwortete mit dem Anflug eines Lächelns: »Ja, da hast du wohl recht.«

»Ich finde, das ist doch ein guter Moment, um uns alle ein wenig zu beruhigen. Niemandem ist etwas passiert – im Gegenteil, es wurde sogar ein Truthahn gerettet. Ich schlage vor, wir frühstücken erst mal«, sagte Großvater. »Heute ist viel zu tun, wir müssen eine Bühne bauen! Und ein Krippenspiel auf die Beine stellen, denn morgen ist bereits Heiligabend!«

»Und die beiden müssen ein ganzes Badezimmer putzen«, ergänzte Dad.

»Haargenau.« Mum zeigte mit dem Finger auf mich und Molly. »Und dort bleibt ihr, bis alles blitzeblank ist.«

Auf keinen Fall, dachte ich. Bei der erstbesten Gelegenheit würden wir uns aus dem Staub machen, um die anderen zu finden und Weihnachten zu retten. Ich hatte bereits gelogen und ich würde alles tun, was nötig war, um die Dinge wieder in Ordnung zu bringen. Und falls wir deswegen das Bad nicht putzen konnten, war das im Grunde ein willkommener Bonuseffekt. Allerdings würde ich den Engel Gabriel wohl zusätzlich nach einer Art Entschuldigungsschreiben oder so was fragen müssen, wenn ich ihn um den Gefallen für meinen Großvater bat.

Nach dem Frühstück stürzten sich alle in die Planung der Bühne, einschließlich der gewünschten Musik und Beleuchtung, was mir die Gelegenheit gab, heimlich etwas Essen einzustecken. Dann bekamen Molly und ich einen Eimer voll mit Putzsachen in die Hand gedrückt und wurden zum Großreinemachen ins Badezimmer geschickt.

Mum kündigte an, dass sie in einer Stunde nachsehen würde, wie wir vorankamen, und dass wir in der Zwischenzeit darüber nachdenken sollten, was wir getan hatten.

Molly beteuerte: »Ich verspreche, ich werde Hugo und Fenella niemals nicht mit einem Truthahn angreifen.«

Mum verschränkte die Arme vor der Brust. »Seht einfach zu, dass ihre eure Sache ordentlich macht. Und ich erwarte ab sofort tadelloses Verhalten von euch beiden. Habe ich mich klar und deutlich ausgedrückt?«

Hatte sie, aber ich hatte trotzdem nicht vor, mich an ihre Anweisungen zu halten. Sie hatte vermutlich noch nicht mal das Ende des Flurs erreicht, da öffnete ich schon das winzige Badezimmerfenster und Molly und ich flohen aus unserer Haft.

Als wir zu den Stallungen kamen, stellte ich fest, dass die Rasenmäherschlüssel ärgerlicherweise nicht mehr im Zündschloss steckten.

»Mist!«, schimpfte ich. »Wir können nicht fahren.« Zu Fuß würde Molly niemals mithalten können. Ich legte ihr eine Hand auf die Schulter und sagte: »Molly, ich fürchte, du musst hierbleiben. Es ist ein weiter Weg nach Wales oder London und ich glaube, das schaffst du noch nicht.«

Molly warf ihr Cape zurück und baute sich mit den Händen in den Hüften vor mir auf. »Doch, das schaffe ich, Osky.« Sie zeigte über meine Schulter. »Auf ihm.«

25

Ich bin ein Esel, alt und schwach …

… aber zum Glück gibt es ja noch mehr?

Ich musterte Donald von Kopf bis Huf und fragte Molly: »Bist du sicher?«

»Ja, ganz sicher. Supersicher!«

Ich half ihr hoch und sagte zu Donald: »Pass gut auf sie auf.«

Er schnaubte zustimmend.

Molly versetzte ihm einen leichten Tritt in die Rippen, um ihn anzutreiben, und krähte: »ICH HAB DICH LIEB, DONALD!« Dann machten wir uns auf den Weg ins Dorf.

Dort angekommen, banden wir Donald an einem Baum fest und rannten zum Postamt.

Tricia Pennyworthy, der die kleine Filiale gehörte, machte gerade erst auf, was bedeutete, dass wir durch die Truthahnrettungsaktion wenigstens keine Zeit verloren hatten. Tricia ließ uns rein, als wir ihr klarmachten, dass es um eine äußerst dringende Angelegenheit ging. Zur Sicherheit zeigte Molly auf den Filzgürtel mit ihrer Superheldenausrüstung und drohte: »Sonst muss ich den hier benutzen.«

Tricia fummelte an ihrem Hörgerät herum und fragte: »Ja, meine Süße?«

»Waren in den letzten Tagen zufällig eine schwangere Frau und ein Mann hier und haben nach dem Weg gefragt?«, erkundigte ich mich schnell, bevor Molly zu sehr in ihrer Mothgirl-Rolle aufgehen konnte.

Tricia sah mich überrascht an. »Aber ja. Reizendes Paar. Sie schienen sich verlaufen zu haben und redeten die ganze Zeit über einen Esel. Das war vor zwei Tagen, glaube ich. Sie wollten wissen, wo es nach Bethlehem geht. Ausgerechnet!«

Ich konnte mein Herz bis in meinen Rachen klopfen spüren, wo früher mal meine Mandeln gewesen waren. »Und was haben Sie ihnen gesagt?«

»Ich dachte erst, sie wollten mich auf den Arm nehmen, doch sie blieben hartnäckig. Also habe ich am Computer nachgeschaut und gleich zwei Orte mit dem Namen gefunden! Wer hätte das gedacht? Ich jedenfalls nicht!«

»Wales und ein Krankenhaus in London?«, fragte ich.

»Ja, genau!«

»Und wofür haben sie sich entschieden?«

»London, aber sie wollten auf keinen Fall mit dem Bus fahren. Die Vorstellung schien ihnen richtig Angst zu machen. Sie meinten, sie würden lieber zu Fuß gehen. Wenn ihr mich fragt, waren das nicht die typischen Wanderer, die man hier so sieht, aber ich habe ihnen trotzdem eine Wanderkarte mitgegeben, damit sie die ruhigeren Straßen und Wege nehmen können. Wisst ihr, ich habe mir richtige Sorgen um die beiden gemacht.«

»Sie sind also auf dem Weg nach London?« Sie hatten zwei Tage Vorsprung. Ich begann zu befürchten, dass wir sie nicht mehr rechtzeitig einholen würden.

»Ich habe ihnen vorgeschlagen, sich eine Nacht auszuruhen. Die Frau war ja hochschwanger. Sah aus, als könnte es jeden Moment so weit sein. Ach ja, diese Lady Cuthbert-Anderson war zu der Zeit auch hier. Sie hat ihnen ein paar nette Frühstückspensionen entlang der Strecke empfohlen.«

Wow, Großmutter hatte unabsichtlich Weihnachten sabotiert, indem sie Maria und Josef auf ihrem Weg ins falsche Bethlehem geholfen hatte. Damit hätte ich nun nicht gerechnet.

Tricia schrieb uns die Namen der Frühstückspensionen auf einen Zettel und verkaufte uns eine Wanderkarte, die mich mein gesamtes Taschengeld kostete. Wir bedankten uns und machten uns zügig aus dem Staub, als sie anfing nachzufragen, warum wir uns so für ein Paar auf Wanderurlaub interessierten.

Ich half Molly wieder auf den Esel und wir zogen weiter zu Lady Assters Gnadenhof. Ich betete, dass wir dort einen Engel, einen König und einen Hirten im Gebüsch finden würden. Ich weiß, Gott wird mit Gebeten nur so überhäuft, aber es kann sein, dass er meins erhört hat, denn die drei hatten sich in der Zwischenzeit nicht vom Fleck gerührt.

»Ich verkündige euch große Freude«, sagte ich zur Begrüßung und hoffte auf ein wenig Anerkennung. Und sei es nur für den Stil, in dem ich meine Verkündigung vorbrachte.

Stattdessen kam der Engel Gabriel aus dem Gebüsch und schimpfte: »Wieso hat das so lange gedauert? Uns läuft die Zeit davon!«

»Steve und ich sind schrecklich müde und hungrig«, beklagte sich Balthasar.

Ich brach ein Stück von Mums Weihnachtskuchen ab, den ich in meinem Rucksack dabeihatte, und brachte sie auf den neuesten Stand. Während die beiden aßen, zeigte ich ihnen auf der Karte, welche Strecke wir nehmen sollten.

»Wir werden uns sputen müssen. Es ist ein weiter Weg«, meinte Balthasar. Er seufzte. »Ach, was würde ich für ein Kamel oder ein Pferd geben!«

»Mit Pferden können wir leider nicht dienen«, erwiderte ich und sah zu Lady Assters Gnadenhof hinüber. »Aber ich glaube, ich weiß, wo wir uns eine ganze Herde von Eseln ausleihen können.«

Etwas später hatte ich Shenice Rose eine kurze Nachricht geschrieben, in der ich sie darüber informierte, dass wir (ich erwähnte natürlich nicht meinen Namen) uns auf einer dringenden Mission befanden und Schlappohr, Perle, Sausewind und Kong am Abend wohlbehalten zurückbringen würden. Hoffentlich. Das mit dem *hoffentlich* schrieb ich nicht dazu, dachte es aber definitiv.

Wir sattelten auf und preschten los, voller Zuversicht, dass wir Maria und Josef doch noch finden würden.

Immerhin galoppierten wir auf mächtigen Rössern über die Felder und Wiesen. Okay, wenn ich *preschten* sage, meine ich eigentlich *zockelten*. Und wenn ich *galoppierten* sage, meine ich eigentlich auch *zockelten*. Und wenn ich *mächtig* sage, meine ich, ja, genau, wieder *zockeln*. Wer auch immer Sausewind seinen Namen gegeben hatte, hatte sich offensichtlich einen Scherz erlaubt.

Aber es war immer noch besser, als zu laufen.

Wir ritten über Hügel und durch Täler, über Bäche und durch Wälder, während ich mein Bestes gab, uns Richtung Osten zu navigieren. Es ist nicht leicht, eine Wanderkarte zu lesen, während man auf einem Esel sitzt, noch dazu mit gefühlt einer Tonne Weihnachtskuchen auf dem Rücken. Trotzdem hoffte ich allen Widerständen zum Trotz, dass es mir gelingen würde, uns zu Maria und Josef zu führen. Sie konnten doch bestimmt nicht allzu weit gekommen sein, oder? Ich meine, Maria war hochschwanger und kurz vor der Niederkunft! Dennoch hatte ich die Befürchtung, dass die Leute damals deutlich zäher und ausdauernder waren. Wahrscheinlich waren sie es gewohnt, weite Strecken zu Fuß zurückzulegen. Sie konnten uns meilenweit voraus sein.

Molly versuchte, uns mit einer Endlosversion von »O Tannenbaum« bei Laune zu halten. In Wahrheit trug sie damit jedoch nur noch weiter zu dieser seltsamen Anspannung bei, die einen befällt, wenn man sich auf einer derart bedeutsamen Mission befindet, im Wettlauf mit der gnadenlos verstreichenden Zeit, während man im Schneckentempo auf dem Rücken eines komplett unmotivierten Esels dahintrottet.

Es war bereits gegen Mittag, als wir die erste Pension auf unserer Liste erreichten. Ich stieg ab und stakste breitbeinig wie ein Cowboy auf die Tür zu, weil mir nach dem langen Ritt der Hintern mehr als nur ein bisschen wehtat. Balthasar begleitete mich, während die anderen in sicherer Entfernung warteten. Ich hatte das Gefühl, dass es zu viele Fragen aufwerfen würde, wenn ich alleine, ohne Erwachsenen an meiner Seite, aufkreuzte.

Ich klopfte und ein Mann mit einer großen roten Nase, aus der weiße Haare sprossen, machte die Tür einen Spaltbreit auf, knurrte »Alles belegt« und schloss sie wieder.

Ich klopfte erneut.

Mr Rotnase öffnete und blaffte: »Was?« Besonders freundlich war er nicht gerade.

»Tut mir leid, Sie zu stören, aber wir versuchen, jemanden zu finden. Sind vielleicht eine schwangere Frau und ein Mann hier vorbeikommen?«

»Ja, gestern Abend. Und ich hab ihnen dasselbe gesagt wie euch: Alles belegt. Hab sie zu Marjory geschickt, ein paar Kilometer weiter. Dort könntet ihr es mal probieren.«

Mein Herz machte einen kleinen Freudensprung. Wenn sie gestern Abend erst hier waren, bedeutete das, dass wir langsam zu ihnen aufholten!

»Danke, vielen, vielen Dank!«, sagte ich und hängte vor lauter Freude noch ein »Gott segne Sie!« dran.

Mr Rotnase verzog das Gesicht und knallte die Tür vor meiner überschäumenden Freude zu.

Ich klopfte ein drittes Mal.

»Eine Sache noch, dürfte ich eventuell ihr Telefon benutzen?« Ich musste unbedingt zu Hause anrufen, um Mum und Dad zu beruhigen, falls sie bereits in Panik waren, weil sie uns nirgends finden konnten.

»Klar«, meinte er, »aber das kostet dich was.«

Vergeblich wühlte ich in meinen Taschen – ich hatte all mein Geld auf dem Postamt ausgegeben. »Eine Sekunde bitte«, sagte ich und rannte zurück zu den anderen.

»Hat jemand von euch etwas Bargeld?«, fragte ich.

Balthasar fand eine Zwei-Pfund-Münze in der Gesäßtasche von Großvaters Cordhose. Allerdings wollte er sie nicht rausrücken, weil er sie »so wunderschön« fand. Ich musste fast ein bisschen Gewalt anwenden, um seine Finger davon zu lösen.

Ich ging ins Haus und nachdem ich Mr Rotnase das Geld gegeben hatte, deutete er aufs Telefon. Ich holte tief Luft und wählte die Festnetznummer von Barlington Hall.

Jemand nahm ab. Ich schluckte schwer, sagte »Hallo?« und fragte mich, wie um alles in der Welt ich erklären sollte, wo Molly und ich waren und was wir dort taten.

»Hallo?«

»Okay, reg dich bitte nicht auf, aber ...«

»Oh, du bist das. Wo steckst du? Ich dachte, ihr putzt das Badezimmer?«

»Hugo?«

»Wer denn sonst?«

»Sind die anderen sehr sauer auf uns? Machen sie sich Sorgen?«, fragte ich.

»Wovon redest du? Die anderen sind alle unten auf dem Dorfplatz und bauen die Bühne auf. Sie sind schon den ganzen Tag dort. Zwischendrin gab's tierisch Streit mit dieser Mrs Tadworth – sie hat versucht, die Sache wegen irgendwelcher Planungsvorschriften oder so abzublasen. Irgendwann hat sie sogar eigenhändig versucht, die Bühne wieder abzubauen. Na, jedenfalls sind alle total beschäftigt. Ich schätze, das geht noch bis spät in die Nacht so. Nella und ich sitzen den ganzen Tag schon mit Margaret hier fest, damit wir ihnen nicht in die Quere kommen. Sekunde mal, wo seid *ihr?*«

»Also hat uns *niemand* vermisst?«

»Nein, warum? Was ist los?«

Dass meine Eltern sich so wenig dafür interessierten, wo wir waren, war besorgniserregend, passte uns aber gerade ausgezeichnet in den Kram. »Hör mal, Hugo, ich muss dich um einen Gefallen bitten.«

»Bitten kannst du, das heißt aber nicht, dass ich Ja sage.«

»Es ist wirklich wichtig. Du musst Molly und mich decken. Wenn die anderen zurückkommen, sag ihnen, dass wir schon im Bett liegen und schlafen. Und vertröste sie so lange, bis wir wieder da sind.«

»Wo steckt ihr?«

»Kann ich dir nicht sagen.«

»Klingt spannend. Wann kommt ihr zurück?«

»Auf jeden Fall rechtzeitig zum Krippenspiel. Glaube ich. Heißt das, du deckst uns?«

»Hmm. Sag mal, geht es euch gut? Ich weiß, ihr führt irgendwas im Schilde. Fenella und ich waren einverstanden, nicht zu erzählen, was wir im Badezimmer gesehen haben und was nicht, aber wenn ihr in der Klemme steckt, solltest du es mir lieber sagen.«

»Ich gebe dir alle meine Weihnachtsgeschenke.«

»Ich will deine Weihnachtsgeschenke nicht. Ich will wissen, ob es dir und Mollypop, ich meine, Molly, gut geht.«

»Und ich habe noch ungefähr sechsunddreißig Pfund in meiner Sparbüchse zu Hause. Die kannst du auch haben.«

»Hör zu, ich will nichts von dir. Sag mir einfach, was los ist.«

»Das kann ich nicht, noch nicht. Und selbst wenn ich es könnte, würdest du es mir nicht glauben. Bitte, ich möchte einfach nur, dass du uns deckst. Vertrau mir, es ist alles in Ordnung – oder zumindest bald. Hoffe ich.«

»Okay, ich decke euch. Aber morgen ist Heiligabend – wenn ihr bis zum Krippenspiel nicht zurück seid, erzähle ich ihnen alles und verlange, dass sie einen Suchtrupp losschicken.«

»Danke, Hugo. Ehrlich, du bist der Beste.«

»Kommt einfach rechtzeitig zurück. Und was auch immer ihr da tut, passt auf euch auf.«

»Machen wir.«

»Oh, Moment, eine Sache gibt es schon, die du für mich tun kannst.«

»Okay, raus damit.«

»Alles klar«, sagte ich. Sausewind schnaubte genervt, als ich wieder auf seinen Rücken stieg. »Was?«, entgegnete ich. »Du bist ein Esel, du bist dafür geboren.«

Er wieherte leise, aber ich wusste, damit hatte ich ihn.

»Was haben sie gesagt?«, drängte Molly.

»Keine Sorge, zu Hause ist alles geklärt. Hugo gibt uns Rückendeckung.«

»Hugo?«, fragte Molly.

»Jepp. Sagen wir einfach, sein neuer Hirtenbart wird ihm bestimmt gut stehen.«

26

Sterne über stillen Straßen …

… nein, Moment, das ist
bloß ein Flugzeug

Zum Mittagessen genehmigten wir uns noch etwas von Mums Weihnachtskuchen, dann machten wir uns auf den Weg zu Marjorys Pension, die laut Mr Rotnase nur ein paar Kilometer die Straße runter lag. Ich glaube, er und ich haben etwas unterschiedliche Vorstellungen von *ein paar,* denn am Ende brauchten wir in unserem Zockeltempo mehrere Stunden und die Sonne ging bereits unter, als wir die Pension erreichten. Beinahe hätten wir das Schild übersehen, weil es schon so dunkel war. Ich warf einen Blick auf meine Armbanduhr. Gerade mal kurz nach vier.

Balthasar und ich gingen zur Tür, während die anderen wieder bei den Eseln blieben. Ich klopfte an und war überrascht, als uns ein Mann öffnete, dessen Nase genauso groß und haarig war wie die von Mr Rotnase.

»Marjory?«, fragte ich.

»Nein! Ich bin Brian. Wollt ihr mich auf den Arm nehmen?«

»Ich dachte nur, weil auf dem Schild *Marjory* steht. Egal, wir wollten fragen, ob …«

Weiter kam ich nicht, denn Brian verkündete: »Tut mir leid, alles belegt«, und schloss die Tür.

Ich klopfte. Erneut.

Er riss die Tür ziemlich aggressiv auf. »Was? Ich gucke gerade *Die Muppets Weihnachtsgeschichte.*«

»Tut mir leid, Sie zu stören«, antwortete ich höflich. »Wir wollten bloß wissen, ob eine schwangere Frau und ihr Mann hier übernachtet haben. Es ist *wirklich* wichtig.«

»Ja, da waren tatsächlich welche hier. Sind heute Morgen gegangen. Nettes Paar. Ich hab sie zu einer Ferienanlage ein paar Dörfer weiter geschickt. Berts Bungalows. Da übernachten sie heute.«

»Was genau meinen Sie mit *ein paar?«,* hakte ich nach, doch er hatte die Tür schon wieder geschlossen.

Wir gingen zu den anderen zurück und ich holte die Karte hervor. Der Engel Gabriel hob seine Mütze etwas an, damit wir Licht hatten. »Also, hört zu. Der Plan ist folgender: Wir versuchen, heute noch so dicht wie möglich an dieses Dorf zu kommen, wo Maria und Josef heute wahrscheinlich übernachten. Hoffentlich erwischen wir sie, bevor sie morgen früh aufbrechen. Dann hätten wir noch einen Tag, um es nach Chipping Bottom zurückzuschaffen, sie wieder ins richtige Bethlehem zu transportieren, am Krippenspiel teilzunehmen und vor allem: Weihnachten zu retten. Und mich. So weit alles klar?«

Sie nickten.

»Gut, dann los.«

Wir zockelten noch ein paar Stunden weiter, doch je dunkler und dunkler es wurde, desto schwieriger wurde es, einen Weg durch die Wiesen, Straßen und Wälder zu finden. Und kalt wurde es auch noch. Molly hatte längst aufgehört zu singen und fragte nun alle drei Minuten: »Sind wir bald da?« Ich brachte es nicht über mich, ihr zu sagen, dass nicht mal klar war, ob wir in die richtige Richtung ritten.

»Fürchtet euch nicht«, sagte Balthasar auf einmal und zeigte zum Himmel. »Wir können diesem Stern dort folgen. Er ist der hellste von allen und ich bin zuversichtlich, dass er uns den Weg zu unserem Ziel weisen wird ... auch wenn er ziemlich schnell unterwegs ist. Hüa, Perle, wir müssen uns sputen!«

»Das ist kein Stern, das ist ein Flugzeug«, erwiderte ich. »Deswegen ist es so schnell.«

»Ein was?«

»Wie ein Bus, nur am Himmel«, sagte ich.

»Ein *Bus?* Was soll das sein?«, fragte Balthasar.

»Den benutzen die Leute, um von einem Ort zum anderen zu kommen.«

»Ah, wie ein Kamel.«

»Ja, genau, ein Flugzeug ist quasi ein riesiges Metallkamel mit Flügeln, das am Himmel fliegt«, antwortete ich etwas sarkastisch.

Er ließ sich das einen Moment durch den Kopf gehen und sagte dann ein wenig verloren: »In dem Fall folgen wir diesem Stern lieber nicht.«

Doch kurz darauf zeigte er schon wieder aufgeregt nach oben und verkündete: »Stattdessen folgen wir dem dort.«

»Auch das ist kein Stern, sondern ein Satellit.«

»Ein *Satellit?* Was soll das sein?«

Ich dachte darüber nach, wie ich ihm einen Satelliten erklären sollte, aber das Flugzeug war schon schwierig genug gewesen. »Halten wir uns einfach weiter an die Karte, ja?«

»Vielleicht kann ich behilflich sein?«, bot der Engel Gabriel an und nahm die Schiebermütze ab.

Wieder einmal war ich von der Strahlkraft seines Heiligenscheins überwältigt.

Ich wusste, dass es Molly ebenso ging, denn sie ließ ein anerkennendes **»UAH UAH UUH UAH!«** hören.

Doch Steve, der direkt neben ihm ritt, schrie: **»MEINE AUGEN! MEINE AUGEN!«**

Nun, da der Engel Gabriel uns den Weg leuchtete, konnten wir unsere Reise noch etwas länger fortsetzen. Aber als Molly fast von Donald fiel, weil sie sich kaum noch wach halten konnte, wusste ich, dass wir es für heute gut sein lassen mussten. Wir suchten uns eine Scheune, banden die Esel an und gaben ihnen etwas Wasser. Dann hauten wir uns im Heu aufs Ohr. Die Innenseite meiner Beine brannte, weil ich den ganzen Tag auf Sausewind gesessen hatte.

Solltet ihr jemals auf die Idee kommen, Esel reiten zu wollen, empfehle ich euch, langsam anzufangen, damit euer Hintern Zeit hat, das nötige Sitzfleisch aufzubauen.

Nachdem wir noch etwas von Mums Weihnachtskuchen gegessen hatten, der gar nicht so schlecht schmeckte, wenn man sich erst mal daran gewöhnt hatte, legten wir uns schlafen. Molly war sofort weg und kurz darauf fingen auch Balthasar und Steve an, im Chor zu schnarchen. Doch ich war hellwach.

Die Nacht war ruhig und still, aber in meinem Kopf sah es ganz anders aus.

Da war diese Frage, die darin herumspukte, dieser *Gefallen,* um den ich für meinen Großvater bitten wollte. Und das schon seit dem Moment, als wir dem Engel Gabriel zum ersten Mal begegnet waren.

»Was passiert dann?«, fragte ich, während ich durch ein Loch im Scheunendach zu den Milliarden Sternen hinaufblickte, die über uns am dunklen Himmel glitzerten. Die tief hängenden Wolken, die so sehr nach Schnee ausgesehen hatten, waren weitergezogen und es war eine sternenklare Nacht.

»Was passiert wann?«, erwiderte der Engel Gabriel.

»Du weißt schon, wenn man stirbt?«

»Ah, die Frage aller Fragen. Die, auf die alle eine Antwort wollen.«

»Also«, beharrte ich. Ich war selbst überrascht, wie meine Stimme dabei zitterte. »Was passiert dann?«

»Das kann ich nicht sagen. Es ist eine Reise, die jeder Mensch für sich selbst bestreiten muss, wenn es so weit ist.« Er hielt inne und lächelte. »Und was für eine Reise, Oscar.«

»Also ist es was Gutes?« Das konnte ich mir nicht vorstellen.

»Der Tod gehört zum Leben, Oscar. Findest du, das Leben ist gut?«

Vor meinem inneren Auge tauchte ein Bild von unseren Krippenspielproben auf. Onkel Patryk, der einen unsichtbaren Esel führte, und Tante Camillas entsetztes Gesicht, als sie erfuhr, dass sie auf einem echten reiten sollte. Molly, die aus vollem Hals ihren Text brüllte, und Mum und Dad, die versuchten, nicht über sie oder Großmutters dramatischen Auftritt als Engel Gabriel zu lachen. Fenella und Hugo, die ihre Sache einfach grandios machten, obwohl sie eigentlich gar nicht hier sein wollten. Und Großvater. Der uns allen voller Stolz zusah und mit glitzernden Augen *Bravo* rief. »Ja«, antwortete ich, »das finde ich wirklich.«

Die Augen des Engels leuchteten. »Ja, ich auch. Ich habe nie verstanden, was so reizvoll daran sein soll – bis jetzt.«

»Na ja, du hattest dir halt auch noch nie ein Fußbad gegönnt oder Uno gespielt.«

Er sah zu Molly, die in ihr Cape gewickelt im Heu lag und schlief, und heftete seinen Blick dann wieder auf mich. »Eigentlich sind es eher die Menschen, die es so besonders machen, findest du nicht?«

Ich nickte. Von seinen Worten wurden meine Ohren ganz warm und ich bekam einen Kloß im Hals. »Absolut.«

»Traurigkeit und Freude liegen dicht beieinander, Oscar. Ohne die eine kann es auch die andere nicht geben.«

Obwohl ich es fühlen konnte, verstand ich es da noch nicht, deswegen nickte ich bloß. Eine Weile saßen wir einfach nur da und betrachteten die Sterne. Meine Gedanken rasten, während ich verzweifelt nach einem Weg suchte, ihn auf den Gefallen anzusprechen, um den ich ihn bitten wollte.

Ich scharrte mit einem Stock auf dem Boden herum, damit ich den Engel Gabriel dabei nicht ansehen musste. »Manchmal tun die Leute, mit denen mein Dad arbeitet, ihm dafür den einen oder anderen Gefallen«, sagte ich schließlich leise. »Das ist so einer der Vorzüge an seinem Job.«

»Ich kann deinem Großvater nicht helfen, Oscar. Es tut mir wirklich leid, aber so funktioniert das nicht.«

Ich sah ihn nicht an. Ich gab mir alle Mühe, nicht zu weinen, während die Enttäuschung durch meinen Körper schwappte. »Das dachte ich mir schon. Tut mir leid. Ich fand, ich sollte es zumindest versuchen.«

»Du musst dich für deine Liebe nicht entschuldigen, Oscar. Nie! Sie ist das Größte, Prächtigste, was es gibt, und sie leuchtet in dir – heller als jeder Heiligenschein.«

Es war nicht die Antwort, die ich mir gewünscht hatte, aber etwas an seinen Worten beruhigte meine Gedanken und ließ mich endlich einschlafen.

27

Maria durch einen Dornwald ging

(Wäre sie mal lieber in Berts Bungalows geblieben)

Im Lauf der Nacht wurde es in der Scheune bitterkalt. Obwohl wir uns bis zum Kinn ins Heu gewühlt hatten, um uns warm zu halten, wachten wir alle gegen zwei Uhr auf und konnten nicht wieder einschlafen, weil wir komplett durchgefroren waren. Es war so eisig, dass ich ernsthaft fürchtete, mir könnte das Gesicht abfallen.

Steve schlug vor, es mit der Methode zu versuchen, die er immer anwandte, wenn es draußen auf den Feldern etwas kühl wurde. Anfangs war ich nicht besonders überzeugt, aber Sausewind gab tatsächlich eine wirkungsvolle – wenn auch ziemlich haarige – Wärmflasche ab, als ich mich an ihn kuschelte. So schafften wir es alle, noch ein bisschen weiterzuschlafen.

Einige Stunden später wachten wir wieder auf. Unser Atem bildete immer noch dicke Wölkchen. Durch das Loch im Dach konnte ich erkennen, dass sich die dichte grau-weiße Wolkendecke erneut vor den Himmel geschoben hatte. Es sah wirklich nach Schnee aus.

»Ich hoffe ganz, ganz *doll,* dass es schneit.« Molly vibrierte geradezu vor Freude. »Glaubst du, Esel mögen Schlittenfahrten, Osky?«

»Keine Ahnung, aber ich hoffe wirklich, dass es *nicht* schneit – das könnte uns zu sehr ausbremsen.«

»Dann hoffe ich, dass es schneit, wenn wir zurück bei Mum und Dad und Großvater und Großmutter und all den anderen sind«, sagte Molly. Ihre Unterlippe begann zu zittern. »Ich vermisse sie, Osky. Ich hab sie alle so lieb und ich liebe Weihnachten und ich will einfach nur, dass alles wieder gut wird. Es wird doch alles wieder gut, oder, Osky?«

»Ja, Molly«, versicherte ich. »Alles wird wieder gut.«

Das musste es einfach.

Ich überprüfte unsere Position auf der Karte und nachdem wir alle einmal in den Büschen Pipi gemacht hatten, setzten wir unseren Weg in Richtung Berts Bungalows fort. Wir hofften inständig, dass wir Maria und Josef dort finden würden.

Es war noch dunkel und wir alle waren ziemlich müde. Bis auf Molly, die anscheinend über eine Art eingebauten Ein-Aus-Schalter verfügte, denn es gibt sie nur in zwei Zuständen: angeknipst oder ausgeknipst. Sie stimmte erneut eine mitreißende Version von »O Tannenbaum« an und ließ sich auch durch das Aufstöhnen der restlichen Eselreiter nicht davon abbringen.

Ich schätzte, dass wir gute zwei Stunden bis zu Berts Bungalows brauchen würden. Meine Anspannung stieg. Was, wenn Maria und Josef Frühaufsteher waren und zur selben Zeit aufgebrochen waren wie wir? So würden wir sie niemals rechtzeitig einholen. Wir mussten dringend einen Zahn zulegen.

Ich beschloss, unseren wackeren Eseln mal ein bisschen Beine zu machen.

»Hü, Sausewind, hü, Donald, hü
Schlappohr, Kong und Perle!
Los, Molly treib den Esel an und los,
ihr müden Kerle!
Über Felder und Wiesen, über Stock,
über Stein!
Nun reitet geschwind und schlaft
hier nicht ein!«

Mein geniales und, wie ich finde, motivierendes Gedicht hatte leider nicht die gewünschte Beschleunigung zur Folge. Wo sind die fliegenden Rentiere, wenn man sie mal braucht?

Und so zockelten wir weiter, während die Zeit gnadenlos verstrich, unsere Hintern immer wunder wurden und unsere Hoffnung zunehmend schwand. Selbst Steve ließ sich nicht mal mehr von einer ganzen Wiese voll superflauschiger Schafe aufmuntern.

Wenn ich nicht gerade darüber nachdachte, wie wichtig es war, unsere Mission abzuschließen, malte ich mir alle möglichen Schreckensszenarien aus, wie Mum und Dad reagieren würden, wenn sie herausfanden, dass ich nicht nur nicht das Badezimmer geputzt hatte, sondern stattdessen mit Molly abgehauen war, eine Herde Esel von Lady Assters Gnadenhof ausgeborgt hatte und zu einem mehrtägigen Ritt quer durchs Gelände aufgebrochen war, ohne einem Erwachsenen Bescheid zu sagen. Oder jedenfalls keinem Erwachsenen, der in den vergangenen zweitausend Jahren geboren worden war.

Das würde ein interessantes Gespräch werden.

Doch dann, im ersten Morgengrauen, entdeckten wir endlich das Dorf, in das wir unterwegs waren, und fassten neuen Mut.

»Sind dies dort im Osten Berts Bungalows?«, rief Balthasar. »Denn ich sehe ein Schild, auf dem *Berts Bungalows* steht, und es befindet sich östlich von uns!«

»Halleluja!«, sagte der Engel Gabriel. »Ich glaube, das ist es.«

Ich gab Sausewind einen aufmunternden Kick, um ihn dazu zu bringen, mit etwas mehr Schwung den Hügel hinabzugaloppieren, doch er zeigte sich von alldem gänzlich unbeeindruckt.

Wir banden die Esel auf dem Parkplatz vor Berts Ferienanlage an und gingen diesmal alle zusammen zur Tür. Ich hatte das **BELEGT**-Schild am Eingang gesehen, war also vorbereitet, als Bert uns aufmachte.

»Hören Sie, ich weiß, es ist nichts mehr frei. Wir wollten Sie bloß etwas fragen.«

Bert streckte sich und gähnte. Dann rieb er sich mit der Hand über das stoppelige Kinn, warf uns einen merkwürdigen Blick zu und meinte: »Harte Nacht gehabt? Ihr riecht ziemlich streng.«

Besonders frisch wirkte und roch er auch nicht, aber es kann gut sein, dass wir das übertrafen. Einen Esel als Bettdecke zu benutzen, verlieh einem vermutlich doch ein recht eigenwilliges Aroma.

»Waren hier letzte Nacht eine schwangere Frau und ihr Mann? Eventuell haben sie erzählt, dass sie nach London laufen wollen«, fragte ich.

»Ach, die beiden! Ja und sie haben noch viel mehr erzählt! Nannten sich Maria und Josef und sagten, sie wären auf dem Weg nach Bethlehem, zu irgendeiner Volkszählung! Die waren echt zum Schießen. Ich nehme an, sie machen das für einen wohltätigen Zweck oder so. Hab sie in Berts Bombigem Bungalow Nummer drei übernachten lassen. Kostenlos sogar, ich hab ja gesehen, dass sie hochschwanger ist. Und weil heute Heiligabend ist und so.«

»Ich bin mir sicher, Sie werden für Ihre Güte reichlich entlohnt«, sagte der Engel Gabriel.

Bert errötete. »Ach was, man tut, was man kann, richtig?«

»Sind sie noch da?«, fragte ich.

»Keine Ahnung. Kann sein, dass sie den Schlüssel in den Kasten geworfen haben. Ich hab nichts dagegen, wenn die Leute das so machen. Dann muss ich nämlich nicht ganz so früh aufstehen.«

Wir sahen zu, wie er einen großen Kasten gleich neben der Tür öffnete. Er hielt einen Schlüssel hoch, an dem ein großer Holzklotz befestigt war, und drehte den Klotz so, dass wir die Zahl darauf lesen konnten. Es war eine Drei. Mist.

»Tja, sie sind wohl schon weg. Wann, weiß ich leider nicht. Sekunde mal ... was ist denn das?«

Diesmal hielt er uns ein paar uralt aussehende Münzen entgegen.

»Scheint, als hätten sie doch bezahlt«, bemerkte ich. »Wahrscheinlich sollten Sie die schätzen lassen, die sehen ziemlich alt aus.«

Wir ließen Bert mit seinen Münzen zurück und stiegen wieder auf unsere Esel.

»Hoffentlich sind sie noch nicht allzu weit gekommen«, sagte ich.

»Keine Sorge, Osky, unsere Superesel bringen uns in null Komma nichts zu ihnen!«, verkündete Molly.

»Molly, das sind nun wirklich keine Superesel. Sie sind ausdauernd und zuverlässig, aber ich würde nicht gerade behaupten, dass sie uns schnell irgendwohin bringen.«

»Soll ich sie bitten, schneller zu laufen?«

»Molly«, erwiderte ich ein wenig genervt, »du kannst nicht mit Eseln reden.«

Molly ließ sich davon nicht beirren. Sie stieß ein lautes **»III-AAAH III-AAH-AAH III-ii-AAH!«** aus und ich schwöre beim obersten Boss im Himmel, die Viecher legten tatsächlich einen Zahn zu!

Ich hätte es **NIEMALS** für möglich gehalten, aber da der Beweis nun fröhlich neben mir hertrabte, ließ es sich nur schwer leugnen.

Wir überquerten einen Wanderpfad, folgten einem Reitweg, trabten quer über eine Wiese und nahmen dann einen weiteren Wanderpfad, der entlang eines kleinen Waldstücks voll stacheliger Brombeerhecken verlief.

Und dann sahen wir sie.

Zwei Personen, die entschlossen gen Bethlehem schritten.

Das völlig falsche Bethlehem zwar, aber es war trotzdem ein bestaunenswerter Anblick.

28

Heiligste Nacht

Guckt mal! Da sind sie!«, rief ich und war auf einmal völlig überwältigt, auch wenn ich selbst nicht so recht wusste, warum. Vielleicht lag es am Schlafmangel oder an meinem geschundenen Hintern. Oder die beiden hatten etwas an sich, das tief in mir drinnen ... Hoffnung weckte.

Das Klappern der Eselhufen musste sie gewarnt haben, dass sich jemand näherte. Sie drehten sich um, woraufhin der Engel Gabriel die Mütze abnahm und seinen Heiligenschein erstrahlen ließ. »Maria und Josef, ich verkündige euch große Freu...«

Weiter kam er nicht, denn Maria seufzte und sagte: »Na, endlich. Wir haben uns schon gefragt, wann sich einer von euch blicken lassen würde. Nun denn, wer von euch erklärt uns, was passiert ist?«

»Der Engel Gabriel hat euch mit seinen Megakräften, die er manchmal benutzt, um Feuer und Würfel regnen zu lassen, in die Jetztzukunft geschossen. **KABUMM!**« Molly klatschte die Hände über dem Kopf zusammen. »Und dann seid ihr alle mit einem **RUMMS** und **AAAAHHHH** auf einem Feld in Chipping Bottom gelandet und Osky und ich mussten euch einsammeln, ein bisschen wie Pokémon, damit wir euch in die alte Zeit zurückschicken können, wo die Schafe noch nicht so flauschig sind und es keine Softcakes gibt!«

Eine Weile sagte niemand etwas. Maria und Josef standen vor uns und starrten uns vollkommen verwirrt an.

»Du musst zugeben, Gabriel«, raunte Balthasar, »was eindrucksvolle Verkündigungen angeht, steckt sie dich locker in die Tasche.«

Der Engel Gabriel kletterte von seinem Esel namens Kong, ging mit ausgestreckten Armen auf das heilige Paar zu und sagte: »Nun kommt, bringen wir euch nach Hause. Ihr habt eine wundervolle Aufgabe zu erfüllen.«

Und die beiden nickten, als *wüssten* sie einfach, dass es stimmte.

Maria stieg mit Molly auf Donald, Josef setzte sich zu mir auf Sausewind und so machten wir uns auf den Rückweg nach Chipping Bottom. Es war schon weit nach Mittag und vor uns lag ein langer Ritt. Ich wollte unbedingt rechtzeitig zu Großmutters Krippenspiel zurück sein und war zuversichtlich, dass wir diesmal schneller vorankommen würden, weil wir jetzt wussten, wo es langging.

»Ich dachte, Bethlehem liegt im Osten«, meinte Josef, als wir umdrehten und losritten.

»Ist es auch, aber viiiiieeeel weiter im Osten als das Bethlehem, zu dem ihr unterwegs wart.«

»Könnt ihr mir ganz genau sagen, wo ihr in Chipping Bottom gelandet seid?«, fragte der Engel Gabriel. »Es ist äußerst wichtig, dass wir euch exakt von dort zurückbringen.«

»Wo war das noch mal, Liebling?«, rief Josef Maria zu.

»Auf dem Schild stand *Dorfplatz*.«

»War ja klar«, sagte ich. »Kann sein, dass wir bei unserer Ankunft mit einem winzigen bisschen Publikum rechnen müssen.«

Es wurde bereits dunkel, als wir nach einer langen, anstrengenden Reise wieder in Chipping Bottom ankamen. Doch als wir die Hauptstraße entlangritten, stellten wir fest, dass sie voller Lichterketten hing. Großvater und die anderen hatten ganze Arbeit geleistet. Patryks Bühne konnte sich wirklich sehen lassen.

Die Bewohner von Chipping Bottom saßen unter dem Sternenhimmel, während unsere gesamte Familie fertig kostümiert neben der Bühne stand und anscheinend in eine, wie Großvater es nennen würde, »hitzige Diskussion« vertieft war. Wahrscheinlich ging es dabei um Molly und mich. Oben auf der Bühne bemühte sich der Pastor, der Gemeinde zu versichern, dass das Krippenspiel in Kürze beginnen würde.

Hugo war der Erste, der die Eselprozession bemerkte, die auf sie zukam. Er zeigte auf uns und rief: »Seht ihr? Da sind sie! Ich hab doch gesagt, sie würden rechtzeitig hier sein!«

Alle – meine Familie, Mrs Pennyworthy in ihrem *Fro-ho-ho-he-Weihnachten*-Pulli, Mr Chandra, Mrs Tadworth und der ganze Rest des Publikums – drehten sich um und schnappten bei unserem Anblick hörbar nach Luft. Was man halt so macht, wenn fünf Esel, die echte Jungfrau Maria mit ihrem Josef, ein Hirte, ein Heiliger König, der Engel Gabriel, Mothgirl und ich auf einen zureiten.

Der Pastor machte ein seltsames Geräusch ins Mikrofon, das ungefähr so klang: **»AAA ööööööh äääääähm waaaaa?«**

Mrs Tadworth stand auf und fragte aufgebracht: »Was um alles in der Welt geht hier vor?«

Shenice Rose sprang von ihrem Klappstuhl auf und rief: »Meine Esel!«

Und Mum und Dad rannten auf uns zu und riefen: »Unsere Kinder!«

Großmutter trat auf die Bühne, schnappte sich das Mikro und sagte: »Darf ich um einen Augenblick Geduld bitten, während wir uns um ein paar … äh … technische Probleme … kümmern, die zu meiner großen Freude endlich angekommen sind.« Sie lächelte, dann weinte sie ein bisschen und dann lächelte sie wieder. Ich glaube, obwohl sie Molly und mich gerade als *technische Probleme* bezeichnet hatte, freute sie sich wirklich, uns zu sehen. In ihrem strahlend weißen Engelsgewand mit den riesigen Flügeln, der langen blonden Perücke und dem Lamettaheiligenschein gab sie einen mehr als prachtvollen Anblick ab.

Der Engel Gabriel runzelte die Stirn. »Wen soll das denn darstellen? Doch wohl nicht mich, oder?«

Ich hatte Mühe, Mums und Dads Gesichtsausdruck zu deuten, als sie uns erreichten. Ich schätze mal, man könnte ihn am ehesten als »wütende Freude« beschreiben.

»Was ist hier los, Oscar? Wo wart ihr?«, fragte Dad, während Molly und ich von unseren Eseln stiegen. »Wer sind diese Leute? Moment mal, haben sie etwa meine Sachen an?«

Onkel James und Großvater als Heilige Könige, Tante Camilla und Onkel Patryk als Maria und Josef, Tante Marigold als Herbergswirt und Hugo und Fenella als Hirte und Engel eilten alle auf die Bühne, um das Ganze besser beobachten zu können.

Mum zog Molly und mich in eine feste Umarmung und forderte dann: »Raus mit der Sprache, Oscar, und zwar zackig!«

Bevor ich etwas sagen konnte, stieg der Engel Gabriel von Kongs Rücken und nahm die Schiebermütze ab. Sein Heiligenschein tauchte alles um ihn herum in ein wunderschönes strahlendes Licht. Dann breitete er seine gewaltigen, prachtvollen Flügel aus.

Wieder schnappte die Menge geräuschvoll nach Luft – verständlich.

Dad klappte den Mund so oft auf und wieder zu, dass ich mit dem Zählen nicht mehr hinterherkam. Mum stand einfach nur da und glotzte, mit Augen, groß wie der Mond.

Der Engel Gabriel legte mir eine Hand auf die Schulter und lächelte, dann ging er zu Maria und half ihr von Donalds Rücken. Mit Josef an ihrer Seite schritten sie den Mittelgang zwischen den Sitzreihen entlang, gefolgt von Steve und Balthasar.

Ich glaube, das war der Punkt, an dem den ersten Leuten aufging, wer genau da mit uns auf den Eseln angeritten war.

Manche Zuschauer blieben vollkommen still – zu überwältigt, um etwas zu sagen. Doch ich konnte Tricia aus dem Postamt stammeln hören: »Sind das ... nein, das kann nicht sein!« Und dann hörte ich, wie George Budwell seine Frau Nancy fragte, ob Balthasar nicht der Typ war, der bei ihnen durch das Scheunendach gekracht war.

Das war endgültig zu viel für den Pastor. Gerade noch stand er am Rand der Bühne und unterzog seine Augen und seinen Mund einem Test, was davon er am weitesten aufreißen konnte, und im nächsten Moment lag er flach auf dem Rücken.

»Der Pastor ist in Ohnmacht gefallen«, verkündete Molly.

Ich schätze, es kann schon ein wenig überwältigend sein, wenn man seinen Idolen im wahren Leben begegnet.

Wir traten zum Rest meiner Familie auf die Bühne und stellten uns im Halbkreis um den bewusstlosen Pastor auf.

»Was ist hier los?«, rief Mrs Tadworth über die Köpfe der inzwischen komplett verstummten Gemeinde hinweg. »Warum gibt es zwei Marias? Und zwei Josefs? Wieso sind da so viele Esel? Und ist das Kind da etwa als *Riesenmotte* verkleidet, um Himmels willen?«

Niemand schenkte ihr Beachtung; alle waren zu sehr von den unglaublichen Szenen gebannt, die sich vor ihren Augen abspielten. Dad und Mum kamen auf die Bühne gerannt und sahen aus, als wollten sie etwas sagen, doch ich schüttelte den Kopf und legte einen Finger an die Lippen.

Der Engel Gabriel hatte etwas zu verkündigen. Etwas Wichtiges. Etwas Wunderbares.

»Ich verkündige euch große Freude!«, begann der Engel Gabriel. »Denn heute wird euch ein Kind geboren, in einer Krippe in Bethlehem, und es wird sein der Sohn Gottes, unseres Herrn!«

Großmutter machte ein finsteres Gesicht und murmelte, dass das ja wohl ihr Text sei, aber das tat dem ehrfürchtigen Staunen keinen Abbruch, das die Atmosphäre in Chipping Bottom an jenem Heiligabend erfüllte.

Der Engel Gabriel sah mich an und nickte. »Und damit ...«

»Und damit«, erwiderte ich und nickte zurück.

Es war Zeit.

Sie mussten zurück.

Auf einmal verspürte ich eine unendliche Traurigkeit und Freude. Traurigkeit darüber, dass sie uns verließen, und Freude, weil ich sie hatte kennenlernen dürfen. Mein Blick wanderte zu Großvater und ich verstand, was der Engel Gabriel letzte Nacht in der Scheune zu mir gesagt hatte.

Dann hob der Engel Gabriel die Hände über den Kopf und ein Licht, das heller war als alles, was ich je gesehen hatte, erleuchtete ganz Chipping Bottom und wahrscheinlich auch noch große Teile von Hampshire. Wieder wurde geräuschvoll nach Luft geschnappt.

Als das Licht erloschen war, blickte ich mich auf der Bühne um. Sie waren weg.

Niemand sagte etwas. Verblüfftes Schweigen hing fast schon greifbar in der Nachtluft.

Dann kam der Pastor zu sich. »Was … was … ist … passiert?«

Molly schob ihre Hand in meine und flüsterte: »Wir haben es geschafft, Osky! Wir haben es echt geschafft!«

Das war allerdings ein bisschen voreilig, denn plötzlich rief Onkel Patryk: »Hey, Sie sind nicht meine Camilla. Wo ist meine Camilla?«

Wieder tauchte ein gleißendes Licht am Himmel auf. Wieder schnappten alle nach Luft.

Und wieder fiel der Pastor in Ohnmacht.

Der Engel Gabriel war zurück, mit meiner völlig überwältigten Tante im Gepäck.

»Entschuldigung«, sagte er, »hab die falsche Maria erwischt. Das hätte nun *wirklich* katastrophale Folgen haben können.«

Tante Camilla blinzelte mehrmals und sagte: **»Äääh, orrrrr, waaaaaaa?«**

Der Engel Gabriel machte ein betretenes Gesicht. »Keine Sorge, das wird gleich wieder.«

»Außerdem hast du Donald vergessen«, sagte ich.

Der Engel Gabriel sah den Esel an, der inmitten seiner Artgenossen stand und sich sichtlich wohlzufühlen schien. »Ich glaube, wir können ihn hierlassen. Bei Lady Asster wird er ein besseres Leben haben, da bin ich mir sicher.«

Ich grinste. »Und Er da oben hat nichts dagegen? Das gibt kein Problem mit deiner Engelslizenz?«

»Es steht ein wenig auf der Kippe, aber ich glaube, das wird schon, wenn ich die richtige Maria dorthin zurückbringe, wo sie hingehört.«

»Ich bin froh, dass ich dich getroffen habe«, platzte ich heraus.

Der Engel Gabriel breitete die Flügel aus und verkündete: »Und ich bin froh, dass ich dich getroffen habe, Oscar Anderson. Und nun lebe wohl und feiere diesen schönsten aller Tage: das Weihnachtsfest, an dem du Weihnachten gerettet hast!«

Wenn ich ehrlich bin, war das wohl seine beste Verkündigung bisher.

Obwohl Mrs Tadworth, die inzwischen ziemlich durch den Wind war, das Ganze ein bisschen trübte, weil sie genau in dem Moment schrie: **»WAS? WAS? WAS?«**

Der Engel Gabriel ließ den Blick über die verdatterte Gemeinde schweifen und schien zu merken, dass er es vielleicht ein bisschen übertrieben hatte. Mal wieder. »Hmmm, ist wahrscheinlich besser, dass sich niemand von euch daran erinnern wird.«

»Gar niemand?«, fragte ich.

»Außer dir und Molly. Ihr beide seid etwas Besonderes. Das muss der Grund sein, warum ich euch erschienen bin.«

Es gab einen weiteren Lichtblitz und dann waren der Engel Gabriel und die echte Maria verschwunden.

Und diesmal auch wirklich.

Ich weiß nicht, wie lange wir auf dieser Bühne standen,

bevor jemand aus der allgemeinen Trance erwachte – eine ganze Weile auf jeden Fall.

Tatsächlich war es Mrs Tadworth, die sich mal wieder von ihrem Stuhl erhob und fragte: »Was war das? Was ist passiert?«

So richtig schien es niemand zu wissen, doch als ich antwortete: »Das wahrscheinlich beste Krippenspiel aller Zeiten«, nahmen es alle widerspruchslos hin. Ich brachte meine immer noch ziemlich benommene Familie dazu, sich an den Händen zu fassen, in einer Reihe aufzustellen und zu verbeugen.

Obwohl sich niemand an die Einzelheiten erinnern konnte, wussten alle, dass sie soeben Zeugen eines wahrhaft wundersamen Spektakels geworden waren, und so bekamen wir tosenden Beifall.

Großvater wandte sich an Großmutter und sagte: »Du hast es geschafft, Minty, mein Engel, du hast es geschafft!« Dann sah er mich und den Rest der Familie an und ergänzte: »Mein Herz war noch nie so voll wie heute.«

Meins auch nicht.

Während der Applaus weiter über den Dorfplatz von Chipping Green brandete, erhob sich plötzlich eine Stimme, die alle anderen übertönte.

»Osky!«, rief Molly und zog an meinem Arm. Als ich mich zu ihr umdrehte, schielte sie und zeigte auf ihre Nase. »Osky, ist das …?«

Ich lachte. Natürlich war es das.

»Ja, Molls, das ist es«, antwortete ich. Denn dort, auf

ihrer kleinen Stupsnase, saß eine einzelne, perfekte Schneeflocke.

Wir schauten nach oben und vom Himmel über uns fielen weitere Schneeflocken. Es begann sachte, doch bald rieselten mehr und mehr auf uns herab.

»Osky!«, schrie sie. »Es SCHNEIT!« Dann drehte sie sich wie eine Ballerina um die eigene Achse und versuchte, die weichen Flocken mit dem Mund aufzufangen. »Ich hab ja gesagt, dass es hier an Weihnachten schneien kann!«, quiekte sie vor Freude. »Ich wusste es! Ich wusste, dass ich nur fest genug dran glauben muss!«

»Oh, wie wundervoll!«, sagte Großvater und ich war ganz seiner Meinung.

Mum hob Molly hoch und wirbelte sie herum. Dad blickte zum Himmel hinauf und grinste mich an. »Kannst du das glauben, Kumpel? Schnee!«

»Ja, das kann ich«, antwortete ich. Ich glaube mittlerweile an vieles – vor allem an die Magie von Weihnachten.

29

Alle Jahre wieder ...

... fahren wir nach Barlington Hall

Als im folgenden Dezember der Umschlag mit dem roten Wachssiegel eintraf, wussten wir alle – sogar Mum –, wie unsere Antwort auf die Einladung darin lauten würde. Und das, obwohl wir die perfekte Ausrede hatten, denn Molly waren gerade die Mandeln entfernt worden.

In der Woche vor Weihnachten winkten wir Granny Roberts und Irene zum Abschied, als sie in das Taxi zum Flughafen stiegen, von wo aus sie zu ihrer Weihnachtsrundfahrt durch die Karibik aufbrechen würden. Dann setzten wir uns in Colin, Dad gab das Hampshire in Südengland ins Navi ein und nicht das in Amerika und wir fuhren los nach Barlington. Ich hatte Mums Weihnachtskuchen auf dem Schoß und Molly trällerte »O Tannenbaum«, bis sie zu unser aller Erleichterung einschlief.

Ich weckte sie auf, als wir in die Auffahrt zu Barlington Hall bogen. Mein ganzer Körper kribbelte vor Aufregung. Ich freute mich so sehr, alle wiederzusehen, auch wenn ich ein bisschen traurig war, dass Balthasar, Steve und der Engel Gabriel diesmal nicht dabei sein würden.

Onkel Patryk und Tante Camilla erwarteten uns mit ihrem Baby Feliks und Großmutter auf den Stufen vor dem Haus.

»Oh, Cathy, ich sehe, du hast einen Kuchen mitgebracht!« Großmutter deutete auf die Box, die Mum die Treppe hinaufschleppte. »Wir haben nie rausgefunden, was aus dem letzten geworden ist.«

»Ich hoffe, er ist okay«, erwiderte Mum.

»Er ist bestimmt ganz wundervoll. Hallo, ihr zwei. Euer Großvater ist oben und ruht sich aus«, sagte Großmutter und zog Molly und mich an sich.

»Du riechst gut«, verkündete Molly.

»Vielen Dank, Mollypop. Und als was bist du heute verkleidet?«, erkundigte sich Großmutter, während sie die Ohren von Mollys Kostüm streichelte. »So eine Art Bär?«

»Nein, du Dummerchen, ich bin ein Esel«, stellte Molly klar und schickte zur Sicherheit ein paar III-AAAHS hinterher.

Als wir dort oben auf den Stufen standen, fiel mir auf einmal wieder ein, wie Großvater uns im vergangenen Jahr in einem Gewirr aus Lichterketten empfangen hatte. Ich musste einen Moment innehalten und ganz tief durchatmen, weil ich sonst angefangen hätte zu weinen.

Aber dann dachte ich an die Sache mit der Traurigkeit und der Freude und statt der Tränen erschien ein Lächeln auf meinem Gesicht.

Tante Camilla und Onkel Patryk waren nach Barlington Hall gezogen, um Großmutter zu helfen, als Großvaters Krankheit schlimmer geworden war. Es war Großmutters Idee gewesen. Angeblich hatte sie gesagt: »Jemanden aus der Familie hierzuhaben, der so gut darin ist, Dinge zu reparieren wie Patryk, wäre ein echter Segen.« Aber wir wussten alle, dass sie es einfach schön fand, ihn um sich zu haben. Für sie war er fast so was wie ein Held, seit er im letzten Jahr die Bühne gebaut hatte. Und er hatte bereits Pläne für Barlington Hall, die helfen würden, das Anwesen in Familienbesitz zu behalten. Wie sich rausgestellt hatte, hatten Großvater und Großmutter Schwierigkeiten, die Kosten allein zu tragen. Sie hatten uns nichts sagen wollen, aber als Patryk davon erfahren hatte, war ihm eine Idee gekommen. Er wollte es so herrichten, dass andere Leute es für ihre Hochzeit oder andere Veranstaltungen mieten konnten. Anfangs war Großmutter davon nicht gerade begeistert gewesen, doch schließlich hatte Patryk sie überzeugt. Ich hatte gehört, wie Dad mit Onkel James darüber gesprochen hatte – ich glaube, sie waren beide froh, dass Patryk bereit war, für sie in die Bresche zu springen, und dass er Barlington als etwas betrachtete, das es sich zu erhalten lohnte.

Onkel James, Tante Marigold und die Zwillinge trafen kurz nach uns ein. Nachdem wir unser Gepäck in unser

Zimmer gebracht hatten, rannten Molly, Fenella, Hugo und ich sofort los, um Großvater zu begrüßen.

Sein Anblick versetzte mir einen kleinen Stich. Er wirkte so viel kleiner und gebrechlicher als noch im Sommer. Doch als er uns sah, breitete sich ein strahlendes Lächeln auf seinem Gesicht aus, in dem ich den Mann wiedererkannte, der so gern das Treppengeländer heruntergerutscht war, und ich konnte nicht anders, als zurückzustrahlen.

»Dachte ich mir doch, dass ihr das seid«, sagte er und richtete sich im Bett auf. »Es klang, als würde eine Horde Heffalumps die Treppe in meinem Zuhause hinaufstürmen.«

»Ich bin kein Heffalump«, verkündete Molly. »Ich bin ein Esel!«

Großvater lachte. »Aber ja! Jetzt sehe ich es auch! Und was für ein toller Esel.«

»Schade, dass wir dieses Jahr kein Krippenspiel haben«, sagte Molly. »Guck mal, wie gut ich III-AAH machen kann!«

Sie stolzierte unter lautem III-AAH-Gebrüll im Zimmer herum, während der Rest von uns sich alle Mühe gab, nicht zu lachen.

»*Bravo!* Eine wahrhaft gelungene Darstellung eines Esels«, lobte Großvater. »Aber ich bin eigentlich ganz froh, dass Mrs Tadworth an der Reihe ist. Ich glaube, unser Krippenspiel vom letzten Jahr ist nicht mehr zu übertrumpfen.«

»Es wird garantiert total langweilig.« Fenella ließ sich am Fuß des Bettes nieder. »Ich finde, wir sollten es boykottieren.«

»Und ich finde, das solltet ihr nicht.« Ein verschmitztes Lächeln umspielte Großvaters Lippen. »Eure Großmutter und ich haben nämlich darüber geredet und es kann sein, dass wir einen Plan haben, ein bisschen Schwung in die Sache zu bringen.«

»Ach ja?«, fragte ich.

»Ja, aber es handelt sich um ein streng geheimes Vorhaben, haben wir uns verstanden?« Großvater tippte sich vielsagend an die Nase.

Hugo grinste. »Egal was es ist, wir sind dabei.«

Wir drängten uns um das Bett und Großvater weihte uns in die Einzelheiten ein.

Als er fertig war, hakte ich zur Sicherheit noch einmal nach: »Und Großmutter weiß Bescheid?«

Großvater nickte. »Selbstverständlich.«

»Das wird **FAN-TAS-TISCH!«**, rief Molly und vollführte einen ihrer Eselkicks.

»Ich wünschte, ich könnte dabei sein«, meinte Großvater.

»Du kannst nicht mitkommen?«, fragte ich leise.

Er schüttelte den Kopf, holte tief Luft und klopfte auf die Bettdecke. »Kommt, setzt euch.«

Fenella rutschte ein Stück, um Platz für Molly zu machen, und Hugo und ich ließen uns auf der anderen Seite nieder.

»Meine lieben Enkelkinder, darf ich ganz offen zu euch sein?«

»Natürlich«, versicherte Fenella und nahm seine Hand.

»Ihr wisst, dass es mir schon eine Weile schlecht geht, und die Ärzte glauben, dass ich mich dem Ende meines Lebens nähere.«

Ich spürte das heiße Brennen von Tränen in meinen Augen, doch bevor sie fallen konnten, fügte Großvater hinzu: »Und was für ein wunderbares Leben das war. Ich möchte euch sagen, wenn ich schon die Gelegenheit dazu habe, dass ihr vier und nun auch der kleine Feliks zu den Dingen gehört, die mir die größte Freude bereitet haben. Ihr habt mich so viel glücklicher gemacht, als ich mir je hätte erträumen können. Ich fühle mich gesegnet, dass ich hier mit euch sitzen kann.«

Ich glaube, wir wussten alle nicht so recht, wie wir darauf reagieren sollten. Eine Weile saßen wir einfach nur schweigend da, bis Fenella plötzlich herausplatzte: »Aber Großvater, ich will nicht, dass du gehst! Ich kann den Gedanken nicht ertragen!«

»Ich gehe ja nicht ganz«, erwiderte er. »Ihr alle tragt ein kleines Stück von mir in euch. Niemand ist wirklich fort, solange es Menschen gibt, die sich an ihn erinnern.« Er lächelte voller Wärme. »So und jetzt Schluss mit diesen Trauermienen. Euch so zu sehen, ist nämlich etwas, das *ich* nicht ertragen kann. Außerdem gibt es da einen Plan, um den ihr euch kümmern müsst, wenn ich mich recht entsinne.«

Es klopfte und Margaret kam herein, um Großvater sein Abendessen zu bringen.

»Verzeihung«, sagte sie. »Ich hoffe, ich störe nicht?«

»Aber nein«, versicherte Großvater. »Wir waren definitiv nicht dabei, eine **geheime Krippenspielmission** zu planen. Habe ich recht, Kinder?«

»Defilinitiv nicht!«, bekräftigte Molly.

30

Aus tausend Traurigkeiten

Es waren noch vier Tage bis zum Krippenspiel und mit Großmutters Hilfe hatten wir alle Planungen für Großvaters geheime Mission abgeschlossen. Wir waren losgezogen, um die Bewohner von Chipping Bottom mit unseren Weihnachtsliedern zu erfreuen, und lachten immer noch über Mrs Tadworths Reaktion auf unsere Darbietung von *Das große Tier, das Borstenschwein,* als Margaret mit wehendem Schal angerannt kam. Sie war ganz blass um die Nase.

»Lady Cuthbert-Anderson«, keuchte sie. »Es geht um Lord Cuthbert-Anderson. Ich fürchte, es ist so weit.«

Ich glaube, ihre Worte trafen uns alle wie ein Schlag in die Magengrube. Wir brauchten einen Moment, um sie zu verarbeiten. Schließlich nickte Großmutter knapp und sagte: »In Ordnung, dann müssen wir schleunigst zu ihm.«

Den Rückweg nach Barlington Hall nahm ich nur verschwommen wahr. Dad und Onkel James hatten die Arme um Großmutter gelegt und wir vier Cousins und Cousinen hielten uns die gesamte Strecke an den Händen.

Wir traten durch die große Eingangstür ins Haus und stiegen gemeinsam die Treppe zu Großvaters Zimmer hinauf. Dort versammelten wir uns alle um sein Bett. Großmutter setzte sich in den Sessel, legte eine Hand auf Großvaters Brust und sagte: »Ich bin hier, Reginald. Deine Minty ist hier.«

Er hatte die Augen geschlossen und war zu schwach zum Sprechen, aber Dad versicherte, dass er uns immer noch hören konnte. Und so nahmen wir der Reihe nach Abschied von ihm. Wir alle ließen ihn wissen, wie sehr wir ihn liebten und wie viel Freude er uns gebracht hatte.

Ich hätte gern mehr gesagt; ich trug noch so viel mehr in mir. Aber es ist schwer, die Liebe, die man für jemanden empfindet, in Worte zu fassen. Worte werden dem Gefühl einfach nicht gerecht. Ich musste darauf vertrauen, dass er es auch so wusste.

Großmutter kämpfte mit den Tränen, als sie sagte: »Ich habe dich so sehr geliebt, mein Reginald. Danke für deinen Humor, deine Geduld und deine Liebe. Und danke, dass du dein Leben mit mir geteilt hast.«

Molly erinnerte ihn zur Sicherheit noch mal daran, dass er sich keine Sorgen machen musste, dass wir ihn **im Klo runterspülen** würden, weil sie gut auf den großen Karton in der Garage aufgepasst hatte.

Ihre Worte sorgten allgemein für verwirrtes Stirnrunzeln, aber niemand fragte nach, was sie damit meinte.

Wir wussten, dass dies das letzte Mal sein würde, dass wir alle in einem Raum waren. Keiner rührte sich von der Stelle – wir saßen einfach da, jeder für sich und doch vereint in unseren Gedanken, Gefühlen und Erinnerungen an diesen Mann, den wir alle liebten. Erinnerungen an Treppengeländerrutschpartien und Rasenmäherfahrten und die Wärme seines Lachens. Ich glaube, ich habe nie so viel Freude und Traurigkeit gleichzeitig empfunden, weder davor noch danach.

Ich bemerkte das sanfte Klopfen an der Tür kaum. Dad stand auf und öffnete.

Großmutter wandte den Blick nicht von Großvater ab; sie saß weiter da wie zuvor, eine Hand auf seiner Brust.

Margaret kam herein und mühte sich vergeblich, ihre Tränen wegzublinzeln. »Der Doktor ist hier.«

»Richten Sie ihm aus, er möge hereinkommen«, sagte Dad.

Kurz darauf sagte jemand: »Lady Cuthbert-Anderson?«, und ich spürte eine Veränderung im Raum.

Im ersten Moment dachte ich, ich würde es mir nur einbilden.

Aber diese Stimme.

Ich kannte diese Stimme.

Langsam hob ich den Kopf und erblickte sein Gesicht. Ich versuchte, seinen Namen zu sagen, doch mein Mund brachte die Silben nicht zustande.

Großmutter sah ebenfalls auf. »Sie sind nicht Reginalds üblicher Arzt.«

»Nein, er konnte leider nicht kommen. Aber ich habe vom Zustand ihres Gatten gehört und wollte sicherstellen, dass gut für ihn gesorgt ist.«

»Ich glaube nicht, dass Sie noch etwas für ihn tun können«, erwiderte Großmutter.

Der Engel Gabriel schüttelte den Kopf. »Ihr Gatte ist sehr krank. Ich fürchte, es ist an der Zeit.«

Großmutter nickte. Sie hob Großvaters Hand an und schob ihre darunter. Dann blickte sie sich um. »Wenn ihr nichts dagegen habt, wäre ich gern einen Moment mit Reginald allein.«

»Natürlich«, sagte Dad.

Mein Kinn zitterte unkontrollierbar, als wir das Zimmer verließen. Der Engel Gabriel legte mir eine Hand auf die Schulter und führte mich ein kleines Stück von den anderen weg.

»Du kannst ihn nicht retten, oder?«, fragte ich, obwohl ich die Antwort schon wusste.

»Nein, Oscar, das kann ich nicht.«

Eine plötzliche Wut kochte in mir hoch. »Warum bist du dann hier?«

»Weil du mein Freund bist und ich für dich da sein wollte.«

Meine Wut verrauchte so schnell, wie sie gekommen war. Zu meiner eigenen Überraschung schlang ich die Arme um ihn und klammerte mich an ihm fest. Meine Familie wunderte sich wahrscheinlich, warum ich den neuen Arzt umarmte, aber das war mir gerade vollkommen egal.

Der Engel Gabriel legte sein Kinn auf meinen Kopf und sagte: »Ich weiß, es ist hart.«

»Das ist es, aber ich bin so froh, dass du da bist.« Ich löste mich von ihm, wischte mir die Nase am Ärmel ab und blickte durch meine tränennassen Wimpern zu ihm hoch. »Darfst du das überhaupt? Einfach so hier runterkommen, um mich zu besuchen? Weiß Er davon?«

Der Engel Gabriel nickte. »Ich glaube, Er weiß alles.« Dann lächelte er. »Sagen wir einfach, dass ich hier bin, gehört zu den Vorzügen meines Jobs.«

Ich stieß ein verrotztes Tränenlachen aus. »Ich wette, die Engel der Würmer und des Felsbrockens haben so was nicht.«

»Nein, vermutlich nicht.« Er lächelte mich an und sagte: »Es wird alles gut, das verspreche ich. Menschen sterben, Oscar, aber nicht die Liebe, die du für sie empfindest. Sie wird in dir weiterleuchten – heller als jeder Heiligenschein.«

Ich schluckte und nickte. Ich wusste, dass er recht hatte.

31

Am Weihnachtsbaum die Lichter brennen

(Aber so richtig rund wird es erst mit einem Truthahn)

An Heiligabend zogen wir unsere festlichsten Sachen an und machten uns auf den Weg nach St. Bartholomäus, um uns Mrs Tadworths Krippenspiel anzusehen. Wir hatten mit dem Gedanken gespielt, nicht hinzugehen, dann aber beschlossen, es doch zu tun – für Großvater.

Vor der Kirche trafen wir auf Shenice Rose von Lady Assters Eselgnadenhof. Sie umarmte uns alle und versicherte uns, was für ein wunderbarer Mensch Großvater gewesen sei. Außerdem berichtete sie, dass sich Donald immer noch blendend mit den anderen Eseln verstand, was mich echt freute. Und dann, als unsere Eltern nicht hinhörten, raunte sie Hugo und mir zu, dass alles wie geplant bereitstand.

Als wir eintraten, richtete der Pastor ein paar nette Worte über Großvater an Großmutter. Er händigte uns das Liedblatt aus und ergänzte: »Die arme Vivian wird sich ganz schön ins Zeug legen müssen, um das letztjährige Krippenspiel zu übertreffen. Es war wirklich phänomenal – eine Aufführung, die man mit allen Sinnen erfahren hat, nicht nur mit den Augen, falls Sie verstehen, was ich meine?«

»Ach, man kann nie wissen. Manchmal geschehen wie aus dem Nichts die erstaunlichsten Dinge«, erwiderte Großmutter und zwinkerte mir zu. Während unsere Eltern ihre Plätze einnahmen, hielt sie Fenella, Hugo, Molly und mich kurz zurück und fragte: »Seid ihr bereit? Ihr wisst, was zu tun ist?«

Wir nickten. Bevor ich mich mit den anderen auf unsere Position am Ende der Kirche zurückzog, sagte ich zu Großmutter: »Ich wünschte, Großvater könnte uns zusehen.«

Sie lächelte, streichelte mir über die Wange und antwortete: »Ach, Oscar, ich glaube fest, dass er uns zusieht.«

Ich gab ihr einen Kuss auf die schrumpelige, gepuderte Wange und eilte hinter den anderen her, die vor Vorfreude geradezu vibrierten. Wir kamen an einem Tisch vorbei, auf dem eine kleine hölzerne Krippe aufgebaut war, und ich lächelte, als mein Blick auf den Hirten Steve, König Balthasar und den Engel Gabriel fiel.

In der Kirche kehrte Stille ein und Mrs Vivian Tadworth schritt durch den Mittelgang zur Kanzel.

Baby Feliks fing an zu quengeln, was ihm einen finsteren Blick von Mrs Tadworth einbrachte. Tante Camilla ließ ihn auf ihrem Knie wippen und Onkel Patryk schnitt lustige Grimassen, um ihn aufzumuntern, was offenbar funktionierte.

Molly, Fenella, Hugo und ich erhoben uns leise und schlichen zu Shenice Rose hinüber. Während wir auf das Signal warteten, sah ich das verschmitzte Glitzern in den Augen meiner Schwester und der Zwillinge und erkannte, dass Großvater recht gehabt hatte: Wir alle trugen ein wenig von ihm in uns.

Mrs Tadworth klopfte auf das Mikro, öffnete den Mund und sagte: »Sehet, was ist dies dort im Osten?«

Das war unser Stichwort. Molly öffnete den Käfig, den Shenice Rose hinter dem Taufbecken versteckt hatte, und krähte: »Es ist Großmama Truthahn!«

Ich glaube, ich hatte noch nie so viel Spaß bei einem Gottesdienst. Es war ein Chaos aus Federn und Gackern und Geschrei. Molly galoppierte durch den Mittelgang und brüllte laut III-AAH!. Mrs Tadworth rannte aufgebracht umher und schrie wahllos irgendwelche Leute an, sie sollten gefälligst etwas gegen »die gefiederte Bestie« tun, während Zuschauer über die Bänke kletterten, um nach draußen zu kommen. Mum, Dad, meine Onkel und Tanten standen wie versteinert da und beobachteten verblüfft, was sich vor ihren Augen abspielte. Und mittendrin saß Großmutter, den Kopf in den Nacken gelegt, und lachte Tränen. Sie drehte sich zu mir und den anderen um und rief: »Bravo, meine Schätzchen! Bravo!«

Ich grinste. Dann wandte ich den Blick nach oben und sagte: »Bitte sehr, Großvater. **Mission Krippenspiel** erfüllt. Frohe Weihnachten.«

Jedes Jahr, wenn Weihnachten ist

Ich wünschte, ich hätte mehr als nur ein Weihnachten mit meinem Großvater feiern können. Aber ich bin unendlich froh für das eine, das wir hatten. Und seitdem war er bei jedem Weihnachtsfest dabei in den Herzen und Erinnerungen der Menschen, die ihn geliebt haben. Ich muss nur eine Lichterkette sehen und denke sofort wieder an das vergnügte Glitzern in seinen Augen. Die Treppengeländer in Barlington Hall erinnern mich daran, wie viel Spaß man mit ihm haben konnte, und der Aufsitzrasenmäher ruft mir jedes Mal wieder seinen Sinn für Abenteuer ins Gedächtnis. Und wenn ich »Ein großes Tier, das Borstenschwein« höre, denke ich an seine tiefe, warme Stimme und kann sie beinahe spüren. Dann weiß ich wieder, wie viel Freude Großvater all jenen bereitet hat, die ihn kannten.

Weihnachten wird für mich immer eine ganz besondere Zeit des Jahres bleiben. Es erinnert mich an Truthähne und Esel, an Kuchen, mit denen man ein Schiff versenken könnte, an Weihnachtslieder und Krippenspiele. Und an Engel, Könige und Hirten – an Freunde. An Familie. An die, die bei uns sind, und die, die es nicht sind. Weihnachten zeigt mir, wie **magistätisch** die Welt sein kann – dank der Menschen, die sie bevölkern.

Und das ist das Ende meiner Geschichte. Der Geschichte vom **Weihnachten, an dem wir Weihnachten gerettet haben**. Ob ihr sie mir glaubt, bleibt euch überlassen.

Aber wie auch immer ihr euch entscheidet: Frohe Weihnachten von uns an euch.

Ende

Danksagung

Wie immer danke ich meiner engelsgleichen Lektorin, der festlich-fantastischen Rebecca Hill, sowie Becky Walker und Alice Moloney, die aus diesem Buch ein richtiges Weihnachtsfest gemacht haben. Ihr seid meine Heiligen Drei Königinnen.

Katie Kear, du bist ein Geschenk – vielen Dank für die Freude, die du mit deinen Illustrationen aufs Papier gezaubert hast.

Fritha Lindqvist, Pressesprecherin der Extraklasse, und meiner fröhlichen Bande von Weihnachtssänger*innen: Mairi, Iona, Grace und Ash.

Allen bei Usborne: Ich bin unendlich dankbar, Teil eines solch brillanten Teams zu sein.

Ein riesiges Dankeschön an Will Foulger für seine Hilfe mit den religiösen Stellen der Geschichte und an die ganze Foulger-Familie, die meine allerersten Leser*innen waren: Vikki, Joe, Iris, Jesse und Huck.

Der Gemeinde von St. Margaret, allen voran Helen Tait und Chloe Black, auf deren Unterstützung ich mich immer verlassen kann.

Danke auch an all die vielen Lehrkräfte, Buchhändler*innen und Bibliothekar*innen, die mir und meinen Büchern Aufmerksamkeit verschafft haben – ich weiß das wirklich sehr zu schätzen.

An meine Familie, Andrew, William und Douglas, die Weihnachten und all die vielen Tage dazwischen so besonders machen – danke.

Jenny Pearson

Frankie und die Liste der unbezahlbaren Wünsche

Als Frankie von seiner unbekannten Oma ein Vermögen erbt, nehmen seine Sommerferien eine ungeahnte Wendung. Denn das Geld gibt es nur unter einer Bedingung – und mit einem Opa! Frankies Opa ist ein alter Miesepeter – aber Frankie hat einen Plan. Er entwickelt die beste Bucket List aller Zeiten mit Dingen, die er mit Opa erleben will. Mit jedem Punkt auf der Liste kommen sich die beiden ein Stückchen näher. Doch der letzte Wunsch scheint unerfüllbar. Mit Geld können sie Heißluftballon-Fahrten, Monster-Truck-Kurse und sogar Schwimmen-mit-Delfinen kaufen – aber was kostet eigentlich wahres Glück?

288 Seiten • Gebunden • ISBN 978-3-401-60666-8 • www.arena-verlag.de